Julien

SOPHIE DELASSEIN

Julien

calmann-lévy

COUVERTURE
Maquette : Nicolas Trautmann
Photographie : © Tony Frank/Sygma/Corbis

ISBN 978-2-7021-4185-4

À Yves Derai

Avant-propos

Les disques sont éparpillés sur mon bureau depuis des mois et des mois, dans le désordre mais au grand complet. Ils constituent la matière première de cette biographie et racontent à leur manière presque un demi-siècle d'histoire de France en chansons. Des chansons ou plutôt la bande-son de vies et de souvenirs liés : les vôtres, les leurs, les miens aussi. Forcément. Gamine, j'écoutais l'album *Jaloux* en boucle. Mes sens dans tous les sens, agréablement dispersés, le cœur nu et battant – pour qui, au fait ? J'étais ado et c'était l'été.

Mes jeunes années se sont écoulées au rythme des zéros de conduite et des copies blanches. Bientôt, la voix de Barbara allait couvrir toutes les autres et m'apprendre que la confusion des sentiments était plus répandue que je ne l'imaginais ; tenter d'y mettre un peu d'ordre semblait futile. Puis le temps a encore passé en accéléré sur quantité de détails : mes jeans Levi's, mes va-et-vient entre les musées Rodin et d'Orsay, mes rencontres plus ou moins heureuses, mes premiers articles et mes livres écrits à la volée. Si la voix de Julien Clerc a chanté pour moi durant cette période, ce fut de loin, juste en fond sonore. À son vibrato lyrique et ses mélodies romantiques, je préférais le timbre feutré et intime de Georges Moustaki.

C'est donc sans frémir le moins du monde qu'à l'été 2008 je prends ce train qui file à grande vitesse vers la gare d'Aix-en-Provence, seul moment où le chanteur peut m'accorder une interview au calme, lui qui est en partance pour de longues vacances avant la sortie de son album *Où s'en vont les avions* ? *Le Nouvel Observateur,* où je me prends pour la grande prêtresse de la chanson française alors que je n'en suis que la soubrette indocile, m'envoie recueillir ses propos. Julien Clerc a délaissé femme et enfant dans un autre wagon pour répondre à mes questions. Ce jour-là, il m'est apparu comme un artiste professionnel : sérieux, parfaitement rodé à ce type d'exercice et qui se raconte bien. Quand le train entre en gare, je fais la connaissance d'Hélène Grémillon qui pousse un landau dans lequel leur enfant, Léonard, s'étire comme un bienheureux. Je souhaite de bonnes vacances à la petite famille et repars dans l'autre sens. Seule. Drôle de journée.

Quelques semaines plus tard, à la parution de l'entretien en question, une éditrice me convainc qu'il faudrait poursuivre ce dialogue et en publier un livre – comme je l'avais fait avec Maxime Le Forestier[1]. Quand Julien Clerc répond favorablement à ce projet, tout le monde accueille la bonne nouvelle avec un sourire béat.

---

1 *Né quelque part,* Don Quichotte, 2011.

Le grand huit de la Foire du Trône est une promenade de santé comparée aux frayeurs que l'artiste nous a alors fait vivre – à son corps défendant – durant des mois, que dis-je, des années ! Dès que l'on s'écarte de ce qu'il a déjà confessé dans la presse, non seulement cet homme-là tourne sept fois sa langue dans sa bouche, mais à la lecture de ses propres déclarations une sorte de tsunami intime le secoue, l'envahit, le ravage. Il saisit alors le stylo de l'autocensure et raye tout (ou presque). Si nous avions publié l'ouvrage de conversations tel qu'il nous l'avait laissé, son épaisseur aurait à peine dépassé celle du mode d'emploi de ma machine à laver.

Un livre d'entretiens a donc bien failli paraître sous le titre *Je veux être utile*. Puis une autobiographie – dont j'aurais été la négresse dubitative –, sous je ne sais plus quel titre. Vous ne les lirez jamais.

Un jour, lors d'une cellule de crise dans le bureau de son éditeur, agent et ami Bertrand de Labbey, Julien Clerc a décidé qu'il serait préférable que j'utilise nos entretiens pour nourrir une biographie : ce serait *mon* livre. Désœuvrée sur le trottoir de l'avenue Rapp où nous venions de nous quitter, tandis que j'essayais de réfléchir au dénouement de cette aventure, mon portable sonna. C'était la voix navrée de Julien Clerc : « Comprenez-moi, je ne peux pas me raconter à la première personne. Je préfère prendre le risque d'une biographie non autorisée plutôt qu'une autobiographie que je n'assumerais pas. » Aucune lâcheté de sa part, mais un acte de confiance et de courage : désormais, je pouvais écrire ce que je voulais – parfait !

J'ai compulsé quelques documents, très peu. Je voulais ce livre le plus vivant possible, c'est-à-dire riche de témoins directs. Ce parcours est donc raconté par Julien Clerc mais aussi par quelques membres de sa famille, des amis, des agents, des auteurs. Si les femmes de sa vie et ses enfants manquent à l'appel, c'est volontaire : je n'ai pas l'esprit *Mademoiselle Âge Tendre*.

Ce livre n'est pas *la* biographie exhaustive et définitive de Julien Clerc, mais une biographie possible.

Si, au début, j'ai pu le trouver difficile à cerner et trop distant, j'ai appris au fil du temps qu'il faut gagner sa confiance pour vraiment faire sa rencontre. Aujourd'hui, c'est un artiste auquel je suis très attachée, ce qui, je l'espère, se ressent dans les pages qui suivent.

Sophie Delassein

1

L'église des Trois-Moutiers

Paul-Alain Leclerc naît le 4 octobre 1947 à Paris, dans le XIXe arrondissement, à 17 h 50. Son père souhaite l'appeler Paul, comme lui ; sa mère préfère Alain. Le couple ne parvient pas à se mettre d'accord et le nourrisson se voit affublé d'un prénom composé. On comprend d'emblée qu'Évelyne et Paul, ses parents, n'ont pas grand-chose en commun, sinon l'amour à s'offrir en partage cher à Jacques Brel. Fragile, cet amour-là.

La rencontre entre Évelyne Merlot et Paul Leclerc a lieu rue Poirier-de-Narçay, une courte artère du XIVe arrondissement, non loin de la porte d'Orléans. Au deuxième étage du numéro 10, habitent Auguste Leclerc, contrôleur aux P.T.T, et son fils Paul[1] qui n'a que quatorze ans quand sa mère meurt. Depuis qu'ils vivent en tête-à-tête, le père et son enfant ne sont pas tous les jours à la fête. Loin de là. Le second étudie sans relâche sous l'œil autoritaire du premier.

---

1 Paul Leclerc est né le 27 janvier 1916 à Champigny-le-Sec, dans la région de Poitou-Charentes.

Chez eux, une fois, deux fois, peut-être trois fois par semaine, une aide ménagère vient dépoussiérer les meubles, repasser le linge, faire et refaire les lits. Si elle n'était pas là pour ouvrir grandes les fenêtres, l'air serait *vraiment* irrespirable. Elle, c'est Marie-Louise. Pour aller travailler chez Paul Leclerc, le trajet n'est pas bien long : elle n'a qu'à traverser la chaussée. L'Antillaise vit au numéro 13 de la même rue avec son mari Alexandre Merlot et leurs deux enfants : un garçon et une fille (la future mère du futur Julien Clerc). L'appartement des Merlot, perché au sixième et dernier étage, comprend une chambre, un living, une cuisine. Les lieux d'aisance se trouvent sur le palier. La fille de Marie-Louise, Évelyne[1], a dix ans de moins que Paul. L'écart d'âge est pour l'instant trop important pour qu'ils se préoccupent l'un de l'autre.

En 1939, le monde entre en guerre. Paul aussi. À l'Est, près de la frontière allemande, il est pris dans une embuscade, sa troupe tombe aux mains de l'ennemi. Les prisonniers sont conduits dans un centre de détention en Prusse orientale, où ils sont retenus pendant plus d'une année. Paul Leclerc se rappelle y avoir monté des pièces de théâtre et organisé des compétitions sportives nonobstant les circonstances et le froid inhumain.

Quand la guerre s'achève, Paul retrouve son père, la rue Poirier-de-Narçay et l'appartement qui lui semble plus exigu que dans son souvenir. Il apprendra à son retour que pendant ces années noires les Merlot ont

1 Évelyne, Colette, Louise Merlot est née le 29 octobre 1926.

trouvé refuge dans la maison de son père à Vaon, au cœur du Marais poitevin. Sans être intimes, les liens entre les deux familles sont établis.

Paul est de retour ! se réjouit Marie-Louise, venue ce jour-là faire le ménage accompagnée de sa fille comme cela lui arrive parfois. Le jeune homme observe la silhouette d'Évelyne qui ne lui est ni tout à fait étrangère ni vraiment familière. Comme elle a grandi, Dieu qu'elle est belle ! Facile pour lui de la séduire avec sa maturité, son intelligence, sa culture, ses bonnes manières. Il veut l'épouser et il va l'épouser le 10 août 1945, à la mairie du XIVe arrondissement. Malgré tout ce qui, *a priori*, les sépare. « En dépit des apparences, ce mariage ne fut pas considéré comme une mésalliance, me raconte Julien Clerc. Les deux familles se connaissaient depuis longtemps, elles se fréquentaient, se retrouvaient pendant les vacances dans la Vienne. Mes grands-pères avaient, paraît-il, des discussions politiques vives et interminables : entre un communiste et un radical-socialiste, les échanges ne pouvaient qu'être animés. Mon grand-père paternel n'avait pas d'affection particulière pour la bourgeoisie citadine. Il était rural dans l'âme – il s'est battu toute sa vie pour décrocher la médaille du Mérite agricole qu'il a finalement obtenue –, et mon père a hérité à la fois de cette détestation pour la bourgeoisie et de son goût pour la campagne. Si je tiens tant à souligner cette appartenance au monde rural, c'est que toutes les valeurs auxquelles mon père tenait venaient de là : il fallait manger du pain parce que les paysans semaient le blé, etc. Il était très proche de sa cousine Rolande, une belle fermière qui cultivait des céréales et élevait des vaches. Mon père venait d'un univers campagnard qui n'a rien à voir avec la bourgeoisie des villes. Il était d'une droite populaire. »

Deux ans plus tard, Paul-Alain Leclerc vient au monde. Il sera leur unique enfant. La romance entre l'oiseau des îles et l'intellectuel austère n'est pas faite pour durer, les sentiments qu'ils éprouvent l'un pour l'autre sont mal répartis et pas assez robustes pour supporter les coups de gueule et les trahisons qui ponctuent la vie à deux. Dans un premier temps, Paul et Évelyne partent habiter à Vienne, en Autriche, où le normalien est délégué par le ministre des Affaires étrangères. Au mois de juillet 1948, ils reviennent en France passer leurs vacances à Vaon, l'occasion de faire baptiser l'enfant en l'église de la commune rurale des Trois-Moutiers.

Dans la famille, on n'est pas pratiquants, simplement traditionalistes, et le baptême fait partie de la tradition. L'enfant Paul-Alain Leclerc se rendra rarement à la messe. Plus tard, dès qu'il se sentira libre de ses choix, il désertera les églises. Sa foi commence à décliner le jour de sa communion solennelle. Julien Clerc raconte : « Nous étions plusieurs à défiler vêtus d'aubes blanches magnifiques mais moi, j'étais plus intrigué par le cadeau que j'allais recevoir que par Dieu. Quand je me suis marié pour la première fois, j'ai épousé Virginie Coupérie à l'église parce qu'elle était issue d'une famille de catholiques pratiquants, cela n'a pas fait pour autant de moi un croyant. »

Le jour du baptême de Paul-Alain aurait dû être béni des Dieux. Le destin, parfois farceur, souvent cruel, en a décidé autrement. Un événement s'est produit devant l'autel, qui restera longtemps un secret de famille bien gardé. Il me faut insister pour que Julien Clerc se livre enfin : « Disons-le, ce couple ne fonctionnait déjà plus très bien. Le comportement de ma mère à l'église a fortement déplu à mon père. Il y avait un homme, ce jour-là, aux Trois-Moutiers. Toute sa vie, elle qui était pourtant diserte s'est bien gardée de me parler de cet inconnu. Je serais tenté de dire qu'elle était volage, je pense être plus proche de la vérité en admettant simplement qu'elle était jeune, si jeune ! Elle n'avait que vingt ans. Auprès de mon père, plus âgé, très amoureux mais au caractère abrupt, elle qui aimait tant s'amuser devait étouffer. Ne disait-elle pas toujours qu'elle s'était sentie comme “prisonnière dans une cage dorée” ? Je ne résiste pas au plaisir de raconter l'épisode de la plage. Ma mère se plaignait souvent de ne pas pouvoir se baigner dans la mer – elle parlait de la Méditerranée. Mon père l'emmène un jour sur une plage battue par les vents à 7 heures du matin en lui lançant : “Baigne-toi maintenant !”

« Ma mère se serait donc éprise de cet homme et mon père lui aurait demandé de lui rendre les bijoux. Quelques jours après, sur un véritable coup de folie qu'elle payera le reste de sa vie, elle décide de partir avec cet Anglais de son âge. L'escapade dure deux mois et ma mère émet la volonté de divorcer. Un divorce, c'est deux versions. Elle m'a livré la sienne quand elle a pensé que j'étais en âge de comprendre, à six ans ! Mon père a attendu que je sois père à mon tour, lors d'une promenade en forêt près de la maison que j'habitais alors dans l'Yonne. La vérité des adultes est-elle bonne à dire aux enfants ? Je n'en suis pas sûr. Je préfère ne retenir de la rupture de mes parents que son caractère romanesque : mon père donnant à ma mère un ultime rendez-vous sur un quai de gare. Et elle qui ne vient pas. »

Entre l'amorce de la séparation et la prononciation du divorce, que s'est-il concrètement passé ? Les faits sont en partie consignés dans une chemise constituée de papiers jaunis reliés entre eux par des trombones rouillés, le tout enfermé dans une pochette kraft : le dossier du divorce, Leclerc contre Leclerc, que Paul a donné à son fils Gérard, qui ne l'a remis que très tardivement à Julien, lors d'un déjeuner dans la maison familiale de Vaon. Tout y est raconté par le menu, documents à l'appui. À son tour, le chanteur me l'a confié en précisant qu'il n'était pas allé au bout de sa lecture. Quelle urgence aurait-il à se pencher sur ce passé douloureux ? Pour ma part, je m'y suis immédiatement plongée, voire même un peu perdue, jusqu'au moment où je suis tombée sur le journal de la procédure tenu par Paul Leclerc, semaines après semaines, mois après mois. Les feuillets semblent avoir été rédigés pour parer aux sautes d'humeur d'Évelyne, qu'il appelle volontairement par son nom de jeune fille :

Mme Merlot. Il n'y avait rien à soustraire, rien à ajouter. Ce récit, le voici :

Juillet 1948. Mme Merlot invite, en Poitou, au baptême de notre fils Paul-Alain, la famille Anderson, avec qui elle a renoué au cours des vacances de Pâques précédentes (et à cette occasion, s'affiche publiquement avec Jack Anderson).

Août 1948. Rappelé par mes fonctions de chef du Centre de Documentation, je rentre à Vienne (Autriche) où mon épouse devait me rejoindre quelques jours plus tard. Resté sans aucune nouvelle de ma femme et de mon enfant pendant quatre semaines, je reviens à Paris le 29 août. 1) J'y apprends que ma femme a engagé une procédure de divorce. 2) Que mon studio parisien (rue Dobropol) et ma maison de campagne (Vaon, par les Trois-Moutiers, Vienne) ont été vidés de tous les objets de valeur qu'ils contenaient. 3) Que mon fils a eu un début de méningite et a été transporté à l'hôpital sans que j'en aie été avisé. 4) Que ma femme est ouvertement la maîtresse de J. Anderson. Après avoir vraiment tout essayé pour la ramener à moi (elle répond à ces tentatives en essayant de me faire croire que l'enfant n'est pas mon fils), je repars pour Vienne le 3 septembre.

Le 9 septembre, Mme Merlot me téléphone de Paris à Vienne pour m'annoncer qu'elle est décidée à reprendre la vie commune. Je quitte de nouveau Vienne le 11.

12 septembre. J'arrive à Paris pour apprendre que Mme Merlot est partie le 10, avec son amant, sans laisser d'adresse, en abandonnant l'enfant chez ses parents à elle, sans leur laisser un sou pour son entretien mais en emportant environ 1 500 000 francs en or et devises. J'introduis immédiatement, à mon tour, une instance en divorce et demande aux parents Merlot de m'amener l'enfant à Vienne dès que j'aurai trouvé une nurse qualifiée pour s'occuper de lui. Je repars pour Vienne le 16 septembre.

Octobre. Mme Merlot mère m'amène l'enfant à Vienne où, entourée de ma part des soins les plus attentionnés, elle commence immédiatement à intriguer contre moi.

Dès le 15 octobre : une nurse diplômée s'occupe de l'enfant (Édith Schoen). Le 4 octobre : je reçois une lettre d'Angleterre de Mme Merlot. Le 19 octobre : procédure de conciliation, à Paris. Je m'y rends. Mme Merlot n'ayant pas laissé d'adresse, ne s'y présente pas. 25 octobre : Mme Merlot rentre d'Angleterre avec son amant, me téléphone de Paris pour me demander de reprendre la vie commune. Je refuse. Elle m'adresse alors une série de lettres pour me persuader que ses parents sont responsables de tout ce qui s'est passé et me supplie d'avoir une entrevue avec elle.

Novembre. J'accepte finalement ; entrevue à Strasbourg. Fin novembre, dans une lettre à Mme Merlot, je lui annonce que j'accepte de la reprendre pour l'enfant et pour la tirer elle-même du milieu infect de sa famille (depuis le 15 novembre j'avais renvoyé en France la mère Merlot sur les intrigues odieuses de laquelle j'aurais recueilli plusieurs témoignages).

Décembre. Retour de Mme Merlot à Vienne. Au bout de quelques semaines la vie conjugale s'avère impossible. Nous décidons d'un commun accord de laisser se poursuivre la procédure de divorce. Mme Merlot accepte (verbalement) de ne pas soulever l'objection de réconciliation moyennant engagement de ma part (toujours verbal) de lui verser 400 000 et de lui laisser linge, vaisselle, argenterie, etc. Et de ne pas mettre en cause son amant en tant que complice du vol de 1 500 000 et de ne pas faire allusion à ce vol. (Cet engagement sera entériné en juillet 1950, et je lui verserai même 500 000 au lieu de 400 000.) En attendant que le divorce soit prononcé il est entendu (toujours verbalement) que Mme Merlot restera à Vienne et que ni l'un ni l'autre ne fera état de la procédure en cours.

6 avril 1949. Jugement de divorce qui me confie la garde de l'enfant (depuis octobre 1948, c'est la nurse Édith Schoen qui s'est toujours occupée de lui, sa mère ne manifestant que peu d'intérêt à son égard).

Début juin 1949. Mme Merlot rentre en France avec l'enfant, que je confie temporairement à ses soins (accord verbal) pendant que je liquide la situation à Vienne.

11 juin 1949. Je rentre à Paris pour prendre le poste d'éditeur français à l'Unesco. Ayant eu l'obligeance de laisser à Mme Merlot la disposition du studio que nous occupions auparavant, je me trouve sans logement et, de ce fait, dans l'incapacité de reprendre l'enfant. C'est dans ces conditions qu'est conclu, en partie sous la pression de mon avoué maître François et contre l'avis de mon avocat maître Labreda lequel ne se trouvait malheureusement pas à Paris, l'accord du 2 juillet 1949 par lequel j'accepte de laisser l'enfant à sa mère, sans renoncer à mon droit de garde, et moyennant certaines conditions. Aussitôt signé, l'accord est violé par Mme Merlot qui : 1) Confie l'enfant à une amie de sa mère, Mme Montigny, sans m'en référer, et en refusant même de me donner l'adresse de cette personne. 2) Refuse de me laisser voir l'enfant – une première fois à l'occasion du week-end du 10 juillet que je devais passer avec lui chez mon parrain, M. Schmitt, une seconde fois la veille du jour où elle devait l'emmener en vacances (27 juillet). Cet incident me convainc que j'ai conclu un marché de dupes en acceptant l'accord du 2 juillet (d'autant que Mme Merlot cherche continuellement à m'extorquer de l'argent, en plus des 8 000 mensuels que je lui verse, sous prétexte d'achats pour l'enfant). Je décide alors de reprendre l'enfant.

2 septembre 1949. Mme Merlot me remet l'enfant (pour un mois de vacances). À la fin du mois, je lui fais demander une dernière fois par mon avoué maître François, si elle est disposée à me laisser voir l'enfant une fois par semaine et à ne le confier qu'à une personne dont le choix aura été approuvé par moi. Refus de Mme Merlot (au cours d'une réunion chez maître François, où elle était présente avec maître Thielland : le 3 ou le 4 octobre). Je lui fais alors savoir que j'exercerai mon droit de garde.

6 octobre. J'épouse Mme Ghislaine Téry qui s'occupe elle-même de l'enfant et lui prodigue une sincère affection.

14 octobre. Référé qui fixe le droit de visite de Mme Merlot : j'accepte tout ce qu'elle demande et, pendant cinq mois, je lui remettrai scrupuleusement l'enfant aux jours et heures fixés par le jugement de référé, sans susciter le moindre incident.

Janvier 1950. Je reçois de Mme Merlot une assignation au principal concernant la garde de l'enfant. L'enfant ayant eu un brusque accès de fièvre le 11 janvier (et ayant été soigné par le docteur Fishgrund, chef de clinique du professeur Cathala) je fais savoir à Mme Merlot par lettre recommandée que je ne pourrai pas le lui donner le 14 janvier, mais qu'elle l'aura, à la place, le week-end suivant (ce qu'elle fait).

5 février. Mme Merlot, ayant eu normalement l'enfant au cours du week-end, prend prétexte d'un léger dérangement intestinal pour refuser de me le rendre, et même de me le laisser voir. Son père se livre (en présence de deux témoins) à de grossières injures et menaces à mon égard. Le lendemain et le surlendemain, accompagné par maître de Saint-Denis, huissier, puis du commissaire de police du XIVe, je me présente vainement trois fois pour essayer de reprendre l'enfant : Mme Merlot refuse d'ouvrir.

7 février. Je reçois une assignation en référé.

9 février. Référé. Sans aborder aucunement le point précis du débat – savoir si l'enfant est en état de m'être rendu ou non –, maître Tixier-Vignancour se livre à une attaque violente et incongrue contre mon défenseur qu'il accuse d'avoir « convoqué » mon ex-épouse chez lui pour faire pression sur elle pour me permettre d'épouser ma maîtresse, etc. (en réalité, c'est Mme Merlot qui, à la fin d'octobre 1948, a pris l'initiative de supplier maître Labeda de la recevoir pour lui demander de la réconcilier avec moi. La lettre brandie par maître Tixier-Vignancour c'était la réponse de Labeda à cette démarche de Mme Merlot).

10 février. Jugement de maître Berlinguier qui, sans tenir aucun compte des incidents scandaleux du 5 février, me permet simplement d'aller voir l'enfant chez sa mère, c'est-à-dire chez les Merlot et ce le jeudi et le samedi, jours où je travaille. Je fais aussitôt demander par maître de Chaisemartin qu'il me soit permis de voir l'enfant le dimanche, chez une tierce personne. Maître Berlinguier accepte. Mme Merlot refuse.

9 mars. Examen médical du professeur Debré, en présence de maître Tixier-Vignancour qui prononce une véritable plaidoirie parfaitement déplacée et fait du charme auprès du professeur en évoquant des relations familiales. Maître Tixier-Vignancour fait allusion à un « dossier » constitué au nom de mon fils à un hôpital (enfants assistés ou enfants malades) et faisant état des « conditions physiques lamentables » dans lesquelles il était quand sa mère l'a repris. Il ne peut évidemment s'agir que de certificats de complaisance, en contradiction formelle avec celui que m'a délivré le médecin qui l'a soigné en janvier et celui que m'a délivré le même médecin qui l'a revu le 6 avril.

Mars. Enquête de l'assistante sociale, Mlle Glottin, qui fait preuve d'une partialité révoltante. Elle recueille tous les ragots que la mère Merlot lui rapporte sur Vienne, et refuse d'écrire pour demander des renseignements aux personnes que je lui propose d'interroger dans cette ville (ces personnes m'ont adressé des témoignages écrits que j'ai versés au dossier). Elle ne signale même pas dans son rapport que la mère Merlot a dû subir en mars 1949 une grave opération chirurgicale (ablation totale du sein gauche et d'une partie des chairs de l'épaule) qui a pu être motivée par une affection d'origine tuberculeuse – ce qui rend dangereux pour l'enfant de coucher chaque soir dans le même appartement qu'elle (deux pièces où sont également entassées deux autres personnes). Elle évite (en se présentant à des heures indues) de voir certaines personnes que je lui avais demandé d'interroger. Elle fait l'apologie de Mme Merlot devant le parrain de mon fils (docteur Cernès).

30 mars. Une décision de maître Berlinguier m'autorise à avoir l'enfant pendant huit jours à l'occasion des vacances de Pâques.

Le divorce est donc prononcé le 6 avril 1949, alors que la garde de l'enfant n'est pas encore réglée. Entretemps, Paul Leclerc se lie à l'assistante de son bureau à Vienne, Ghislaine Téry. Avec force et encouragements, elle le soutient durant toute la bataille juridique pour obtenir la garde de son fils. « Elle a tout pris, l'homme et son enfant. C'est admirable », dit Julien Clerc. Avant de connaître la plus belle mort possible, en douceur, dans son sommeil, deux jours avant Noël 2011, Mme Ghislaine Leclerc a eu la gentillesse de me recevoir. Je l'ai d'emblée sentie fragile. Sans m'attarder ni trop remuer le passé, je lui pose juste quelques questions avant l'au revoir qui ne peut être qu'un adieu. Cheveux blancs, regard bleu vif, Ghislaine fouille dans ses souvenirs, aussi anciens soient-ils. Elle a rencontré Paul Leclerc le 14 août 1949 en Autriche. Pendant l'Occupation, en représailles au régime nazi, la ville est divisée en quatre zones. Paul est en charge d'un centre de documentation pour la Nouvelle Autriche avec un programme d'expositions, de conférences, etc. Sans tarder, il demande sa mutation au siège parisien de l'Unesco. Le 6 octobre de la même année, à la mairie du Ve arrondissement, Paul épouse Ghislaine en secondes noces. Les jeunes mariés emménagent provisoirement dans un modeste appartement de la rue du Cardinal-Lemoine. Ghislaine s'attache aussitôt à Paul-Alain, deux ans, qui dans sa mémoire était « un petit garçon très éveillé, vif, remuant, doté d'un don d'imitation étonnant. Il ne parlait pas encore et arrivait pourtant à reproduire les intonations de voix des uns et des autres ». Elle confirme que Paul ne voulait sous aucun prétexte confier l'enfant à sa belle-famille, « des gens odieux qui auraient dérobé les pièces d'or dissimulées dans la cave de la maison de Vaon, les économies de toute une vie ».

Si Paul est trop souvent sombre, parfois déprimé quand Ghislaine le rencontre, c'est qu'il peine à obtenir la garde de son fils. Elle lui conseille de contacter maître Arigui, car son ex-femme a choisi maître Tixier-Vignancour, un ténor du barreau. Mieux vaut avoir du répondant.

Au bout d'un an de procédure, Paul Leclerc l'emporte finalement ; l'enfant lui est confié. D'avoir tant lutté pour son fils, sa bataille, il sera *a posteriori* victime d'un infarctus entraînant une paralysie partiale du visage.

Paul-Alain Leclerc connaît donc une enfance écartelée : la semaine chez Paul, Ghislaine et leurs cinq enfants à naître ; les week-ends chez Évelyne, le plus souvent seule.

Lorsqu'il a écrit « Double Enfance », mis en musique avec une légèreté voulue par Julien Clerc, Maxime Le Forestier a répondu à une commande de son ami qui souhaitait aborder le divorce vu par les enfants de la déchirure. Il existe deux versions de cette chanson. Celle de Julien Clerc donne son titre à l'album de 2005, arrangé par Érick Benzi. La seconde figure exclusivement sur l'enregistrement en public de Maxime Le Forestier, *Casino de printemps* (avril 2009). Elle exprime ce phénomène de société banal à présent : le divorce et son corollaire, l'enfance écartelée. Avec, d'une part, une douleur intime et sourde : « Avant les autres, j'aurai su/Que le seul sentiment qui dure/C'est le chagrin d'une rupture/Où je n'aurais jamais rompu. » Et de l'autre quelques avantages qui consolent et font naître sur les visages des enfants des sourires doux-amers : « Deux maisons, deux quartiers, deux gâteaux d'anniversaire. »

La chanson, si vraie, si évidente, indispensable pour certains, contenait les germes du succès immédiat. Et, en effet, ils ont été nombreux à s'y reconnaître.

2

L'enfance, quand elle voit double

Les affres de la séparation à peu près apaisées, le partage du quotidien de Paul-Alain s'organise, se régularise. Les Leclerc emménagent dans un pavillon en pierres meulières au 12 avenue de Lattre-de-Tassigny, dans le quartier résidentiel de Bourg-la-Reine. Ce pavillon, Ghislaine le tient de sa famille qui a fait fortune dans les chaudières de bateaux à Sfax, en Tunisie, et dont le père était capitaine au long cours. C'est ici que Paul-Alain passe ses semaines et qu'il verra naître ses cinq demi-frères et sœurs, qu'il considérera toujours comme ses frères et sœurs.

À Bourg-la-Reine, Paul Leclerc est un chef de famille autoritaire. Un personnage, à en croire ceux qui l'ont connu. À commencer par Julien Clerc, depuis toujours pétri d'admiration pour ce père, son phare. Une admiration largement partagée par le reste de la fratrie et même par les petits-enfants. Parmi eux, Jeanne Herry, la fille de Julien Clerc et de Miou-Miou, auteur de *80 étés*[1], un

---

1 Jeanne Herry, *80 étés*, Gallimard, 2005, coll. Haute Enfance.

formidable récit consacré à son grand-père paternel. En le décrivant, elle semble mieux comprendre son propre père : « Il est tellement pudique que je l'ai longtemps trouvé froid, intimidant, là où il n'est que sombre et introverti. Il n'a jamais été démonstratif dans ses preuves d'affection. Avec les années, il gagne en rondeur, en ouverture. Comme ma mère, c'est un artiste aimé, respecté, qui a rendu les gens heureux. Avec sa musique, mais pas seulement. »

Quand il évoque son père, Julien Clerc est intarissable, si fier d'être le fils de cet esprit-là. C'est l'une des séquences les plus profondes et les plus paisibles de nos longs entretiens. « J'ai sans doute été trop dur envers ma mère avec qui je me disputais souvent, nous ne pouvions pas rester trop longtemps ensemble tant la pression était forte, me confie-t-il. Face à mon père, c'était le contraire : on ne lui répondait pas. J'avais un grand respect intellectuel pour ce normalien qui, avant d'être détaché à l'Unesco, avait enseigné le français, le latin et le grec. De ses anciens camarades de "l'école", certains dînaient à la maison. L'un était au cabinet de De Gaulle, un autre dirigeait l'Observatoire de Paris, un troisième se trouvait à la tête de Sciences-Po. Pour son anniversaire, il invitait toujours les mêmes personnes : des anciens de Normale sup, un père jésuite, etc. Il avait un côté mitterrandien. Je pense que cette génération a été profondément marquée par la captivité d'où sont nées des amitiés indéfectibles et ce en dépit des différents milieux sociaux et des différentes confessions.

« Mon père était d'une grande honnêteté intellectuelle. Je retrouve un peu de sa tournure d'esprit, en plus gai, chez Jean d'Ormesson : le canular facile, le jugement pince-sans-rire, un peu cassant, toujours subtil. Quand je rentrais à la maison avec des copains, il me lançait "Encore des intellectuels !" ou alors il me disait : "Cesse de pratiquer le monoïdéisme." J'ai décelé cette similarité avec d'Ormesson en lisant *Une Autre Histoire de la littérature française*[1]. Il me dirigeait dans mes lectures. Il y avait les auteurs qu'il n'appréciait pas, soit parce qu'ils étaient de gauche, soit parce qu'ils écrivaient mal. Pour lui, Zola avait un style déplorable. Il détestait le personnage d'Aragon – à commencer par son discours politique –, pourtant il le classait en bonne place dans le cercle des plus grands poètes français. J'ai relu récemment *Aurélien* et *La Semaine sainte*, c'est extraordinaire. Mon père m'a aussi fait découvrir Maupassant que j'ai tout de suite adoré. Nous tombions souvent d'accord. Sur le plan politique, mon père avait été bonapartiste avant de se convertir au gaullisme. Il s'est positionné très à droite du temps de Normale sup, il a même dû avoir des tentations extrêmes, mais il a rectifié le tir pendant la guerre. Du temps du Général, il parlait des "gaullistes de gauche" et cela avait un sens pour lui. À la radio, il écoutait les discours du Général et la chronique de Jean Nocher sur France Inter à l'heure du déjeuner, quand je revenais du lycée. Je me rappelle très bien du putsch d'Alger en 1961, un événement qui est resté

1 Nil Éditions, 1997.

radiophonique dans mon souvenir. Les images, je ne les ai vues que plus tard à la télévision. »

Gérard Leclerc se souvient que leur père a très tôt engagé des discussions politiques avec ses enfants. Dès Mai 68, si le cœur de Gérard Leclerc s'est mis à battre à gauche, cela ne l'empêchait pas de poursuivre le dialogue politique avec son père, au contraire. Cet intellectuel intimidant, fervent gaulliste et admirateur de Robespierre, restait ouvert à la discussion.

Marianne Leclerc, la demi-sœur de Julien Clerc, me raconte que s'il pouvait sembler austère, leur père était aussi tout en émotion, très affectif, protecteur. De temps à autre, il s'offrait un voyage en tête-à-tête avec l'un de ses enfants. Marianne a ainsi visité la Turquie, Israël, la Jordanie et fait à deux reprises des croisières en Méditerranée. Depuis la mort de Paul Leclerc (en 2003), la famille au grand complet se rassemble chaque mois de janvier pour célébrer l'anniversaire de sa naissance.

Après le décès de son mari et jusqu'à cette veille de Noël 2011 endeuillée par sa propre disparition, Ghislaine Leclerc trônait lors de ces rassemblements familiaux. Julien Clerc a pleinement conscience du rôle capital de cette femme dans son existence et dans sa vie d'artiste. C'est notamment elle qui l'a incité à apprendre le piano dès l'âge de six ans. « Avec le consentement d'Évelyne », précise-t-elle. Chez elle, il y a toujours eu un piano – elle s'essayera plus tard du clavecin. Elle organise souvent des veillées où les enfants en robe de chambre reprennent en chœur les refrains poitevins. S'ils n'ont pas tous appris le piano, elle leur a au moins inculqué le solfège et les a incités à pratiquer un instrument. Pour Paul-Alain, pas besoin d'insister : cela lui plaisait instinctivement. Elle lui a elle-même enseigné les rudiments sur des chansons folkloriques comme « La Pie » ou « Les Trois Tambours ». Rapidement, elle s'est rendu compte que ce petit-là était doué et l'a inscrit à un cours qui préfigure le conservatoire.

Paul-Alain débute donc l'apprentissage du piano à six ans à l'aide de la fameuse *Méthode rose*. Il se souvient d'avoir auditionné en fin d'année avec la *Lettre à Élise*, poussé par son professeur qui tenait à le confronter au trac. « J'en garde un souvenir effroyable, dit-il aujourd'hui. Je me demande même si, outre la paresse, ce n'est pas ce qui m'a fait abandonner le piano. » Il arrêtera en effet à treize ans, pour s'y remettre de lui-même quelques années plus tard.

C'est à peu près à la même période que Ghislaine l'inscrit aux « Musigrains » où, le premier jeudi de chaque mois, jour de congé scolaire hebdomadaire, plus d'un millier d'enfants assistent, au Théâtre des Champs-Élysées, à la leçon de musique prodiguée par Germaine Arbeau-Bonnefoy, accompagnée par l'orchestre symphonique de Robert Blot. Assise à une table à même la scène, Mme Arbeau-Bonnefoy retrace le parcours d'un compositeur tandis que les musiciens jouent des morceaux choisis de son répertoire. À l'entracte, des feuilles vertes destinées à la dictée musicale sont distribuées à chaque élève. Puis l'orchestre se retire pour laisser les instrumentistes jouer individuellement. Il s'agit alors pour les mélomanes en culottes courtes de les identifier à l'aveugle. « Je n'ai plus jamais confondu un hautbois et une clarinette, piège majeur de la dictée musicale, se félicite-t-il. À la fin de la saison, les plus méritants avaient droit à un chocolat chaud chez Mme Arbeau-Bonnefoy. Une année, j'ai été de ceux-là. J'ai rarement été ainsi félicité dans ma vie scolaire. » Des décennies plus tard, au cours de sa tournée avec un orchestre symphonique, Julien Clerc, se souvenant de ces leçons fondatrices de son enfance, s'amusera à demander à son public d'identifier à l'aveugle des catégories d'instruments faux jumeaux.

Paul-Alain est aussi abonné aux matinées classiques de la Comédie-Française où il lui est donné d'admirer Louis Seigner dans *Le Bourgeois gentilhomme* et *Le Malade imaginaire*, ou encore Jacques Toja, Georges Descrières et d'autres grands tragédiens. Plus tard, quand il aura des velléités artistiques, il se tournera d'abord vers le théâtre avec son ami Maurice Vallet, l'un de ses futurs paroliers qu'il rencontrera en classe de terminale. « Heureusement pour le théâtre, j'y ai très vite renoncé », plaisante Julien Clerc.

Cependant, par curiosité intellectuelle et là encore par nostalgie d'une époque bénie de sa vie, il est aujourd'hui abonné à la Salle Pleyel et au Théâtre des Champs-Élysées.

Pour l'heure, les semaines de Paul-Alain sont rythmées par les « Musigrains », la Comédie-Française et par le scoutisme, aussi, depuis qu'il est venu grossir les rangs des Éclaireurs de France (EEDF), un mouvement laïc. Sa devise est « Tout droit ! » ; son emblème, un arc tendu. Quand le chef de troupe crie « Kastor la… », les enfants hurlent à leur tour : « …borieux ! ». « J'ai rejoint les Éclaireurs de France, mon alibi pour arrêter le piano », avoue Julien Clerc. Entré en qualité de louveteau chez les « Kastors », il y obtient un brevet de cuisinier et devient maître queux de sa patrouille. Le soir autour du feu de camp, il participe aux chorales qui s'improvisent.

C'est aux Éclaireurs de France que Paul-Alain se lie d'amitié avec l'autre benjamin de la troupe, Alain Masmondet. À ce titre, ils partageaient les corvées qui consistaient à aller chercher de l'eau et du bois. Le mouvement était mixte, ce qui créait des tensions avec les filles. À l'époque les écoles ne l'étaient pas : on imagine l'émoi de ces garçons. En marge de ces week-ends en groupe, ils se retrouvent aussi pour les vacances scolaires sous une tente en Espagne ou au nord de l'Italie.

Julien Clerc restera toute sa vie très attaché à sa belle-mère Ghislaine, cette seconde mère qu'il appelle « maman ». C'est qu'elle aura continuellement veillé à ne pas marquer de différence entre Paul-Alain et ses enfants naturels : Gérard, Sylvie, Christine, Marianne et Jean-Noël. En revanche, tous discerneront dans le regard de Paul Leclerc une préférence pour cet enfant né d'un premier lit et pour lequel il aura tant eu à se battre. En dépit de toute l'attention et de tout l'amour que Ghislaine prodigue à Paul-Alain, son mari trouve toujours à redire : elle n'en fera jamais assez à ses yeux. « Je trouvais mon père trop exigeant avec elle, alors que je peux attester qu'elle a fait de son mieux pour m'élever, dit Julien Clerc. Paradoxalement, cela n'empêchait pas Ghislaine de penser qu'on entretient des relations différentes avec un enfant qui n'est pas le sien. Je ne m'en offusquais pas outre mesure quand elle en parlait ouvertement. Mais un jour, devant Angèle, la fille de Patrick Dewaere et de Miou-Miou que j'élevais à mon tour comme ma propre fille, elle m'a dit – à *moi*, ce qui est un comble : "Tu verras, ce n'est pas pareil !" Elle s'était tellement bien occupée de moi que cela ne m'a pas choqué, simplement j'étais embarrassé vis-à-vis d'Angèle. »

Toute la famille a donc conscience de cette abondance d'amour paternel pour Paul-Alain et l'accepte ou fait avec. Marianne Leclerc ne parle pas de favoritisme mais d'un « lien particulier » entre les deux. Gérard Leclerc pense de même qu'il était « très attentif » à Paul-Alain qu'il surnommait « bonhomme ». Selon lui, leur père marquait des préférences entre ses enfants, ses chouchous étant Paul-Alain, Sylvie et Marianne. Gérard n'en est pas, lui qui a pourtant *a priori* le plus d'affinités avec leur père : il a entrepris ces grandes études que Paul ambitionnait pour Paul-Alain (un DESS d'histoire, Sciences-Po) et, comme lui, il a toujours été très attaché au Poitou.

À la faveur d'un reportage télévisé, le 19 mars 1970, diffusé dans l'émission *À l'affiche du monde*, Christophe Izard s'invite à la table de la joyeuse fratrie réunie autour de Ghislaine. Dans la salle à manger, les murs sont couverts d'un papier fleuri typique de l'époque. Paul-Alain, rebaptisé Julien Clerc, improvise « Zukayan », piano/voix, sur un texte de Maurice Vallet, avant de rejoindre les siens pour le repas. Ce sujet ne montre que la partie présentable de l'ambiance à Bourg-la-Reine. La réalité est un rien différente. Chaque famille porte sa croix et recèle des zones d'ombre, quand ce ne sont pas des drames. Chez les Leclerc, les querelles entre Paul et Ghislaine sont fréquentes, intenses. Dans ces moments-là, Paul-Alain est terrorisé, redoutant sans doute d'être la victime d'un second divorce.

L'autre zone d'ombre porte le prénom de Jean-Noël. Avec cette pudeur à laquelle on finit par s'habituer, Julien Clerc qualifie le benjamin de la fratrie de « différent, inadapté à notre monde ». Il se demande si son père n'en serait pas un peu responsable, lui qui, à la naissance de chacun de ses enfants, déterminait au physique du nourrisson s'il tenait plutôt de lui-même ou de Ghislaine. Paul Leclerc serait fautif d'avoir négligé Jean-Noël. Marianne Leclerc, elle, parle de « psychose » et d'une « forme d'autisme non diagnostiquée ». Julien Clerc m'en parle avec beaucoup de tendresse : « Je pense que mon petit frère a souffert de ne pas avoir été suffisamment aimé par notre père, ce qui arrive parfois dans les familles nombreuses. »

Été comme hiver, les vacances des Leclerc se déroulent le plus souvent dans la maison familiale de Vaon, cette ancienne forge construite par l'arrière-grand-père de Paul-Alain, un maréchal-ferrant, et dont Marianne héritera. S'il conserve des souvenirs forts de ces étés dans le Poitou, le chanteur n'est pas particulièrement nostalgique de cette terre paternelle : « La maison était située au bord de la nationale, si bien que nous avons passé le plus clair de notre enfance à traverser la route, au risque d'être fauchés par une voiture, pour rejoindre la ferme de nos cousins Gauthier, une exploitation à l'ancienne avec des animaux. C'est arrivé à Jean-Noël, heureusement sans gravité. Les jours de moisson, Gérard et moi nous levions particulièrement tôt, vers 5 heures, à la fraîche, pour partager le petit déjeuner très roboratif de nos cousins avant d'aller rejoindre les ouvriers agricoles : des omelettes, des rillettes, des pois fricassés. Le tout arrosé de café au lait.

« De la maison de mon père à Vaon, je garde en mémoire la chambre des parents, le dortoir des garçons au premier étage, celui des filles à côté, la salle à manger avec ses photos de famille, son piano désaccordé et ses livres, une cave à vin et le cours d'eau qui passait dedans (la Dorisse), les toilettes au fond de la cour et les clapiers à lapins. C'est là que nous avons passé nos vacances rythmées par les saisons et la vie quotidienne de nos cousins agriculteurs.

« La Vendée n'était pas loin et notre père aimait nous embarquer sur les traces de l'épopée vendéenne et de ses chefs dont les portraits ornaient les murs de l'escalier qui menait à la chambre des garçons. François-Athanase de Charette de la Contrie, Jacques Cathelineau, Louis-Marie de Lescure ou Henri de la Rochejaquelein et la devise des petits mouchoirs de Cholet à l'époque : "Si j'avance, suivez-moi. Si je recule, tuez-moi. Si je meurs, vengez-moi." Cette révolte populaire était importante aux yeux de mon père.

« La maison et cette région de Vaon sont intimement liées à mon enfance et à mon adolescence. Lorsque ma vie d'homme a commencé, je n'y suis plus beaucoup revenu. »

On imagine assez mal Paul-Alain, fils adoré du normalien Paul Leclerc, négliger ses études. Le père nourrit pour lui de grandes ambitions et espère qu'à son image il entreprendra des études prestigieuses : Sciences-Po, Normale sup, pourquoi pas l'ENA ? Quand il est en âge d'entrer à l'école, son père, qui le prend pour un génie, décrète inutile de l'inscrire en maternelle. C'est à Ghislaine que revient la tâche de lui apprendre ses leçons à demeure. Cela ne dure qu'un temps, après quoi elle le fait entrer directement en 11e[1] à l'école communale de Bourg-la-Reine. Un désastre pour l'enfant qui, soudain perdu, passe le plus clair de ses journées en larmes. Paul et Ghislaine le changent d'établissement, et l'inscrivent l'année d'après en 10e[2] à Lakanal, l'un des meilleurs établissements scolaires de la région parisienne. Mais l'enfant ne se passionne guère pour les études, et se contente de passer chaque fois « au raz de la barre », comme il le reconnaît lui-même, dans la classe supérieure et ce jusqu'au baccalauréat. Pour l'épreuve de philosophie,

1 Correspond au CP.
2 Correspond au CE1.

Paul-Alain, réfractaire à cette matière, ne révise que le thème de la liberté car il avait entendu dire qu'il « tombait » souvent. Et, en effet, cette année-là, le sujet est : « Peut-on être plus ou moins libre ? » Il ne lui reste plus qu'à mettre en forme les théories de son professeur de philosophie, M. Dez, dont il a retenu ceci : pour être libre, le navigateur doit se servir des vents contraires ; à l'inverse du citoyen qui ne doit pas chercher à affronter la société. Le coefficient s'élevait à 8, Paul-Alain a obtenu 11/20 soit 88 points sur 200. « Un résultat à l'image de mes études : je m'en sortais, dit-il. Je suppose que j'étais doué d'une certaine agilité intellectuelle qui me permettait de faire illusion. Durant toute ma scolarité, j'ai collectionné les “Peut mieux faire”. Je n'étais pas mauvais en langues vivantes, en latin, en français, en histoire-géographie. En revanche, j'étais nul en mathématiques et en physique-chimie. De mes années Lakanal, je conserve toutefois de grands souvenirs. Je m'y suis fait trois amis pour la vie. Laurent Theis et François Georges à partir de la 10e. Puis, en classe de philo, Maurice Vallet, Momo, qui est devenu l'un de mes grands paroliers : drôle, intelligent, cultivé… Il a toujours été le témoin de ma vie (amoureuse et du reste). Nous étions tout le temps fourrés ensemble ; un peu moins lorsque je partageais la vie d'une femme. Momo, c'est mon grand ami de jeunesse.

« Deux de mes professeurs, l'un d'italien, l'autre de français, avaient pour moi un statut particulier. Armand Jacob, germaniste éminent (il avait traduit *Mère Courage* ainsi que d'autres œuvres majeures de Bertolt Brecht) et professeur de lettres, m'a quasiment vu naître à Vienne puisqu'il était un collègue de mon père et de Ghislaine. Quant à Antoine Peretti, professeur d'italien, il venait de Sfax où il avait rencontré Ghislaine vers dix-huit ans. Peretti reste dans ma mémoire comme l'un des meilleurs enseignants : il a réussi en quatre ans à nous faire découvrir et apprécier la culture italienne. Il se donnait beaucoup de mal, organisant des voyages en Italie lors des vacances de Pâques. Nous sommes allés à Rome et en Sicile (ah, les églises de style baroque !). Si aujourd'hui j'aime autant ce pays et sa culture, c'est un peu à lui que je le dois. Cependant, tout le monde comprendra qu'il est assez inconfortable d'avoir des professeurs proches de la famille au point de venir régulièrement dîner à la maison. Comme je passais pour un aimable fumiste, être surveillé de près était angoissant. Les années passées à Lakanal ne sont pas celles que j'ai préférées, mais elles sont pour moi très importantes. »

Julien Clerc se souvient aussi des verres chez Cotte, des parties de foot où François Georges excellait, ces matches de hand-ball où il occupait la place de gardien – la pire. Et ce jour où il s'est fait prendre après avoir imité la signature de Ghislaine, condamné à rester en colle un dimanche entier. Il ajoute : « Et les filles qui nous ont accompagnés jusqu'à la 6e et ont dû nous quitter pour le lycée Marie Curie de Sceaux. Le prix de composition de français qui échappe à François pour un devoir brillant mais insolent envers notre professeur José Lupin (avec qui François restera ami jusqu'à la mort de ce dernier). Les pensionnaires en longues blouses grises, les excellents professeurs et les longues marches du lycée jusqu'à la maison restent des souvenirs à jamais ancrés dans mon esprit et, il faut le dire, l'image d'une France enfuie. »

Le 31 octobre 1980, lors de l'émission *Avis de recherche* consacré à Julien Clerc, ce dernier retrouvera certains de ses anciens camarades de terminale à Lakanal : l'un est devenu professeur de philosophie, un autre d'espagnol, un dernier s'est spécialisé dans la psychiatrie. Lui n'est resté proche que de François Georges, de Laurent Theis et de Maurice Vallet, surtout.

Maurice Vallet : l'ami fidèle, un être marquant, le charme en personne. Il suffit de le rencontrer pour ne plus jamais l'oublier. C'est mon cas depuis qu'il m'a reçue une fois à l'hôpital et une autre dans son petit appartement pour me narrer sa rencontre avec Paul-Alain Leclerc à Lakanal. Après avoir passé toute sa scolarité dans les écoles catholiques de Bourg-la-Reine, au moment de choisir son orientation, il élimine d'emblée la section maths élem, persuadé d'échouer. Lui veut aller en philo à Lakanal, « ce lycée communiste » comme disait feu sa mère en pestant contre sa décision. Maurice Vallet s'y inscrit quand même, en section philosophie. Sa rencontre avec Paul-Alain débute par un échange qui a bien failli être le dernier : quand il apprend qu'il habite avenue de Lattre-de-Tassigny, Momo le traite de bourgeois. À sa grande surprise, Paul-Alain l'admet calmement. Une amitié, belle, précieuse et indéfectible est née.

Si Momo étiquette Paul-Alain comme bourgeois parce qu'il habite une confortable maison, c'est que lui, fils de tapissier dont la mère tient la boutique, loge le long de la nationale 20. « Dans mon quartier, raconte-t-il, c'était la Cour des miracles alors que Julien vivait dans un quartier pavillonnaire. » De caractère, Maurice Vallet est non seulement intelligent mais drôle. Le seul qui chahutait en classe, m'a-t-il confié, c'était lui. Tout l'inverse de Paul-Alain qui, dans son souvenir, paraissait « sage, appliqué, bon élève ». Momo s'invite souvent chez les Leclerc où, pure coïncidence, il constate que son père y a tapissé tout ce qui est « tapissable », la literie en particulier. Il reste interdit lorsqu'il constate que, quand Ghislaine reçoit, elle agite une petite cloche pour signifier au domestique que le moment est venu de débarrasser. De fait, il a bien connu Paul Leclerc qu'il décrit comme brillant et austère, sympa bien que sévère, avec « ses côtés chiants ». « Au marché, où il tenait chaque dimanche à faire lui-même les courses, il demandait systématiquement au poissonnier si son poisson était frais. Le truc qui énerve », lâche Momo. Il trouve au moins un point commun entre le père et le fils : une nature explosive, un caractère colérique – personnellement, je n'ai jamais eu affaire à ce côté de Julien Clerc. En classe, Momo distrait beaucoup Paul-Alain qui le trouve particulièrement doué : il se souvient encore aujourd'hui de son exposé enlevé sur les relations entre Verlaine et Rimbaud, pour lequel il avait passé des jours et des jours à se documenter à la BNF.

Paul-Alain Leclerc divise ainsi son temps entre sa mère et son père, en cloisonnant instinctivement : « Ne pas évoquer les moments passés avec ma mère était ma technique pour me fondre dans l'autre partie de ma vie. Je n'avais ni le besoin ni l'envie de me répandre sur ces samedis et dimanches. C'était du chagrin. Je préférais garder ce monde-là pour moi et c'est devenu un sujet tabou pour mes frères et sœurs aussi qui ne me posaient pas de questions. »

Gérard Leclerc, très proche de Paul-Alain – ils partagent la même chambre –, avoue avoir pris conscience tardivement qu'il avait une « deuxième mère ». Si la complicité est grande entre les deux frères, le futur journaliste ne sait pas plus que les autres membres de la famille ce que Paul-Alain vit tout au long de ces mystérieux week-ends où il s'absente. Gérard Leclerc se souvient juste qu'il en rapportait des disques de jazz ou de Georges Brassens qu'il découvrait avec ravissement, lui qui n'avait pas accès à cette culture-là à Bourg-la-Reine.

Sa petite sœur, Marianne, me confie qu'elle a mis du temps à découvrir que Paul-Alain avait une « autre mère ». La scène se passe à l'Olympia, lors du premier passage de Julien Clerc en première partie de Gilbert Bécaud au printemps 1969. Au balcon, deux loges sont réservées. La première est occupée par Paul, Ghislaine et les enfants ; la seconde, par Évelyne. Marianne, alors enfant, s'amuse avec ses frères et sœurs à pointer du doigt les vedettes qui se pressent aux premiers rangs. Quand soudain une belle inconnue se penche vers elle pour lui expliquer que cela ne se fait pas. Marianne demande à sa mère qui est cette dame, Ghislaine lui répond qu'il s'agit de la maman de Paul-Alain. La gamine reste sans voix.

Le week-end, Paul-Alain rejoint sa mère qui vit toujours rue Poirier-de-Narçay avec son père, Alexandre Merlot, veuf depuis peu. Deux foyers, deux ambiances et deux éducations radicalement différentes : Julien Clerc n'en voit que le bon côté : « Cette dualité m'a énormément nourri, ce type d'"accident" vous arme pour la vie. Si cela ne m'était pas arrivé, je n'aurais pas eu ce trop-plein d'émotions, je ne serais peut-être jamais devenu artiste. »

Le vendredi soir, Évelyne, qui n'a pas serré son fils contre son cœur de la semaine, cède à tous ses caprices, se met en quatre pour lui faire plaisir. Elle lui mijote ses plats favoris, toujours les mêmes (des spaghettis à la sauce Buitoni ou des coquillettes à la macédoine), et l'emmène voir et revoir les films qu'il aime, le samedi *et* le dimanche. Ainsi Paul-Alain a vu six fois *La Vache et le Prisonnier* (« Fernandel promettant à sa vache Marguerite qu'il ne mangerait plus jamais de veau me tirait chaque fois quelques larmes », se souvient-il), six fois *Le Pont de la rivière Kwaï*, six fois *Michel Strogoff* avec Curd Jürgens et Geneviève Page. « Ah, Geneviève Page ! » soupire d'aise Julien Clerc.

Chez Évelyne, il y a un poste de télévision, ce qui n'est pas le cas dans le pavillon de Bourg-la-Reine où Paul-Alain doit s'inviter chez les voisins pour suivre *Intervilles*, les matches de catch et de foot. Évelyne Merlot possède en outre une discothèque variée alors que Ghislaine n'a d'oreilles que pour le classique. Rue Poirier-de-Narçay, Paul-Alain écoute le jazz de Sidney

Bechet, Louis Armstrong, Nat King Cole, ainsi que de la chanson française : Yves Montand, Léo Ferré, Georges Brassens ou Jean Constantin qui chante « Où sont passées mes pantoufles ? ».

« J'adorais écouter les disques de Brassens, mon seul choc mélodique avec les Beatles, dit Julien Clerc. Je connaissais les paroles par cœur sans toujours les comprendre. On dira que ça ne s'entend pas dans mon répertoire, mais à onze ans j'étais un bon connaisseur de son œuvre. Ce qui m'a attiré chez lui, contrairement à beaucoup de gens qui parlent de ses textes, ce sont ses mélodies. Elles m'ont d'emblée charmé. Je pense au "Parapluie", à "L'Amandier", "Bonhomme", "J'ai rendez-vous avec vous", "L'Orage". Par ailleurs, j'aimais "Tu t'laisses aller" de Charles Aznavour, cette chanson triste qui raconte l'histoire d'un couple qui se défait. J'écoutais aussi Barbara et Léo Ferré dont j'aimais beaucoup le répertoire, même si je ne suis pas fou de la manière dont il mettait les poètes en musique. Il cherchait trop la facilité. L'exemple à suivre dans ce domaine, c'est Brassens : on ne peut pas relire "Gastibelza" de Victor Hugo sans avoir sa mélodie en tête. Il en va de même pour le travail qu'il a fait sur l'œuvre de Paul Fort. Ces musiques ont donc très tôt compté pour moi. Ma mère appréciait la chanson et était dotée d'une bonne oreille populaire. Elle se trompait rarement sur un morceau qui plairait au public. »

Souvent, en assistant à des récitals à l'âge adulte, il y retrouvera des saveurs du temps jadis, quand à côté de lui sa mère se laissait bercer par ces chansons en fumant des blondes dont elle écrasait le mégot plein de rouge à lèvres : « J'ai vu beaucoup de concerts dans ma vie et certains m'ont marqué à jamais. Dans les années 90, lors de son retour à l'Olympia, j'ai redécouvert Yves Montand dans "Les Grands Boulevards" et sa face B : "Le Chat de la voisine". On sentait que tout était méticuleusement travaillé depuis des années, en particulier l'entrée en scène qui est si importante. Je suis allé le saluer dans sa loge. Tout cela aurait fait plaisir à ma mère. Je me souviens aussi de Ferré à l'Olympia au début des années 70 (seul avec son pianiste aveugle, Paul Castagner), qui m'a apostrophé au moment de chanter "Ni dieu ni maître", en hurlant dans le micro : "Celle-ci, elle est pour toi Julien !" Il savait que j'étais dans la salle puisque j'étais allé lui rendre visite dans sa loge à l'entracte : "Toi, au moins, tu viens me voir !" avait-il grogné. Enfin, j'ai vu Fernand Raynaud. J'ai retrouvé dans ces trois spectacles l'émotion que j'avais ressentie en écoutant des disques chez ma mère étant enfant. »

Vers treize ans, en âge de faire ses propres choix, Paul-Alain demande à sa mère de lui offrir « Balandar aux armées » de Fernand Raynaud et « Tous mes copains » par Sylvie Vartan, un des succès de l'année 1962. Il choisit également Ray Charles et les albums de la fameuse collection American Folk Blues Festival : Willie Dixon, T-Bone Walter, John Lee Hooker. Et puis, encore du jazz, des pianistes comme Bobby Timmons ou Art Tatum. Avec Maurice Vallet, ils s'échangeront les joyaux du Modern Jazz Quartet.

De la musique classique chez Ghislaine ; le goût du jazz et de la chanson française partagé avec Évelyne : « J'avais donc dès cet âge-là une culture musicale éclectique. Ce sont toutes ces influences qui m'ont donné envie de faire ce métier », conclut-il.

Depuis son divorce, Évelyne Merlot est une femme seule. Ce n'est ni simple ni courant à cette époque. Particulièrement belle, elle constitue une rivale potentielle pour les femmes mariées, si bien qu'elle compte ses amies sur les doigts de la main. Par ailleurs, la cohabitation avec son père dans le petit appartement de la rue Poirier-de-Narçay se déroule sous un ciel d'orage. Souvent, très souvent, le ton monte entre eux. L'enfant qui demeure en Julien Clerc ne peut gommer de sa mémoire une dispute particulièrement vive, où Alexandre sermonnait sa fille : « Tout ce que tu as à faire est de t'occuper de ton fils ! » De guerre lasse, l'aïeul a fini par aller s'installer dans le Sud, abandonnant l'appartement à sa fille, lui laissant le champ à peu près libre pour vivre ses aventures plus ou moins longues, plus ou moins passionnées. « Ma mère souffrait de solitude, d'autant que je n'aimais pas qu'elle ait des amants (dont certains étaient mariés) et, en fils possessif, je voulais la voir seule, raconte Julien Clerc. Elle en avait cependant, ils sonnaient à la porte le soir. L'un d'entre eux l'a enlacée devant moi, elle l'a repoussé et mis à la porte. Cette scène me hante encore aujourd'hui. »

Julien Clerc reconnaît qu'il n'est pas toujours tendre quand il parle de sa mère. Avec lui, elle était un peu gauche, du moins c'est ainsi qu'il le percevait petit. Avec le temps, il comprendra la difficulté qui était la sienne. « C'est terrible ce qui lui est arrivé : on lui a retiré son fils, admet-il. Cependant, j'ai toujours ressenti confusément qu'elle n'était pas très douée pour s'occuper d'un enfant et qu'elle considérait elle-même pas si mal que mon père m'élève. Il avait un tel ascendant sur ma mère, elle devait follement l'admirer pour son intelligence supérieure. Souvent, elle me parlait de leur différence sociale. Durant toute sa grossesse, elle a souhaité que j'hérite de sa beauté à elle et de son intelligence à lui. » Consciemment ou pas, il la tient pour responsable du divorce. Un jour, bien plus tard, alors qu'il traversera un profond chagrin d'amour, il ira consulter. Il ne lui faudra que deux séances pour comprendre qu'il vit mal les situations d'abandon.

S'il regrette aujourd'hui d'avoir été trop intransigeant avec sa mère, Julien Clerc se souvient aussi que, dès qu'il a bien gagné sa vie, vers vingt-deux ans, il a assuré son confort, la poussant à quitter son emploi de secrétaire de direction et assumant le loyer de son appartement. Dès qu'il sera en mesure de le faire, il lui en achètera un (à Boulogne). Une générosité qu'il a vite considérée comme une erreur tant cette situation rendait Évelyne dépendante. « Je maintiens que ça partait d'un bon sentiment de ma part, insiste-t-il. Elle a donc arrêté de travailler trop tôt pour avoir une retraite et l'idée que je puisse échouer la taraudait continuellement. Après leur divorce, mes parents se sont promis mutuellement de ne jamais quitter la France si bien qu'elle a sans doute manqué une occasion de partir pour les États-Unis avec l'une de ses amies, seule comme elle, où l'attendait un métier. J'ai longtemps pensé que ça aurait été bien pour elle. D'une certaine manière, elle s'est sacrifiée. »

Le chanteur s'illumine quand vient le moment d'évoquer le souvenir de son grand-père maternel, Alexandre Merlot, un des personnages principaux du théâtre de ses jeunes années.

Né à Capesterre-Belle-Eau, Alexandre Merlot a quitté Basse-Terre en 1914 pour partir à la guerre – il n'y retournera pour ainsi dire jamais. Installé en métropole, il devient ouvrier dans l'aviation au sol. Le côté métissé de Julien Clerc, qui est précisément fils d'une quarteronne, vient de lui. À sa naissance, rien qu'en observant les paumes du nourrisson, il se serait exclamé, ravi : « Celui-ci, il est de chez nous ! »

« Mon métissage ne m'a jamais posé de problème, ce ne fut au contraire que du rêve, explique Julien Clerc. Ma vision des Antilles était en grande partie inspirée par mon grand-père que les membres de sa famille appelaient tonton Alexandre. On voyait parfois arriver les siens rue Poirier-de-Narçay, les bras chargés d'ananas frais, de confitures de litchis et de jus de corossol. J'en garde des odeurs, des saveurs. Mon grand-père cuisinait à merveille le court-bouillon de poisson, plat typiquement antillais, ma madeleine de Proust, et la brandade de morue qui n'a jamais été pour moi une punition mais au contraire un plat magique. J'avais vingt ans quand je me suis rendu pour la première fois en Guadeloupe.

Salut les copains disposait de budgets conséquents pour ces reportages qui consistaient à ramener un artiste sur sa terre d'origine. J'ai été déçu, je peux même dire que ce fut un choc désagréable. J'y suis retourné par la suite, ce qui m'a permis de mieux connaître les membres de ma famille qui vivent principalement à Pointe-à-Pitre. Sans me sentir de là-bas, je sais pourtant la part de moi-même qui vient de là : il est certain que c'est une région lointaine avec une histoire importante à laquelle je suis fier d'appartenir. J'aime à penser que mes ancêtres ont été des esclaves. Dès mes premières interviews, j'ai évoqué ces origines qui sont les miennes, ce qui avait beaucoup surpris Ghislaine car à la maison je n'en parlais jamais. »

Il ajoute ce détail qui aide à éclaircir le mystère Julien Clerc : « Je comprends très bien le rapport au rire qu'ont les Blacks, ce rire qui peut cacher une gêne ou des choses plus graves. Je me souviens d'un documentaire des années 70 de Barbet Schroeder sur le général ougandais Idi Amin Dada. Dans un grand rire sympathique, ce tyran racontait que les crocodiles étaient ses amis alors que tout le monde savait qu'il balançait ses opposants dans le fleuve. Je peux moi aussi me cacher derrière ce rire. Par ailleurs, je pense que, sans doute, coule dans mes veines une pulsation personnelle qui n'est pas de la biguine, mais un certain chaloupé lié à mes origines. J'ai envisagé d'enregistrer des reprises de chansons caribéennes, projet que j'ai abandonné, conscient d'aller dans le mur. C'est dommage, cela aurait été une manière de rendre à la vie ce qu'elle m'a donné. Aussi, depuis qu'un ami m'a fait cadeau des *Codes noirs, de l'esclavage aux abolitions*, ce petit livre ne me quitte plus. »

Au fil de mes entretiens avec Julien Clerc, j'ai eu en effet parfois affaire à ce rire, « qui cache une gêne ».

Entre Paul-Alain et sa mère Évelyne, les relations sont si peu fluides qu'ils ne partent en vacances ensemble qu'une seule fois, quelque part du côté de la Costa Brava. Il s'ennuie. Elle aussi, peut-être.

C'est pourquoi Alexandre Merlot se fait par la suite une joie d'accueillir son petit-fils à Nice durant deux semaines chaque été, prises sur le quota maternel. Sentiment réciproque puisque Paul-Alain se montre toujours très enthousiaste à l'idée de rejoindre son grand-père dans son petit appartement avec vue sur le port. « J'adorais ces vacances, raconte Julien Clerc. Ma passion pour le football vient de lui. À Nice, nous assistions aux matches de l'OGC et quand l'équipe de Nice était en déplacement, on allait en car voir celle de Monaco.

« Mon grand-père, qui aimait les femmes, était très prude en ma présence. Nous allions souvent pêcher sur les rochers, après qu'il eut soigneusement préparé le "brouméger" pour attirer les poissons. Un jour, nous sommes tombés dans un coin où des femmes nues se faisaient bronzer. Évidemment, j'ai adoré ça, ce qui a mis mon grand-père très en colère. Nous avons plié les gaules et il m'a dit avec cet accent antillais qu'il a toujours conservé qu'on n'irait plus pêcher dans les "ôchers". Malheureusement pour moi, il a mis sa menace à exécution.

« Je me souviens aussi des moments où j'allais le rejoindre dans son lit le matin. Vêtu d'une chemise de nuit à l'ancienne, il buvait un café noir en lisant le quotidien communiste du coin, *La Marseillaise*. J'adorais cette odeur de café ! Un peu plus tard, il prenait son petit déjeuner, du café au lait dans lequel il trempait son pain. Pratique à laquelle je n'étais pas habitué puisqu'à Bourg-la-Reine on ne buvait que du thé au petit déjeuner. »

Chaque dimanche soir, c'est toujours le même et triste scénario : Évelyne tient son fils par la main et, ensemble, ils s'engouffrent dans le métro avant d'attraper le train qui les mène en gare de Bourg-la-Reine. Devant la grille du pavillon de l'avenue de Lattre-de-Tassigny, Évelyne embrasse son petit en tentant de cacher ses larmes, puis elle rebrousse chemin à pied. « Ces images, souvent associées à l'automne, octobre, novembre, m'ont marqué à vie », dit Julien Clerc en s'assombrissant.

Son barda sur le dos, le cœur sans doute un peu gros, le jeune Paul-Alain Leclerc renoue avec la face A de son existence : Paul, Ghislaine, les enfants, le piano, les tourterelles dans la volière autour du jardin et le pavillon où il a organisé ses premières boums. Jusqu'au week-end prochain.

3

Le Bout du monde

Son baccalauréat obtenu de justesse à l'été 1965, Paul-Alain entreprend à Lakanal un cursus de technique lettres, une année d'études littéraires qui prépare à l'examen de propédeutique et lui permettrait de tenter le concours d'instituteur de l'École normale supérieure. Un cursus que Paul Leclerc, « le jugement pince-sans-rire », surnomme une « hypokhâgne aux petits pieds ».

L'étudiant se révèle : il sort de l'examen de propédeutique enorgueilli d'une mention Assez bien. Mais où ces études sont-elles censées le conduire ? Le sait-il lui-même ? « Je n'ai jamais imaginé devenir instituteur, répond *a posteriori* Julien Clerc, mais cette année intermédiaire permettait soit d'entrer directement en deuxième année de droit ou d'anglais, soit de présenter l'oral de Sciences-Po sans passer l'écrit. » En partie pour satisfaire les désirs d'avenir de son père, Paul-Alain tente l'examen d'entrée à Sciences-Po. L'oral ne se déroule pas exactement comme il l'aurait souhaité. Il bute sur une question concernant Léon Blum : « J'avais le vague souvenir qu'il avait fait partie de plusieurs ministères avant 1936 mais quand l'examinateur m'a demandé quel avait été son sort pendant la guerre, je suis resté muet, incapable de me souvenir du procès de Riom. » Le directeur de Sciences-Po, René Henry-Gréard, un camarade de Paul Leclerc à Normale sup, déclare à son ami dans un soupir : « Mon pauvre Paul, je n'ai rien pu faire ! » À défaut d'intégrer cette grande école, Paul-Alain s'inscrit en droit à la faculté d'Assas. Visiblement sans conviction. D'ailleurs, au bout de quelques semaines, il migre vers la Sorbonne, cette fois pour y entamer un cursus d'anglais. Sans conviction non plus.

C'est qu'une autre envie, secrète et irrépressible, le taraude depuis que ses doigts sont revenus d'eux-mêmes se poser sur les touches du piano de Ghislaine, quelques années auparavant. Mais plutôt mourir que d'ouvrir à nouveau la *Méthode rose*. L'adolescent s'échine à reproduire d'oreille les mélodies qui ont sa préférence : Bob Dylan, les Beatles, différents morceaux de jazz et de soul. Faisant fi des hurlements de Ghislaine qui le somme d'arrêter de « martyriser ce pauvre piano », il persiste et ça paye. Mine de rien, ces exercices vont faire bifurquer sa ligne de vie : « Grâce à mes limites d'instrumentiste, n'arrivant pas à jouer la musique que j'appréciais chez d'autres, j'ai essayé d'inventer la mienne dans le but certainement inavoué de ne pas suivre la voie que mon père avait tracée pour moi. »

La grande épopée musicale du futur Julien Clerc débute en groupe, en marge des Éclaireurs de France.

Les deux benjamins de la troupe, Paul-Alain et Alain Masmondet, écoutent quantité de disques et se les partagent. Mieux, ils fondent un groupe amateur : Alain et son camarade François Ho font les guitares, de son côté Paul-Alain tente non sans mal de dompter la batterie. « Dans les années Lakanal, j'ai fait partie d'un groupe en tant que batteur, confirme Julien Clerc. Un copain antillais du lycée avait trouvé le moyen de se faire un petit peu d'argent de poche en me donnant des leçons succinctes de batterie – je ne pense pas que ses compétences en la matière étaient réelles. Selon mes moyens, je louais chez Couillé, boulevard Saint-Michel, une caisse claire, une cymbale et une pédale Charleston. Je m'entraînais au "Cha-bada cha-bada" sur mes disques de jazz. Quand on est droitier, ce qui est mon cas, c'est la main gauche qui joue l'*after beat*. Je tenais cette baguette à la manière des jazzmen. Dans le rock, à ma connaissance, un seul batteur joue dans cette position, celui des Stones, Charlie Watts. Notre chanteur, qui était dans ma classe à Lakanal, m'interdisait de faire les chœurs. Ça n'allait pas, disait-il. Nous répétions dans le petit jardin du pavillon de Bourg-la-Reine. Nous avons beaucoup travaillé sans jamais nous produire en public. »

Avenue de Lattre-de-Tassigny, les trois musiciens répètent pour la kermesse annuelle des Éclaireurs de France, avec un répertoire de reprises. Le concert n'aura pas lieu. Ils forment ensuite un second groupe, avec un certain Jean-Pierre Marienne, mais le résultat n'est toujours pas à la hauteur de leurs ambitions. Il ne restera de cette aventure que quelques souvenirs sépia, dont le périple de ces jeunes garçons dans le vent, fans des Shadows, des Rolling Stones et des Beatles en mobil-home à travers le sud de l'Angleterre.

« J'ai pratiqué la musique à mon rythme, avec une certaine facilité. Pour tout dire, comme je ne savais trop que faire de ma vie, cela m'a convenu de décréter que j'allais devenir un musicien professionnel. Je me suis débrouillé pour trouver un travail qui corresponde à mon caractère. Ce fut la chance de ma vie que d'avoir à articuler mon existence autour de la musique. Composer ses propres mélodies est très gratifiant. Aussi, je n'ai pas trop trahi mon père et son amour de la poésie et des lettres en choisissant de grands auteurs », raconte Julien Clerc.

Nous y sommes, ou presque.

L'été de ses dix-sept ans, celui que l'on appelle encore (plus pour très longtemps) Paul-Alain Leclerc part camper en Corse avec Alain Masmondet et Éric Burdon, qui s'est octroyé la place de chanteur dans leur groupe. Serrés dans la Fiat 500 du surnommé Riton, ils mettent le cap au sud, leur tente pliée dans le coffre. « Nous étions restés très scouts dans l'âme », m'explique Alain Masmondet. Arrivés au camping Les Tamaris, Paul-Alain et Alain se liguent contre Riton qui, de tempérament trop vindicatif à leurs yeux, en vient aux mains avec la plupart des jeunes Corses qu'il croise. *Exit* Riton et sa Fiat 500 qu'ils regardent s'éloigner avant de rejoindre leur tente, leur cachette, ce refuge idéal pour se passer en boucle des 45 tours sur le mange-disque qu'Alain Masmondet a emporté dans son paquetage. Il diffuse principalement les hits du moment, mais pas seulement. « Nous avions une collection qui mélangeait les préférences d'Alain, le rhythm'n'blues, Otis Redding et Nelson Piquet, et les miennes : la pop anglaise des années 60, Beatles et Stones », se souvient Julien Clerc.

Aux Tamaris, perdant patience, des voisins dénoncent au directeur le tapage nocturne des deux jeunes (forcément) dégénérés. « Il nous a virés en nous reprochant d'écouter trop fort de la "musique de nègres !" » raconte Julien Clerc, encore stupéfait. Ils déménagent et vont planter leur tente sur un terrain de fortune, un camping sauvage non loin des bars longeant la plage de Calvi : Le Café du Port, Chez Émile, etc., où ils rencontrent de jeunes Toulonnais, deux gars et une fille (l'amour d'été d'Alain, qui m'en parle avec quelques étoiles dans les yeux). Un soir, ils font la connaissance du bassiste Jean-Bernard Raiteux. À la nuit tombée, la jeunesse de Calvi monte à la citadelle, Chez Tao, une vieille maison aménagée en piano-bar et boîte de nuit. C'est ici que le jeune Raiteux a rendez-vous avec un guitariste et un batteur pour mettre en place leur concert prévu au Bout du monde, ce bar tenu par des Marseillais et situé là où la plage s'achève – juste avant le camp de légionnaires. Il n'est pas trop tard pour s'apercevoir qu'il leur manque un chanteur. « Sans trop réfléchir, je me suis proposé même si je n'avais jamais chanté de ma vie, dit Julien Clerc. Leur répertoire était celui des orchestres de l'époque et correspondait aux disques que nous écoutions avec Alain

Masmondet. Ils jouaient en plus quelques chansons françaises dont “Les Élucubrations” d’Antoine. Avec l’aide d’Alain, j’ai donc appris le répertoire anglo-saxon en une après-midi sous la tente. Je ne garantis pas que j’interprétais les textes avec une grande précision. Le soir même, autour de 23 heures, nous avons joué devant des gens qui étaient pour la plupart les copains avec lesquels nous passions nos journées. C’est sans doute au Bout du monde que j’ai attrapé le virus de la scène. »

Alain Masmondet, témoin de la première prestation en public du futur Julien Clerc, rapporte que son copain louveteau connaissait le répertoire et qu’il s’en est bien sorti : « On a tout de suite vu qu’il avait vraiment ça en lui. » Pourtant, si sa mémoire est bonne, le concert n’a pas réellement emballé les Corses. Il se souvient d’avoir assisté dans la foulée à une autre performance du groupe, à l’île Rousse cette fois, où Paul-Alain a joué pour les noctambules du Bip’s, une discothèque. Ici, les jeunes musiciens n’ayant pas réussi à se faire payer, M. Masmondet père a dû intervenir pour régler le différend.

Quand vient la fin de l’été, Paul-Alain remonte à Paris où son aventure musicale se poursuit tant bien que mal. « À mon retour, l’un des musiciens rencontrés en Corse m’a présenté Pensy Klein, le guitariste du groupe yéyé Les Vautours, un cador ! raconte Julien Clerc. Je suis devenu le chanteur du Pensy Klein Groupe qui se produisait dans les rallyes, pour la jeunesse dorée de Neuilly, du XVIe arrondissement mais aussi dans des discothèques. Il y avait de très bons musiciens à l’époque, alors que nous, en comparaison, nous n'étions objectivement pas excellents. Pour les rallyes, ça passait, en revanche, dès qu'il s'agissait de se mesurer à des groupes de boîte de nuit, c'était plus compliqué. Je me souviens du Damier dans le quartier de l'Opéra et du Rock'n'roll Circus d'où nous nous sommes fait jeter au bout de trois soirs. Je vous parle là de l'hiver qui a suivi mes débuts en Corse. »

Il serait prématuré d'affirmer qu'une étoile est née.

Paul-Alain n'a plus la tête à ses études, poussé par son dessein d'aller plus loin dans la musique. S'il hésite, c'est qu'il est encore très jeune et n'a pas le moindre contact dans l'univers convoité du disque. Aussi, il n'oublie pas que son père attend de lui des diplômes de hautes études. Décevoir Paul Leclerc n'est pas une mince affaire.

De fait, il est plus fréquent d'apercevoir sa longue silhouette au café que dans les amphithéâtres bondés de la Sorbonne. Au sortir du métro Port-Royal ou Luxembourg, plutôt que de se rendre docilement à la fac, il pousse la porte de L'Écritoire où les visages commencent à lui être familiers. C'est dans ce café sis place de la Sorbonne que le destin de l'aîné des Leclerc bascule pour de bon. Ses premières chansons y puiseront bientôt leur source, le futur artiste le sent confusément. S'il en a déjà écrit quelques-unes avec Maurice Vallet, le résultat reste, à ses yeux, insatisfaisant. Momo se souvient qu'avant d'y renoncer définitivement, Julien Clerc a bien tenté d'écrire lui-même ses textes. Ses premiers essais s'inscrivaient, paraît-il, dans une veine légère et drôle, façon Nino Ferrer. Le seul texte signé Julien Clerc et dont Maurice Vallet se souvienne s'intitulait « Vieux Zigue ». Il disait : « Le vieux zigue tout habillé de noir/Le vieux zigue est de sortie ce soir. » Ce dernier reste persuadé que son ami aurait pu devenir un grand auteur, mais par conviction, réalisme ou modestie l'intéressé n'est pas de cet avis et se refusera obstinément à versifier. Selon lui, il n'en a jamais eu ni le talent ni le désir, il ne se sent pas « submergé » en se penchant sur une feuille blanche comme il l'est quand il compose une mélodie au piano. La quête d'auteurs est d'emblée sa priorité, et le sera tout au long de sa carrière. De l'Olympia à Bercy, du Palais des Sports au Palais des Congrès, toujours il rendra hommage à ses indispensables plumes : Maurice Vallet, Étienne Roda-Gil, Maxime Le Forestier, Jean-Loup Dabadie, David McNeil, Luc Plamondon, Françoise Hardy, Carla Bruni, Gérard Duguet-Grasser et autres.

« À l'époque dont nous parlons, j'avais donc déjà composé des mélodies et je cherchais des paroles, poursuit le chanteur. Mais comment pénétrer ce métier où je ne connaissais personne ? Je ne savais même pas ce que j'allais chanter, je n'avais aucune idée préconçue. Mes tentatives avec Maurice Vallet n'étaient pas concluantes, les chansons que nous avons écrites ensemble pendant deux ans ne sortiront jamais. Momo fera évoluer son style à l'arrivée d'Étienne Roda-Gil. »

Étienne Roda-Gil, un génie dans son genre, s'apprête à entrer dans la vie de Julien Clerc.

Dans l'attente de cette rencontre miraculeuse avec ce fils d'émigrés espagnols, Paul-Alain Leclerc poursuit sa quête d'auteurs. À défaut d'en trouver un, une après-midi à L'Écritoire, il aura au moins rencontré l'amour. Elle s'appelle Marie-Françoise Aimé, ses proches la surnomment Zaz. Flanqué de Momo, Paul-Alain tente une approche auprès de cette jeune femme aux cheveux courts, le visage barré d'une épaisse frange. Concentrée sur une feuille, un stylo à la main, elle ne calcule personne. Et pas davantage ce jeune homme brun bouclé qui surmonte sa timidité pour oser lui demander ce qu'elle écrit. Elle correspond avec ses parents, répond-elle indifférente. Les deux garçons s'éloignent. Une heure plus tard, Paul-Alain est ravi d'apercevoir la belle au bout de la rame de métro. « Toute mince, en mini-jupe et bas blancs, je ne pouvais pas la rater », raconte-t-il comme si c'était hier. De nouveau, il l'aborde. Pur hasard, heureuse coïncidence, Marie-Françoise Aimé habite aussi à Bourg-la-Reine où elle partage une grande maison au 1 bis avenue du Lycée-Lakanal avec son frère et sa sœur. Zaz est étudiante en lettres ; Paul-Alain apprend l'anglais.

Les parents de Zaz ont déserté Bourg-la-Reine. Le père est trésorier-payeur général ; la mère n'a jamais travaillé – si ce n'est qu'elle a élevé pas moins de treize enfants. Quand le père a été muté à Châlons-sur-Marne, il a laissé la maison aux plus jeunes de leurs enfants, tous étudiants : Marie-Françoise, Gérard et Brigitte (dite Bout car elle ne se sépare jamais de ses bottines). Chacun occupe un étage, sachant que les copains et les copains des copains squattent volontiers les lieux, formant une sorte de petite communauté hippie comme il en fleurira bientôt un peu partout en France. Les volets de la maison restent le plus souvent clos car ici on privilégie l'éclairage intimiste, à la bougie. Il suffit que les parents annoncent leur arrivée pour que tout ce petit monde se volatilise. Avant de quitter Zaz à regret, Paul-Alain note son numéro de téléphone : ROB 1540.

Dès le lendemain, il tente de la joindre à plusieurs reprises, mais chaque fois c'est sa sœur Brigitte qui décroche. Voyant que son interlocuteur bafouille, elle pense à une plaisanterie ou à une erreur. Et elle raccroche. Quand Zaz croise de nouveau Paul-Alain aux abords de la Sorbonne, elle est surprise par sa froideur soudaine. Il finit par lui relater ses mésaventures téléphoniques, qu'il regrette d'autant plus qu'il aurait souhaité l'inviter aux *Connaissances du Monde*, au cinéma de Bourg-la-Reine. Elle aussi les regrette. Assez rapidement, semble-t-il, elle l'emmène dans sa chambre. Zaz s'amuse à me confier qu'ils n'ont pas tout de suite fait « crac-crac » (selon son expression) car elle avait déjà un petit copain à ce moment-là. Quand elle aura rompu avec ce dernier, reclus dans cette chambre, Zaz et Paul-Alain passeront des jours entiers à s'aimer – sachant que Momo peut sonner à n'importe quel moment. Quand le succès mettra la main sur Julien Clerc et qu'elle le verra s'éloigner, elle s'accrochera au souvenir de ces semaines placées sous le signe de Vénus, où il était à elle, rien qu'à elle.

Assez vite, Paul-Alain quitte le pavillon familial pour emménager chez sa petite amie. Ghislaine Leclerc accable son mari et son caractère « entier, difficile, autoritaire » qui aurait tôt poussé leurs enfants à déserter la maison. Julien Clerc n'en fait pas état : « La jeunesse aspirait à quitter ses parents le plus vite possible. Quand je suis parti, les portes n'ont pas claqué, d'autant que je ne suis pas allé bien loin : Zaz habitait à mi-chemin entre la maison de mes parents et le lycée Lakanal. » Il décrit la famille de sa copine comme de bons catholiques dont les enfants vivaient librement. Sans contrainte, certes, mais avec des limites auxquelles les amoureux vont bientôt se heurter.

Pâques 1967 : Marie-Françoise se rend compte qu'elle est enceinte et c'est comme si le ciel lui tombait sur la tête. Pas elle, pas maintenant ! Impossible de confier son lourd secret à ses parents dont elle redoute les foudres. Dans la plus grande discrétion, c'est finalement Évelyne qui va financer l'avortement qui se déroule dans une souffrance inimaginable. « Sans anesthésie, un bâillon dans la bouche », lâche-t-elle. Aujourd'hui, à tort ou à raison, il n'y a pas à juger, elle regrette de ne pas avoir gardé l'enfant.

Tandis que Zaz me confie cet épisode malheureux, me reviennent en mémoire des propos que m'a tenus Julien Clerc au hasard de l'un de nos entretiens. Sur le moment, soit j'étais distraite, soit il n'était pas clair, j'ai laissé filer la réponse sans mesurer qu'il me livrait ce qui était pour lui jusqu'alors un secret. Comme il me disait qu'il était « contre l'avortement », sans se révolter, la suffragette qui sommeille en moi s'est contentée de hausser les sourcils en forme de points d'interrogation.

Je me suis aperçue plus tard, en relisant et décryptant mes notes, qu'il faisait référence à cet accident. Voici sa réponse à l'étonnement qu'il a lu sur mon visage : « Au fond de moi, je suis contre. Un enfant est l'aboutissement d'un amour, la fusion de deux êtres. Je n'ai jamais demandé d'enfant à une femme, mais chaque fois qu'ils se sont présentés je ne les ai pas refusés. Et j'ai essayé de jouer au mieux mon rôle de père – il me va plutôt bien. Quand je dis que je suis contre l'avortement, attendez ! Je suis naturellement pour le droit des femmes à avorter, toutefois je n'ai pas envie de mettre l'être que je prétends aimer face à une telle décision. Pour l'avoir "vécu" et pour avoir vu le mal que cela faisait, je sais combien c'est douloureux. À ma décharge, j'étais très très jeune. »

Débutée en 1966, l'idylle entre Zaz et Paul-Alain s'achèvera en 1969, au milieu des années *Hair*, laissant au cœur de cette femme, qui a pourtant fait et refait sa vie par la suite, un souvenir très fort. Elle dit « indélébile ». À l'évidence, elle souffre de ne jamais figurer à l'affiche des femmes qui jalonnent l'existence du célèbre Julien Clerc, aux côtés de France Gall, Miou-Miou, Virginie Coupérie et Hélène Grémillon. Sur le canapé de son studio lyonnais tapissé de photos d'elle et de celui qu'elle a aimé en Paul-Alain, traîne un numéro récent de *Paris Match* où il évoque les femmes de sa vie. Puisque d'elle il n'est pas question, elle se raccroche aux lettres qu'il lui écrivait du temps des grandes déclarations et de toutes les impatiences. C'est peu dire qu'elle tient à cette histoire.

Dans les rares moments où ils se trouvaient loin l'un de l'autre (quand elle rejoignait ses parents à Châlons-sur-Marne ou à Cannes ; lorsqu'il passait ses vacances à Vaon ou baguenaudait avec Gilbert Bécaud au début de sa carrière), il lui écrivait de longues missives.

La première lettre de Paul-Alain à Marie-Françoise, sa « chatte », est datée du 25 mars 1967. Elle a été rédigée à Vaon. Le jeune homme de dix-neuf ans dit appréhender ce séjour dans la maison paternelle :

> *Une surprise, qui n'en était pas une, m'attendait hier à mon arrivée au « pays » : une lettre de ma chatte. Elle m'a aidé à supporter le cafard qui m'avait envahi dès le matin rien qu'à l'idée de passer dix jours à la campagne.*

Il parle d'une visite de sa petite amie, escortée d'Évelyne, chez le médecin :

> *Comment s'est passée votre séance chez le docteur ? Vous êtes-vous bien comportée avec maman ? Si j'ai bien compris votre lettre, il va falloir vous reprendre en main à la rentrée.*

Enfin, il avoue ne pas beaucoup étudier, ses révisions sont au point mort :

> *Excusez mon écriture, mais je suis encore allongé. En effet, j'ai décidé de faire une cure de repos. Je crois que mes poly ne seront encore pas ouverts pendant ces dix jours.*

S'il évoque cette mystérieuse visite chez un médecin, curieusement il n'aborde pas l'autre drame qui bouleverse la petite bande de Bourg-la-Reine : Momo, le meilleur ami de Paul-Alain, tombe gravement malade. À Laennec, l'éminent professeur Jacques Chrétien a diagnostiqué une pleurésie tuberculeuse. « Je ne me nourrissais plus, se souvient Maurice Vallet. J'étais tellement mal qu'ils avaient donné à mes parents l'autorisation de me rendre visite à n'importe quelle heure du jour ou de la nuit. J'ai subi une vingtaine de ponctions de la plèvre. » Au bout de deux mois, il quitte l'hôpital pour un sanatorium de Cambo-les-Bains. Pour combien de temps ? se demande-t-il alors avec anxiété.

Aujourd'hui, il reste abasourdi d'être arrivé à Cambo non-fumeur, buveur d'eau claire et sportif, tout cela pour en sortir avec deux paquets de brunes par jour dans les poumons et « ivre mort du matin au soir ». Une malheureuse métamorphose qu'il payera le reste de sa vie.

Le 21 avril 1967, à peine installé dans la chambre qui lui a été attribuée au sanatorium, Maurice Vallet écrit une première lettre à Zaz :

> *Lorsque je suis arrivé mercredi matin en voiture, j'ai découvert Cambo. Cambo, c'est un village basque qui s'est considérablement développé grâce aux sanatoriums. Il y a dix-sept ou dix-huit sanas à Cambo. Si je dis dix-sept ou dix-huit, c'est que les gens qui m'en ont parlé ne savent plus très bien eux-mêmes le nombre exact de sanas.[…] Cambo est devenu touristique et s'est sophistiqué. On a tracé de belles avenues ombragées, aménagé des jets d'eau, semé des gazons ; de magnifiques villas sont apparues. Bref, Cambo est devenu une petite ville à l'aspect rupin. Heureusement, les Basques ont conservé leurs traditions*

et leur folklore est plus vivant que jamais. À partir du mois de mai, il va y avoir paraît-il de grandes fêtes et j'espère être présent et témoin.

Je parle du pays, du village mais j'oublie un peu vite que pendant un certain temps je suis encore condamné à rester au lit (je n'ai le droit de me lever que le matin pour faire ma toilette et c'est tout). [...] Je pense beaucoup à vous, à votre vie d'il y a deux mois, au piano, au lit et au divan, à l'escalier et à la cuisine, à la fenêtre de Bout, aux disques (je crois que le manque de musique va être quelque chose de très dur pour moi), aux animaux en peluche, aux repas à la chandelle, au cahier de Zaz, aux chansons de Paul-Alain. J'espère et j'ai peur à la fois. J'espère que le jour où je viendrai vous voir pour la première fois cet automne, ce sera demain, mais j'ai peur aussi que ce ne soit plus jamais comme avant. Je vous embrasse très fort. Momo.

Les mois passent sur le village de Cambo-les-Bains et sur le spleen de Maurice Vallet. L'heure de la distribution du courrier est la seule qui mérite d'être vécue. Même si les dernières nouvelles de Zaz et de Paul-Alain qui lui sont parvenues ces derniers jours ne sont pas aussi excellentes qu'il le souhaiterait. Le couple traverse une période difficile depuis Pâques. Le 26 juillet 1967, Momo est de tout cœur avec eux. De nouveau, il s'adresse à Zaz :

Ce matin, lorsque j'ai reconnu ton écriture sur une enveloppe blanche, j'ai été encore plus heureux qu'à l'ordinaire. À présent, j'ai lu et relu cette longue lettre et je dois dire que je suis pleinement rassuré quant à vous. Tu sembles avoir une telle confiance en la vie, en Paul-Alain, en l'amour que tu sembles prête à te battre pour préserver tout ça. C'est pour cette raison que même si j'ai été au courant des principaux événements de votre vie depuis Pâques, j'ai manqué l'essentiel : la prise de conscience chez l'un comme chez l'autre de ce qu'il pouvait y avoir de sérieux, de durable, de fort entre vous... J'ai le sentiment que vous vous aimez vraiment. C'est merveilleux et, pour moi, c'est un véritable doping de penser que vous êtes heureux. Lorsque vous avez eu vos ennuis, j'ai été abattu. J'ai eu très peur pour vous deux. Ma réaction, mon opinion, tout cela a été quelque chose de spontané, sans aucun calcul. C'était la solution que j'estimais la meilleure. Seulement, il est bien sûr très facile de prendre une décision de ce genre quand on n'est pas dans le coup. Je dois avouer qu'à la place de Paul-Alain je ne sais pas ce que j'aurais fait. Le principal est que tout se soit bien passé et que tu finisses de te remettre sagement [...].

Maurice Vallet ne sortira pas de Cambo avant plusieurs mois. Le vœu qu'il a formulé ne sera que partiellement exaucé : Zaz ne se remettra pas complètement, moralement, de son opération.

Peu après sa rencontre avec Zaz, Paul-Alain Leclerc en fait une autre. Nous sommes au mois d'avril 1967. À ce moment-là, il est à la recherche d'un auteur pour ses mélodies. C'est pourquoi, à L'Écritoire, il lance à la cantonade : « Y aurait-il ici quelqu'un capable de m'écrire des paroles de chanson ? » Dans son dos, une voix répond simplement : « Moi ! » C'est Étienne Roda-Gil.

Né en août 1941, ce fils de réfugiés républicains espagnols, des « anarcho-syndicalistes », a ouvert les yeux pour la première fois dans un camp, à Septfons-sur-Lot, dans le Tarn-et-Garonne. « J'ai grandi au milieu des fusils », raconte-t-il souvent. Plus âgé que la moyenne de la population attablée à L'Écritoire, il ne semble pas appartenir à la grande famille des étudiants qui refait le monde sur les banquettes de moleskine. Il est pourtant en licence de lettres et se destine à devenir professeur d'espagnol, sa langue d'origine qu'il maîtrise parfaitement. Sans doute pense-t-il emprunter cette voie par dépit, lui qui a déposé ses manuscrits dans un certain nombre de maisons d'édition germanopratines, pour se « faire jeter chaque fois extrêmement cruellement ». Qui est Étienne Roda-Gil ? Que fait-il concrètement dans la vie ? Personne ne le sait au juste. Aujourd'hui, Julien Clerc se le demande encore : « Étudiant attardé, visiteur médical, professeur occasionnel d'espagnol ? Les trois, je crois. » Roda-Gil reste définitivement un personnage aux contours flous, du genre à se dérober à son portrait.

Le jour de leur rencontre, Paul-Alain l'entraîne aussitôt chez ses parents à Bourg-la-Reine pour lui jouer ses mélodies sur le piano de Ghislaine. Il lui fait part de ce qu'il veut et de ce qu'il ne veut pas. « Étienne et moi avons eu notre première et ultime discussion autour de la chanson, raconte Julien Clerc. Je n'étais pas prêt à chanter n'importe quoi. Je me souviens de lui avoir demandé en substance : pourquoi en France il y a d'un côté la bonne chanson française et de l'autre celle que l'on prend moins au sérieux comme les yéyés ? Ne pourrait-on pas concilier textes puissants et musiques qui bougent ? Que les mots soient simplement à la hauteur de la musique et vice versa. Telle était mon ambition. Je lui ai cité en exemple *Sgt. Pepper's* des Beatles, et aussi Dylan et Donovan. Tout au long de notre "vie commune", nous ne parlerons plus ensemble de ce que doit être une chanson. Ou très rarement. »

À l'issue de cette première séance de travail, Roda lui aurait demandé de lui prêter 200 francs pour imprimer des affiches – du moins le prétendait-il. Jamais il ne verra l'ombre d'une affiche ni ne reverra la somme confiée. Julien Clerc conclut : « Comme beaucoup de gauchos, Étienne avait un curieux rapport à l'argent et je m'en fichais car j'avais conscience d'avoir fait la connaissance d'un des personnages clés de ma vie. »

Sur ce, Étienne Roda-Gil se volatilise suffisamment longtemps pour que Paul-Alain se demande s'il le recroisera un jour. Deux ou trois semaines de silence plus tard, à L'Écritoire, une jeune femme blonde lui tend une feuille « de la part d'Étienne ». Sur une musique que Paul-Alain lui avait jouée à Bourg-la-Reine, Roda-Gil avait posé des mots et pas n'importe lesquels. « La Tarentelle », ou une histoire d'amour déçu, un chagrin sous les cieux de Rome et de ses provinces. Leur première chanson est pleine de promesses, elle marque le début d'une collaboration professionnelle, intense et tumultueuse. « Dès lors, notre drôle de relation s'est installée, poursuit Julien Clerc. Plus âgé que moi, Étienne était d'une grande puissance intellectuelle et physique, il avait une sacrée force de conviction. Je ne comprenais pas toujours son discours, je ne savais pas toujours où il voulait en venir. Quelle importance ? Je n'étais certes pas toujours d'accord avec lui, mais son caractère de poète libertaire m'emportait, réveillait en moi des images de révolte et de liberté enfouies.

« Étienne disparaissait souvent, il était énigmatique. Il ne me tenait pas informé de ce qu'il faisait, je ne lui posais pas de question. Je savais juste qu'il avait épousé une fille de la grande bourgeoise, Nadine, qui était venue vivre à Antony dans son HLM avec lui et sa maman, veuve et catalane. Étienne me donnait des textes que je prenais ou non. Il m'est arrivé de lui en refuser ou de les remanier en isolant par exemple trois vers pour en faire un refrain. “Paulo, fais-en ce que tu veux !” disait-il souvent. Il ne me venait pas à l'esprit de lui commander un thème, on ne suggérait pas à Roda-Gil un sujet de chanson. En tout cas, je ne le faisais pas. J'aimais ces textes qu'il m'apportait, comme ça, sans explication, et le mystère qu'ils contenaient. Durant ces décennies de collaboration, je ne lui ai demandé que deux chansons. “Réfugié”, à un moment où je voulais que mes chansons reflètent mon engagement avec l'UNHCR[1]. Et, bien avant, “Souffrir par toi n'est pas souffrir”, après ma rupture avec France Gall. Le reste du temps, chacun travaillait de son côté puis nous terminions la chanson tous les deux devant le piano. Il m'arrivait de trouver une musique sur son texte, en sa présence, comme une inspiration venue d'ailleurs.

1 Agence des Nations unies pour les réfugiés.

« Avec Étienne, nous avons donc commencé à travailler main dans la main. Nous n'éprouvions pas le besoin de partir en vacances ensemble. Nous cloisonnions nos vies, il avait ses amis et moi les miens, tout cela sur fond de relations passionnelles entre nous deux. Étienne "tolérait" déjà mal les textes de Momo sur mes disques et, à l'arrivée de Bertrand de Labbey, il a pris ombrage de l'importance que ce dernier prenait dans ma carrière. Étienne était mon auteur, Bertrand mon directeur de carrière, mon confident, mon ami.

« Étienne se montrait possessif à mon égard, comme un mari jaloux qui ne se gêne pourtant pas pour aller voir ailleurs. Nous avons eu beaucoup de discussions et, un jour que je parlais en positif d'une chanson à succès qu'un autre avait écrite pour moi, il m'a répondu : "Mais ce n'est pas toi !" Il avait une vision très précise de ce qu'était Julien Clerc, cette vision étant exclusivement la sienne. Quand je lui ai dit qu'il pouvait critiquer autant qu'il le souhaitait "Ma préférence" mais que, si on ne devait retenir que trois chansons dans mon répertoire, elle en ferait partie, Étienne m'a répondu à propos de Dabadie : "Évidemment, à toi il donne les plus belles plumes de son chapeau." Étienne a été comme un grand frère énervant, auquel on reste néanmoins définitivement attaché. Pour les chansons, il a mis la barre très haut dès le début, me donnant une exigence vis-à-vis des textes que j'ai chantés, exigence que j'espère ne pas avoir trahie. »

Paul-Alain passe désormais le plus clair de son temps chez Zaz, son terrain de jeu favori, une sorte d'atelier de création pour Maurice Vallet, Étienne Roda-Gil et lui-même. Nombre de chansons s'y écrivent. De fait, on voit moins ses boucles brunes à la Sorbonne et avenue de Lattre-de-Tassigny. Le moment est venu d'annoncer à ses parents qu'il arrête ses études pour mettre toute son énergie dans la musique. Pas simple. Sans être très enthousiaste, Ghislaine Leclerc n'a pas déploré ce choix. Pour elle, sa vocation est née en Corse, l'été où il s'est produit au Bout du monde. Aussi, elle a eu vent de sa rencontre avec Étienne Roda-Gil à L'Écritoire. Comment pourrait-elle lui en vouloir, elle qui l'a dirigé dès son plus jeune âge vers le piano ? En revanche, elle se souvient parfaitement que son mari, Paul, a sans doute été un peu déçu : « Mais il pardonnait tout à Paul-Alain ! »

On devine que le futur Julien Clerc n'a pas vraiment fait sonner le clairon au moment où il a décidé de quitter l'université pour endosser le costume de compositeur-interprète. Vivant chez Zaz, ne venant plus à Bourg-la-Reine qu'en visiteur du dimanche, cela s'est passé progressivement, en douceur, un peu dans le dos des parents. Quand il s'est présenté à sa première audition, l'ont-ils seulement su ? Quel souvenir conserve-t-il de ce moment délicat de sa vie ? « Quand j'ai annoncé à mon père que j'arrêtais l'école des Langues orientales où je n'avais jamais mis les pieds, il a été un peu désolé, mais la seule chose qu'il m'a demandée est de ne pas perdre mes langues vivantes, raconte-t-il. Quant à ma mère, en bonne fille d'ouvrier qu'elle était, elle aurait préféré que je choisisse un métier "sérieux". La tolérance de mon père et le désappointement de ma mère (qui adorait pourtant la chanson) m'ont beaucoup surpris. Ce jour-là, c'est amusant, ma mère m'a dit : "Tu comprends, des Bécaud ou des Brassens il n'y en a qu'un." Ce à quoi j'ai répondu : "Moi, il n'y en aura qu'un." Quant à Ghislaine, je me souviens d'une de ses réflexions qui revenait souvent pendant la période de gestation du premier disque : "Arrête de taper sur ce piano !" Elle changera d'opinion par la suite. »

D'après Gérard Leclerc, les murs n'ont pas tremblé, la réaction plutôt positive de leur père l'a même étonné. Simplement, il aurait incité Paul-Alain à continuer ses études en parallèle. Il ajoute cette anecdote qui fait sourire : Paul Leclerc n'a pas cessé de donner à son fils aîné son argent de poche et ce jusqu'à la sortie de son deuxième album, *Des jours entiers à t'aimer*. Le chanteur aurait fini par lui dire que ce n'était plus nécessaire. Paul Leclerc s'en était ouvert à Gérard, lequel lui a confirmé que son grand frère gagnait vraiment beaucoup d'argent : « Pour tout te dire, je crois même qu'il en gagne plus que toi ! » lui a-t-il lancé, laissant Paul Leclerc songeur. Il aura mis un peu de temps avant de comprendre que son fils était devenu artiste, et vraisemblablement pour toujours.

« L'avis de mes parents comptait beaucoup, je m'en rends compte, ajoute Julien Clerc. En abandonnant la voie qu'on avait tracée pour moi, des études qui m'auraient permis de devenir éventuellement journaliste ou "traducteur dans les conférences internationales", je brûlais mes vaisseaux. Je devais réussir. »

Muni des chansons qu'il vient d'écrire avec Maurice Vallet et Étienne Roda-Gil, Paul-Alain décroche une audition chez CBS. Elle se déroule probablement au printemps 1967, quelques semaines avant que Momo entre à Laennec. Dans l'attente fébrile de ce jour, il écrit à Zaz depuis Vaon :

Chatte,

J'ai reçu ce matin votre IIIe lettre. J'étais bien décidé à vous répondre une petite lettre sèche car le « estimez-vous heureux » à propos des 2 lettres précédentes m'avait mis de fort méchante humeur. Ajoutez à cela cette coupure répétée et vous comprendrez aisément pourquoi je grognais ferme depuis 2 jours.

Mais, hélas, le sexe dit fort est parfois bien faible et, une fois de +, je cède à la bonté et je pardonne. Il n'en reste pas moins que vous avez besoin de retomber sur ma patte ! Je mettrai tout en œuvre dès mercredi soir, comptez sur moi ! (Ne dites pas « chic », c'est tout naturel.)

Quant au temps (ça n'a rien à voir mais ça ne fait rien), il est bien instable et tout à l'heure j'ai joué au ping-pong sous un beau soleil, et maintenant il pleut comme vache qui pisse (passez-moi l'expression).

Ce matin j'ai conduit mon père au marché (9 km) je me suis arrêté en chemin pour prendre une charmante auto-stoppeuse… rouquine !

Bof ! Ne faisons pas de racisme. Pendant que mon père s'engueulait avec les bonnes femmes du pays pour être servi avant elles, je me suis pesé chez le pharmacien local, habillé et avec mes boots : 72 kg = 70 kg pour 1 m 69. (Voilà !!!)

Je me lève le matin à 9 heures. Je petit-déjeune, je me lave les yeux (1er acte qui me fait penser à vous dans la journée, à moins que je n'aie pensé à nous juste au réveil quand je me rends compte que je suis seul !). Puis, je me promène ou je vais faire les courses, occasion de conduire un peu vite la DS ; remercions le Seigneur, mon père n'est pas cardiaque sinon… (En effet, le summum de la vitesse étant pour lui 100 km/h… !)

Ensuite, 1 heure de piano jusqu'au déjeuner. Ensuite, sieste, lecture, écriture (très rare !) jusqu'au goûter. Après le goûter, s'il fait beau, balade avec le transistor (SLC). Et oui ! J'en suis là… ! S'il pleut je retourne m'allonger jusqu'au dîner. Si je suis seul, il m'arrive de me lever et de descendre jusqu'au piano. J'y reste ½ h et puis direction le lit. Ensuite, dîner, lecture ou télé et dodo.

Le tout est agrémenté, à différents moments du jour, de nombreux cachets et médicaments contre les trachéites.

Je suis heureux (c'est le mot) à l'idée de quitter tout ça et de retrouver Paris et une vie un peu plus trépidante. Étienne ne m'a rien envoyé bien entendu. J'ai rendez-vous lundi à L'Écritoire avec lui. Peut-être serez-vous rentrée assez tôt pour assister à mon audition. J'ai composé une nouvelle chanson et j'ai plusieurs airs dans la tête. Ma chanson s'appelle « Mademoiselle de Monvison », heureusement pour vous votre papa est P-DG et votre maman m'adore. De + en + cynique. Je suis très nerveux et j'ai hâte que tout cela décante.

J'ai hâte de vous revoir. Mangez ma chatte puisque tel est le désir du docteur. J'espère que vous êtes bien *reposée car je commence à me sentir des démangeaisons de sorties et de bringues. Mais il y en aura aussi pour mes amis !*

Il grêle en ce moment. Encore une après-midi à lire. En ce moment, c'est un roman d'Henri de Régnier, Pour le plaisir. *C'est assez truculent et écrit dans une langue excellente (imitée de celle du* XVIIIe *siècle). Hier j'ai lu* César Borgia *de Richepin = le guide du parfait petit homme d'Église orgiaque (très drôle).*

J'ai peur d'avoir un peu grossi. Je vais y mettre bon ordre. Je n'ai pas travaillé du tout. Je crois que j'ai battu tous mes records de lenteur.

Je vous téléphonerai mardi en fin d'après-midi à 6 heures ou 7 heures du soir. Si je ne l'ai pas fait, c'est que les lignes sont bloquées (comme le jeudi soir où vous m'avez téléphoné. J'ai essayé de vous rappeler vers 9 heures du soir après avoir réfléchi !). Ayez donc l'obligeance de m'appeler vers 8 heures du soir ou mercredi matin (je préférerais mardi soir).

Chatte, je vous laisse. Comme je fais ce que je veux, où je veux et quand je veux.

Mes amitiés à Gérard et à Bout.

Mes respects à vos parents.

Paul-Alain

P.-S. : J'ai la possibilité d'avoir en juin un petit chien nouveau-né de race pure mais il n'aurait pas les poils spécialement longs car ce serait un chien de chasse à poil ras. Réfléchissez car c'est une possibilité de l'avoir entièrement gratuit.

Chez CBS, Paul-Alain Leclerc est nerveux et fébrile à l'occasion de sa première audition face aux directeurs artistiques Jean-Jacques Souplet et Jean Eckian.

« Je leur joue des chansons dont aucune ne figurera sur mon premier album, raconte-t-il. L'une d'entre elles, signée Momo, rendait hommage à la beauté de Marlene Dietrich que nous avions admirée dans *L'Ange bleu*, sur les conseils de mon père, dans un cinéma du Quartier latin où nous allions souvent. À l'issue de l'audition, on m'annonce que ma candidature n'est pas retenue. Ma déception est colossale.

« Contre toute attente, parce qu'il avait un doute et que ça lui posait visiblement un problème de me laisser partir, Jean Eckian me convoqua une seconde fois. Je lui rechantai les mêmes chansons puisque nous n'en avions pas écrit d'autres. Et, de nouveau, il m'annonça que je n'étais pas pris. En revanche, il me demanda si j'accepterais d'interpréter les chansons d'autres compositeurs, ce que je refusai d'emblée. Je voulais exclusivement chanter ma musique. »

Par pur orgueil, il se promet de ne plus *jamais* auditionner, ce qui ne l'empêche pas de continuer à écrire des chansons avec Étienne Roda-Gil, Maurice Vallet étant toujours retenu à Cambo-les-Bains. Paul-Alain n'oublie pas pour autant son meilleur copain et entend le conserver comme auteur. Cependant, entre-temps, force est de constater que le tandem Leclerc/Roda-Gil a franchi un cap. Afin que Momo comprenne l'enjeu, Paul-Alain embarque Zaz dans sa Simca 1 000 rouge vif (qu'il a réussi à se faire offrir par son père), direction le

Pays basque. Ils réservent une chambre chez l'habitant et s'en vont rendre visite à Momo au sanatorium.

« Julien m'avait prévenu de leur arrivée par un coup de fil, se souvient Maurice Vallet. Ils arrivent, on déjeune au sana et comme dans le salon il y avait un vieux piano, il s'y est installé pour m'interpréter les chansons qu'il avait écrites en mon absence avec Roda-Gil. Quand il m'a chanté "Jivaro song", "Yann et les dauphins" et "La Cavalerie", je n'ai rien dit, mais j'ai pensé que ça ne rigolait plus. L'aventure prenait des allures professionnelles, il me faudrait m'accrocher sitôt rentré à Paris. J'ai entamé l'écriture d'"Ivanovitch" en m'inspirant d'un poème de Blaise Cendrars. Dans la foulée, à Paris j'ai écrit "Zukayan". Après, il y a eu cette fameuse audition. »

Cette année, comme chaque année avant Noël, Paul Leclerc insiste pour que tous ses enfants sans exception l'escortent au bal annuel de l'Unesco. Lors de cette soirée chic, très habillée, Paul-Alain aperçoit la femme du cousin de Ghislaine, l'avocate Jacqueline Socquet-Clerc. Il la connaît bien, elle vient souvent dîner chez eux à Bourg-la-Reine. Paul-Alain se sent assez proche d'elle et suffisamment en confiance pour lui demander de l'aide. Elle le met en relation avec son frère, Jean-Robert Socquet-Clerc, tout jeune directeur artistique chez Pathé-Marconi. « C'était incongru, cette demande dans le cadre de la fête de l'Unesco où nous étions vêtus de robes du soir et de smokings, me raconte l'avocate. Moi qui pensais qu'il préparait une licence d'anglais ! Paul-Alain était joli garçon, avec ses cheveux longs et ses boucles brunes. Quand je lui ai donné le numéro de téléphone de mon frère, par-dessus son épaule, Paul et Ghislaine me regardaient en fronçant les sourcils. »

Paul-Alain Leclerc entre en contact avec Jean-Robert Socquet-Clerc qui lui propose une audition.

Rendez-vous est pris au seuil de l'hôtel particulier qu'occupe la firme au 19 rue Lord-Byron, près de la place de l'Étoile. Face au mur, un piano droit. Nerveux, intimidé par la présence de Jean-Robert Socquet-Clerc dans son dos, Paul-Alain attaque « Hécatombe », dont il se demandera après coup si elle ne portait pas trop bien son nom : « J'ai auditionné avec de nouvelles chansons écrites entre-temps avec Momo et Étienne, mais j'ai débuté avec "Hécatombe", un morceau long et ambitieux dont nous étions très fiers. Côté paroles, du grand Roda-Gil : l'histoire d'une fille qui planque des cadavres d'hommes dans les caniveaux. Nous pensions qu'elle était anticommerciale et c'était important pour nous. À la fin de la chanson, quand je me suis retourné, Jean-Robert Socquet-Clerc a lancé : "Ce n'est pas rien !" Mon cœur a bondi. Pour la première fois, j'avais suscité de la surprise, peut-être même une certaine admiration. »

De l'admiration ? Qui sait ? « Paul-Alain était totalement bloqué, me raconte à son tour Jean-Robert Socquet-Clerc. Je me souviens surtout d'une chanson qui s'intitulait "Ma Concierge et moi". Si j'ai dit que ce n'était pas rien, c'est que je trouvais ses mélodies intéressantes et la présence de Paul-Alain indéniable. Il y avait quelque chose, mais il restait du chemin à parcourir car ses chansons n'étaient pas encore assez bien construites.

Je lui ai demandé de revenir me voir en début d'année avec de nouveaux morceaux. »

Il reviendra en effet, cette fois escorté du vaillant Roda-Gil et d'un Momo convalescent. Entre-temps, les trois complices ont comme promis donné naissance à d'autres chansons. « On arrivait avec les textes que nous avions écrits chacun de notre côté, raconte Maurice Vallet. Parfois on écrivait sur une musique, d'autres fois c'était l'inverse. Personnellement, je préférais avoir la musique d'abord, qui m'inspirait un climat, une ambiance. Sans être moi-même musicien, je sens où Julien veut aller avec ses mélodies, ça me plaît. »

L'essai est concluant : Paul-Alain Leclerc va s'engager avec Pathé-Marconi, la maison de disques dirigée par Pierre Bourgouin, qui compte dans son écurie un certain nombre de têtes d'affiche : Sacha Distel, Tino Rossi, Gilbert Bécaud, Salvatore Adamo, Régine et d'autres. Paul-Alain Leclerc signe pour sept ans, une durée considérable, une éternité discographique. « Pour voir ma musique gravée, j'aurais signé un pacte avec le diable ! dit-il aujourd'hui. À vingt ans, je voulais être un artiste qui dure. »

4

Comme Julien Sorel

En cette fin d'année 1967, Jean-Robert Socquet-Clerc propose à l'artiste Paul-Alain Leclerc un contrat standard d'une durée de sept ans, avec une option de renouvellement. L'accord en question comporte une « porte de sortie » en faveur de la firme, en cas d'échec, de mésentente et autres. Paul-Alain brûle d'impatience de signer, mais la loi s'y oppose : dans l'euphorie, tout le monde a oublié qu'il était encore mineur. Paul Leclerc pourrait parapher le contrat en question, cependant il préfère contacter Jacqueline Socquet-Clerc pour lui expliquer que, puisque son fils a *lui-même* choisi sa voie, il est préférable qu'il signe *lui-même* son contrat. L'avocate est chargée de la procédure d'émancipation, qu'elle obtient sans difficulté.

Et Paul-Alain Leclerc devient Julien Clerc.

Qui a trouvé ce pseudonyme providentiel de héros romantique ? « C'est moi, raconte Julien Clerc. Je détestais mon prénom, Paul-Alain, et je ne voulais pas gêner mon père en conservant Leclerc. J'étais à Bourg-la-Reine avec Momo. Nous cherchions un pseudonyme avec trois ou quatre syllabes maximum. J'ai tout simplement parcouru le calendrier à la recherche d'un prénom d'artiste romantique. Je me souviens que Roda-Gil, qui s'est tout de suite occupé des pochettes de mes disques, avait fait une maquette avec Alain-Jo Leclerc. Nous avions tous éclaté de rire. »

Voici la version de Jean-Robert Socquet-Clerc : « J'ai trouvé Clerc parce que c'était mon nom et qu'il s'approchait du sien. Et Julien pour Julien Sorel, le personnage de Stendhal dans *Le Rouge et le Noir.* Roda-Gil a sauté sur l'idée. »

Et celle de Zaz : « Étienne Roda-Gil a proposé Pascal Lerock, il trouvait que ça sonnait bien. Mais c'est moi qui ai proposé le prénom Julien, car j'étudiais *Le Rouge et le Noir* à la Sorbonne. »

Toujours est il que la vie d'artiste s'organise, comme Julien Clerc l'écrit à sa petite amie, ce 26 décembre 1967 :

> *Il est 10 h 30, Zaz chatte, et j'ai lu 2 fois ta lettre (1 belle surprise ce matin, merci !).*
>
> *Notre réveillon à trois s'est passé calmement et goinfrement (foie d'oie entier, poulet en sauce, boudin antillais...). Je préfère m'arrêter là malgré le plaisir que tu prends à m'entendre parler mangeaille. Nous avons regardé* L'Ami Fritz *qui mangeait lui aussi, pendant 1 heure 30 qu'a duré le film.*
>
> *Le lendemain, Maurice est venu partager les restes avec nous. Il est resté tout l'après-midi. Nous avons*

appris le poker à ma mère qui s'avère très joueuse, ce qui ne l'a pas empêchée de perdre 1 F !

Le soir, dîner chez Momo.

Ce matin je suis allé chez Jean jusqu'à midi. Cet après-midi je suis allé recevoir mes étrennes chez ma marraine puis nous avons acheté un pull pour Momo chez Campus. Je me suis ensuite rendu chez Cunégonde : pas de poudrier ou un seul à 180 francs (mes moyens ne me le permettent pas encore, mon chéri). Je te téléphonerai demain pour me fixer un peu mieux sur le choix !

Enfin, ce soir, un coup de téléphone de la secrétaire de Jean-Robert m'annonçant que j'ai rendez-vous à 1 h 30 au studio, 64 rue de Sèvres à Boulogne pour faire mon souple. J'irai avec Jean.

Voilà ma vie, chaton, à 160 km de vous. J'ai téléphoné deux fois aujourd'hui sans succès.

Malgré toutes les tentations (blondes ou brunes), votre absence me désoriente. Heureusement le temps passe vite et votre retour approche chaque jour (je suis un fervent adepte de Lapalisse !).

J'arrête cette toute petite lettre, preuve qu'on ne vous oublie pas.

Je vous embrasse
Je vous aime

Paul-Alain

Julien Clerc s'apprête à enregistrer son premier super 45 tours, soit quatre chansons : « La Cavalerie », « Julien », « Jivaro song » et « L'Amour en chantier ».

Pour Jean-Robert Socquet-Clerc, l'orchestrateur idéal répond au nom de Jean-Claude Petit.

Parce que le destin est venu se mêler de sa vie, Jean-Claude Petit, un musicien proche du Parti communiste, est l'arrangeur à la mode. Pendant quinze ans, il va habiller les tubes de Mort Shuman, Gilbert Bécaud, Serge Lama, Frank Alamo, Éric Charden, Michel Sardou et Claude François, notamment. « Il a neigé sur Yesterday », par Marie Laforêt, c'est lui. Malgré ces réussites, encore aujourd'hui il m'assure ne rien connaître à la chanson, lui qui puise sa culture dans le classique et le jazz – il a joué avec quelques-uns de ses maîtres dont Kenny Clarke, Stan Getz, Dexter Gordon. Né en 1943, le jeune musicien peut se vanter de collectionner les premiers prix au Conservatoire de Paris : d'harmonie, de fugue, de contrepoint. Bien plus tard, dans les années 80, il délaissera du jour au lendemain la chanson pour se consacrer à la composition de musiques de films. Il débute brillamment avec les adaptations cinématographiques de *Jean de Florette* et *Manon des sources* de Claude Berri.

Le jour où il toque à la porte de l'appartement de Jean-Claude Petit, rue Damrémont, au pied de la butte Montmartre, Julien Clerc ne peut se douter combien cette rencontre va être déterminante. Une fois les présentations faites, il s'assied au piano pour lui jouer ses mélodies de manière « un peu raide, mais originale », comme me le décrit l'arrangeur. Il entend un timbre de voix qui lui semble particulier et note tout de suite que ses textes sont en marge de ce qui s'écrit et se chante à l'époque, « durant cette période du yéyé, folle, un peu amateur, où l'on imitait souvent les tubes anglo-saxons ».

S'il accepte de travailler sur les premières chansons de Julien Clerc, c'est qu'à ce moment de sa carrière il ne refuse guère les projets qu'on lui amène – et on lui en propose beaucoup. Cependant, malgré l'habitude et l'aisance acquises au fil du temps, il peine à trouver les arrangements adéquats pour ces chansons, justement parce qu'elles sont très différentes des morceaux anglo-saxons qu'il sait bien adapter, imiter, voir recopier. À force de chercher plus que de coutume, il finit par créer un « son Julien Clerc », proche de la personnalité de l'artiste et de ses auteurs : Maurice Vallet et Étienne Roda-Gil. Ce son en question, il le déniche « en cherchant des idées rythmiquement originales, en restructurant les morceaux, en changeant les harmonies des mélodies d'origine » qu'il qualifie d'« approximatives ».

A posteriori, Jean-Claude Petit considère que, dès ses débuts et pour les dix années à venir, il aura fait « office de directeur artistique auprès de Julien Clerc ».

Pour sa part, le chanteur se félicite du travail accompli, convaincu que Jean-Claude Petit a su traduire dans ses arrangements les influences plurielles qui font le sel de ses compositions : les Beatles, la musique classique, les rythmiques brésiliennes et la chanson française. « Petit a trouvé un écrin pour ma drôle de voix, explique-t-il. Un habillage doit respecter l'esprit de la musique, l'orchestration est une science. Cela m'aurait intéressé d'entendre les chansons de Jacques Brel sans les arrangements de François Rauber. Un bon arrangement laisse de la place pour que la voix s'exprime. Même quand les orchestrations de Jean-Claude semblaient complexes, il était facile de chanter dessus – je n'ai pas toujours retrouvé ce confort-là. Je me souviens de Jean-Pierre Sabar au piano, Jean Schulteis et Marc Chantereau aux percussions, Claude Engel et Slim Pezin à la guitare, Tony Rubio à la basse et Pierre-Alain Dahan à la batterie. Ils allaient jouer sur mes disques pendant dix ans.

« Avec Jean-Claude Petit, par la suite, nous avons systématiquement procédé ainsi : je lui confiais une cassette piano/voix et il me rendait l'arrangement écrit. Il arrivait avec son score sous le bras et les partitions écrites par son copiste, Gaston (lui aussi inscrit au Parti communiste), à qui il manquait une main. Tout était noté, jusqu'à la batterie, jusqu'aux percussions. Quand sur le score était inscrite la mention “obligée”, cela signifiait que le musicien devait impérativement jouer cette partie. J'associe Jean-Claude Petit à notre trio de départ. »

Jamais plus il ne ressentira pareille émotion en entendant au casque le play-back d'une de ses chansons orchestrées. La première fois, c'était sur « La Cavalerie ». Dans les studios de Pathé-Marconi où il s'enferme pour cette séance, la hauteur sous plafond rend l'écho somptueux et cela n'échappe pas à ses oreilles.

Chaque fois, ils entament l'enregistrement par le piano, la basse, la batterie et les percussions, le tout étant achevé durant la première semaine. Des séances auxquelles s'ajoutent deux à trois jours pour les cordes, deux jours pour les cuivres, puis éventuellement les chœurs et la voix pendant deux ou trois jours encore. Le mixage se fait au rythme de deux chansons par jour.

Le super 45 tours ainsi gravé sort au mois de mai de cette année 1968.

Parées de leurs nouveaux atours, les chansons ont toutes leurs chances. Facile pour moi de l'écrire après coup. Bertrand de Labbey, lui, l'a tout de suite pressenti.

Né avec un nom à particule, Bertrand de Labbey de la Besnardière est issu de l'aristocratie. Son père, aviateur par vocation et militaire, chevalier de la Légion d'honneur, a cessé d'exercer sa passion au lendemain de la guerre, à la demande de son épouse qui craignait pour sa vie. « Il l'a accepté, mais n'a plus jamais retrouvé sa place dans la société, explique-t-il. J'ai vu les biens de la famille fondre au soleil. Or, il fallait faire face à l'éducation de quatre enfants dans cette situation économique difficile d'après guerre. »

Si ses parents ont toujours eu le souci de cacher à leurs enfants leur justesse financière, l'aîné, Bertrand, a tôt deviné qu'il leur faut souvent se restreindre. Il se dit qu'il lui faudra gagner sa vie le plus tôt et le mieux possible afin de ne plus être à leur charge et, s'il le peut, leur venir en aide. Son baccalauréat en poche en juillet 1956, il entre en prépa pour s'apercevoir très vite que son niveau en mathématiques ne lui permettra pas de réussir les concours d'entrée à HEC, Sup de co et l'Essec. Il choisit l'École de Commerce de Reims, la plus proche de Paris, où il obtiendra son professorat haut la main au terme d'une année supplémentaire.

Rien ne prédestine Bertrand de Labbey à épouser une carrière artistique. Bien sûr, il aime la chanson, le jazz aussi, qu'il écoute sur Europe N° 1 depuis que son père est rentré à la maison les bras chargés d'un superbe transistor. Europe N° 1, la radio de cette jeunesse qui ne s'est jamais reconnue dans les chansons de ses aïeux : Damia, Tino Rossi, Luis Mariano. La station est à son époque ce que NRJ représentera pour la jeunesse des années 80 : de l'oxygène pur, une certaine conception de la liberté.

Il écoute Daniel Filipacchi et Frank Ténot, ignorant que, avant Lucien Morisse, Pierre Delanoë (auteur fétiche de Gilbert Bécaud) a été directeur artistique de sa station préférée. Quelque chose a changé en lui et l'a transformé le jour où, sur ces ondes, il a entendu une voix nouvelle, une autre manière de respirer, de scander des paroles sur des rythmes importés d'Amérique, ce continent si lointain. Cette voix est celle de Gilbert Silly, qui se fait appeler Gilbert Bécaud, un inconnu, un débutant. « J'avais treize ou quatorze ans quand j'ai eu vent de ses chansons qui étaient d'une modernité inouïe, comme un parfum venu d'ailleurs, raconte-t-il. Rien à voir avec ce que j'avais entendu jusque-là, je veux parler des mièvreries qu'écoutait la génération de mes parents et de mes grands-parents. "Quand tu danses" fut un choc pour l'adolescent en pleine puberté que j'étais. Ses chansons tranchaient et nous libéraient des arrangements lymphatiques d'Aimé Barelli, pour ne citer que lui. »

En un rien de temps, Gilbert Bécaud devient l'idole des jeunes. Ses chansons passent en boucle à la radio et il est sur toutes les couvertures de magazines. Bertrand de Labbey se laisse entraîner de bon cœur dans la « bécaud-mania ». Chaque fois que Bécaud est à l'affiche, le jeune homme est devant le music-hall à attendre l'ouverture des portes, son billet à la main. Quand il est annoncé dans le programme de Lucienne Delyle, ses parents se sacrifient pour lui offrir une place pour l'Olympia. « Et ce n'était pas rien ! » dit-il pour surligner l'effort.

Ce soir-là, quand Bécaud débute son tour de chant – quatre ou cinq chansons –, Bertrand de Labbey comprend aussitôt que le public ne s'est pas déplacé pour la vedette, mais pour sa première partie. La foule est tellement déchaînée que Bruno Coquatrix, imprésario de Jacques Pills et de Lucienne Delyle, qui vient d'ouvrir l'Olympia après avoir dirigé Bobino, décide de le hisser en haut de l'affiche seulement quelques mois plus tard. Gilbert Bécaud a alors une idée géniale : offrir un concert gratuit en matinée pour les lycéens, un jeudi, jour de congé scolaire hebdomadaire. Il lui aura suffi d'une ou deux annonces sur Europe N° 1 pour que son public prenne bonne note du rendez-vous fixé au 17 février 1955. Bertrand de Labbey en est.

En longeant le boulevard des Capucines à proximité de la salle de spectacles aux néons rouges, ce dernier constate qu'en dépit de l'avance prise par précaution sur l'ouverture des portes, il n'est pas le premier. Loin de là. La file d'attente sur le trottoir lui semble interminable. Bécaud racontera qu'il n'est pas revenu lui-même de l'engouement ce jour-là. Malgré l'avance prise sur l'horaire annoncé, Bertrand de Labbey est parmi les derniers à pénétrer dans le music-hall. Il monte au premier étage, s'installe au balcon, sur le côté, le coude appuyé contre un projecteur. « C'était une bousculade sans nom, extraordinaire, se souvient-il. Les artistes en première partie n'ont reçu qu'un succès mitigé car nous attendions tous Gilbert Bécaud. Quand il est entré sur scène, ce fut dément, les jeunes hurlaient, montaient sur les sièges, sautaient dessus au point de les casser. Et Gilbert, gagné par l'euphorie, a même fini par briser son piano.

« À l'issue du concert, comme beaucoup d'autres, je l'ai attendu à l'entrée des artistes, non pas pour demander un autographe (je trouvais ça dérisoire), mais juste pour le voir de près – simple curiosité. Il a pris son temps avant de sortir et, quand il est apparu, son bonheur sautait aux yeux.

« Par la suite, je suis allé le voir sur scène chaque fois qu'il passait à Paris. Je n'imaginais pas travailler dans ce métier. Pour moi, on était artiste ou rien, et comme je n'avais aucun don en la matière, c'était exclu. »

Étudiant à Reims vers 1961, Bertrand de Labbey s'imagine directeur commercial des biscuits L'Alsacienne, dont l'usine se situe tout près de chez ses parents à Maisons-Alfort. Il envisage aussi de se tourner vers l'enseignement, bien qu'il considère comme une fuite le projet de ne travailler qu'avec des enfants.

Qu'en pense le destin ? L'avenir de Julien Clerc s'est dessiné dans un café le jour de sa rencontre avec Roda-Gil : le devenir professionnel de Bertrand de Labbey se joue dans un restaurant. À Reims, ses camarades de classe ne peuvent ignorer sa passion pour Gilbert Bécaud et ils la respectent même s'ils lui préfèrent majoritairement Georges Brassens.

Un matin, deux étudiantes en pharmacie viennent le trouver car elles souhaiteraient aller saluer Bécaud dans le restaurant où il déjeune avant la balance du concert prévu le soir même. Elles se sentiraient plus rassurées si leur ami Bertrand voulait bien les escorter, « au cas où il poserait des questions », disent-elles. Lorsque le trio arrive sur place, tandis qu'il signe des autographes à la demande des deux jeunes filles, la conversation s'engage entre Bécaud et de Labbey, lequel se surprend à se lancer dans une analyse de sa carrière : ce qui est positif, ce qui l'est moins et pourrait expliquer son récent déclin. Bécaud l'écoute attentivement, le questionne même et finit par lui demander ses coordonnées. Comme il ne dispose pas de ligne téléphonique privée dans sa chambre d'étudiant, il griffonne le numéro de ses parents avant de prendre congé, sans doute stupéfait et heureux d'avoir croisé le fer avec le grand Bécaud.

Quelques mois plus tard, quand sa mère lui annonce que Gilbert Bécaud a téléphoné, Bertrand de Labbey pense à une plaisanterie de ses copains de classe.

Quelques jours plus tard, quand Bécaud renouvelle son appel, sa mère insiste : ce n'est certainement pas une blague, elle est à peu près certaine d'avoir reconnu sa voix rauque à l'autre bout du fil. Incrédule, il finit par composer le numéro de téléphone et c'est bien l'artiste en personne qui lui fixe rendez-vous à son pied-à-terre parisien, dans le VIIe arrondissement. Le début de leur histoire est cocasse. « Au téléphone, Gilbert m'avait dit qu'il avait retrouvé mon numéro dans sa trousse à maquillage, me raconte Bertrand de Labbey. Cela m'avait déconcerté qu'un homme puisse en avoir une – je viens d'une famille classique chez qui les artistes passaient pour avoir de drôles de mœurs. À peine arrivé chez lui, il me fait entrer dans sa chambre à coucher et baisse la lumière. La peur de ma vie ! Finalement, il m'a fait asseoir en tailleur. »

Car Gilbert Bécaud n'a d'autres intentions que de lui expliquer que son analyse, quelques mois auparavant à Reims, l'a intéressé : ses qualités d'appréciation artistique sont indéniables. Elles lui seraient précieuses. Après avoir rompu avec son éditeur phonographique, Raoul Breton, qui gère entre autres les droits de Charles Trenet, il a déposé il y a peu les statuts de sa propre maison, Le Rideau Rouge. Il souhaite que Bertrand de Labbey en prenne la direction. Dans ces années-là, il est évident que personne ne refuse jamais rien à Gilbert Bécaud. Personne. Jamais. Sauf ce jeune étudiant qui hésite, trouvant le fauteuil un peu trop grand pour lui. Surtout, il se demande ce qu'en penseraient ses parents : ne préféreraient-ils pas pour lui un emploi plus stable, rassurant, loin de la famille des saltimbanques ? En bon garçon, il se fait un devoir de leur demander leur avis : c'est à eux de trancher. Bertrand de Labbey promet à Gilbert Bécaud de revenir rapidement avec une réponse. Quand ses parents auront décidé de le laisser libre de ses choix, il acceptera le poste. C'est oui, mais à condition de finir ses études et d'effectuer son service militaire. Donc, pas avant au moins deux ans ! « Pour les études, j'attendrai, répond en substance Gilbert Bécaud. Quant au service militaire, je m'en occupe. » L'un de ses auteurs, Louis Amade, étant par ailleurs préfet de police, le chanteur pense pouvoir débloquer la situation. Il se trompe. Et Bertrand de Labbey revient voir Bécaud pour lui expliquer, navré, qu'il n'échappera pas à ses dix-huit mois réglementaires. Gilbert Bécaud ne lâche pas : « Je vais au moins me débrouiller pour que tu ne sois pas trop loin. » C'est ainsi que, au grade de sous-lieutenant dans le Matériel, l'appelé effectue ses dix-huit mois à Fontainebleau, ce qui lui permet de rejoindre son patron sur ses dates de tournée les week-ends. Pendant ce temps, il apprend par cœur la loi sur la propriété artistique et, une fois débarrassé de son uniforme, il achève sa formation en stage aux éditions Raoul Breton. « Mme Breton, que l'on surnommait la Marquise, m'apprenait le métier sans me l'apprendre vraiment, consciente que j'étais un concurrent potentiel », souligne-t-il.

En 1965, Bertrand de Labbey entre au Rideau Rouge. L'aventure durera sept ans. Dans ses bureaux du 24 rue de Longchamp, Gilbert Bécaud doit gérer son répertoire tout en développant de nouveaux talents. Pour se constituer un carnet d'adresses et convaincre de jeunes auteurs de lui céder leurs droits d'édition, Bécaud lui ouvre les portes de Pathé-Marconi, sa maison de disques. « Il a eu une idée qui ferait scandale aujourd'hui, révèle de Labbey. Hubert Wayaffe avait créé sur Europe N° 1 *Dans le vent*, une émission très importante. Nous avons passé un accord financier de manière à ce qu'il nous informe des nouveautés. Un jour, Hubert m'a apporté le disque de Pascal Danel qui avait fait un tube avec "La Plage aux romantiques". Après avoir signé chez nous, au Rideau Rouge, il nous a confié "Les Neiges du Kilimandjaro" qui connut le succès que nous savons, ce fut ma première victoire en tant qu'éditeur. Le tout-puissant Lucien Morisse m'a proposé de le coéditer, ce que j'ai refusé – nous sommes restés fâchés un certain temps. »

Marie-France Brière, productrice de l'émission *Dans le vent*, partage alors la vie de Bertrand de Labbey. C'est elle qui va désormais être chargée de lui fournir en douce les nouveautés, avant qu'elles ne soient diffusées à l'antenne. Début 1968, elle lui propose huit super 45 tours. Il en écarte trois pour ne garder que « Animal on est mal » de Gérard Manset et « La Cavalerie », « Jivaro song », « L'Amour en chantier » et « Julien » de Julien Clerc.

« Dans les deux cas, j'ai eu un choc, poursuit Bertrand de Labbey. Gérard Manset m'a confié l'édition de sa chanson en me précisant qu'il refusait de la promouvoir. Dans ce cas, il n'avait pas besoin de moi. J'ai ensuite rencontré Julien, humble, à la fois introverti et solaire, avec la conviction de porter en lui quelque chose et l'envie d'affronter la profession. Il n'a pas eu besoin de se vendre, ses chansons tranchaient tellement avec ce qu'on entendait à l'époque !

« En qualité d'éditeur, je m'étais intéressé à d'autres artistes, mais j'ai eu le sentiment que Julien était celui qui, après Bécaud, allait me pousser à donner le meilleur de moi-même. Il raconte souvent que je l'ai tout de suite traité comme un artiste confirmé, c'est exact. Le contrat allait dans ce sens avec un partage des droits d'édition à parts égales, 50/50. Je lui signifiais par là que je souhaitais ménager une collaboration au long cours – la suite m'a donné raison. J'avais aussi conscience que le travail d'éditeur, aussi important soit-il dans la carrière d'un artiste, ne méritait pas de droits si élevés. Convaincu que Julien ferait une longue carrière, je voulais absolument que nos rapports soient sains d'emblée, qu'il n'ait jamais à me reprocher d'avoir perçu trop de droits sur ses chansons. Il fallait que le contrat soit juste, équitable. Ce fut le cas. »

Pour Julien Clerc, cette rencontre avec Bertrand de Labbey est de toute évidence l'une des chances de sa vie. « J'étais vierge de tout professionnellement, je ne savais même pas qu'une chanson devait être éditée, dit-il. Je venais d'un milieu qui nourrissait tant de préjugés sur le show-business qu'instinctivement je m'en méfiais.

Bertrand de Labbey semblait appartenir au même monde que moi. Bien sûr, j'étais flatté d'entrer dans l'écurie de Gilbert Bécaud, mais c'est vraiment la vision artistique de Bertrand telle qu'il me l'a exposée d'emblée qui m'a rassuré, attiré, convaincu. Il m'a parlé d'un "contrat de confiance" avec des pourcentages supérieurs à ceux que l'on attribue d'ordinaire à un débutant. Je ne comprenais pas grand-chose au contrat – je n'ai pas fait de grands progrès depuis –, donc là encore il fallait que je me fie à mon instinct.

« Je ne me préoccupe pas trop des chiffres de vente de mes disques, j'ai vite compris qu'on pouvait devenir fou à réclamer des points journaliers. Si un disque ne marche pas, j'en conclus que je n'ai pas trouvé le chemin du public, à moi de faire mieux la fois d'après. J'ai donc tout de suite su qu'il me fallait rendre un collaborateur dépositaire de cette tâche-là. Il lui faudrait alors tirer les conclusions après la sortie d'un album et m'aider à retrouver ma voie.

« Cette personne est entrée dans ma vie peu avant la sortie de mon premier super 45 tours. Depuis, Bertrand et moi formons un attelage placé sous le signe de la balance (moi du 4 octobre, lui du 6), mélange de travail et d'amitié. Cet attelage ne s'est jamais désuni. »

Le premier super 45 tours de Julien Clerc sort le 9 mai 1968. La France découvre une voix nouvelle, reconnaissable à ce fameux vibrato qui va tant faire parler de lui – pas forcément en bien. Pour le qualifier, c'est Alain Souchon qui trouvera la meilleure formule : « Une voix de tôle ondulée. »

« Mon vibrato est instinctif, seul le travail avec un professeur de chant des années plus tard me permettra de le contrôler, explique Julien Clerc. À mes débuts, il a très souvent été raillé par des gens qui ne m'aimaient pas. J'en ai souffert, mais je crois avoir compris très vite – ce qui ne veut pas dire que je l'ai vite admis – qu'on est connu et peut-être parfois aimé aussi pour ses défauts. C'est triste un artiste qu'on ne peut imiter. Dans notre métier, nous ne recherchons pas la perfection, mais l'émotion. C'est important d'être reconnaissable. Il faut avoir un timbre personnel même s'il est sujet à moquerie. Très souvent, dans une file d'attente au cinéma ou ailleurs, j'ai entendu "bêhêhê" derrière moi. Que devais-je faire, fondre en larmes ?

« Contrairement à ce que l'on pouvait croire, mon vibrato était naturel, comme un don de la nature. Il m'est apparu le jour où j'ai chanté pour la première fois.

« Après moi, pour les mêmes raisons, Véronique Sanson a connu ces désagréments-là. Quand on est doté d'un signe distinctif comme celui-ci, le seul danger est de se caricaturer soi-même. En lisant à voix haute, je me rends compte que j'ai une respiration particulière qui défie toutes les lois de la ponctuation. La domestiquer requiert travail et concentration. »

Le 9 mai 1968, c'est le jour des barricades de la rue Gay-Lussac. Sur les ondes, « La Cavalerie » tourne en boucle. À Bourg-la-Reine, Ghislaine et Paul font un peu moins la moue. Quand son père a vu qu'il réussissait, raconte Ghislaine, il a « encaissé ». Avec le recul, elle considère que son beau-fils a eu beaucoup de chance, car, en cette période troublée de Mai 68, ceux qui programmaient les émissions n'avaient pas grand-chose à se « mettre sous la dent ».

« La Cavalerie », comme la bande-son de la révolte estudiantine de ce feu qui prend à Nanterre et se propage jusqu'au Quartier latin. Jean-Claude Petit a concocté un savant mélange de batterie et de violon pour cette chanson en forme de marche vers une liberté nouvelle pour la jeunesse du pays. Une invitation à la révolution signée Roda-Gil, que Julien Clerc interprète avec la conviction qui s'impose.

À ce propos : comment ce dernier a-t-il vécu ces événements ? « Pour moi, Mai 68, c'est la maison de Zaz à Bourg-la-Reine, les volets fermés, l'éclairage aux bougies, les textes d'Étienne et de Momo qui arrivent sur mon piano et que je mets aussitôt en musique, raconte-t-il. Ce sont les allers-retours quasiment quotidiens de Momo qui prenait la ligne de Sceaux pour se rendre sur les lieux des événements. C'est Étienne sur les barricades, les images d'actualités au cinéma, les reportages radio en direct. Je l'avoue, le 9 mai 1968 correspond principalement pour moi à la mise en radio de “La Cavalerie”. J'ai vécu Mai 68 engagé, certes, mais dans la musique, avec les paroles poétiques d'Étienne et de Momo. Cependant, certains vers qu'Étienne m'apportait auraient pu faire partie de ces slogans si poétiques qui ont fleuri sur les murs : “J'aurai enfin tous les courages/Ce sera mon héritage/Et j'abolirai l'ennui/ Dans une nouvelle chevalerie."

« Le gaullisme et le communisme qui m'avaient environné dans les deux maisons, lors de mes allers-retours durant ma prime jeunesse entre mon père et ma mère, m'ont permis de relativiser l'engagement politique. Ils m'ont surtout rendu instinctivement méfiant envers les extrémismes. La fréquentation involontaire des énervés de l'OAS et du GUD à la fac de droit de la rue d'Assas m'avait dégoûté. Les utopistes d'extrême gauche (comme les maoïstes) qui prétendaient vouloir changer l'homme pour faire son bonheur me semblaient suspects, immatures. Là encore, j'avais du mal à décevoir mon père, à tel point que j'étais allé sur sa recommandation à une réunion de cellule (tiens, le même mot que les communistes !) de l'UPJ, qui m'avait parue tout à fait loufoque : des jeunes de dix-huit ans se disputaient âprement un poste de trésorier. Je suis allé m'excuser auprès de mon père tout en me promettant de ne plus jamais y mettre les pieds. Pour faire bonne mesure, nous nous sommes retrouvés avec Momo dans la fameuse marche gaulliste du 1er juin 1968 qui partait de la Concorde pour remonter les Champs-Élysées. Nous avons été effarés en particulier par certains slogans nauséabonds à l'égard de Cohn-Bendit ("Cohn-Bendit à Dachau") et, à la première rue adjacente des Champs-Élysées, nous nous sommes enfuis (comme dirait Dabadie, "n'écoutant que notre courage, qui ne nous disait rien"). Je cours encore.

« Plus tard, j'ai fait une rencontre marquante avec un étudiant polonais de mon âge lors d'un voyage à Varsovie où je me rendais pour un passage sur une télévision d'État polonaise. Contrairement à moi, ce garçon vivait dans un pays privé de liberté d'expression, où la police avait tiré sur des étudiants à balles réelles. »

Si le disque se vend modérément, « La Cavalerie » est néanmoins un succès, ce qui, encore aujourd'hui, surprend Jean-Claude Petit. L'arrangeur n'aurait pas misé un centime sur cette chanson avec « cette voix qui vibre un peu trop vite et des paroles incompréhensibles pour les adolescents de l'époque ». La carrière de Julien Clerc est lancée, elle ira crescendo.

« Notre trio s'est mis en marche, confirme-t-il. Étienne a eu très tôt des idées bien arrêtées, me semble-t-il, sur mon image d'artiste et sur la direction à donner à mon répertoire. Sauf qu'il pensait que nous toucherions les jeunes lecteurs du *Nouvel Observateur*, alors que j'ai tout de suite été pris en main par *Salut les copains* ! Ils m'ont beaucoup aidé puisque j'ai d'emblée fait partie des artistes que le journal soutenait malgré les textes intellos d'Étienne : "L'Amour en chantier" parlait de la nécessité de changer le monde, "Yann et les dauphins" dessinait une société idéale.

« Tout cela pour dire que je ne comprenais pas toujours le sens de ce qu'Étienne racontait, je l'avoue, mais la poésie des mots m'inspirait des mélodies. Quand j'allais chanter les samedis soirs – on appelait cela des galas –, souvent je passais en attraction dans des bals, à ciel ouvert ou sous un chapiteau. J'entrais en scène peu avant minuit devant un public assez chaud, mais ma personnalité ne suscitait pas de comportements agressifs. Avec un public majoritairement féminin, j'ai été catalogué chanteur à minettes. J'étais mignon, enfin, ce n'est à moi d'en juger quoi qu'il en soit. Il me semblait que les filles me protégeaient, qu'elles faisaient un peu la police. Je réalise aujourd'hui que quand je chantais "Le Cœur volcan" dans un bal, ce devait être abstrait pour une bonne partie de l'auditoire. Pour moi ce fut une école formidable qui m'a permis de passer partout par la suite, de me faire entendre en toutes situations.

« Contrairement à la génération précédente, à Johnny Hallyday, Sylvie Vartan ou Claude François, je ne souhaitais pas avoir un fan-club ni un journal qui signalerait où et à quelle heure je me trouvais. J'étais plutôt sauvage de nature. Les filles m'attendaient après les concerts. Je me souviens de m'être échappé du Gymnase de Marseille dans un panier à salade tant la rue de la sortie des artistes était étroite. C'était plus flatteur qu'effrayant, je l'ai d'emblée vécu avec naturel, sans pression. Tout est allé si vite ! »

Gilbert Bécaud demande à rencontrer Julien Clerc qui arrive au rendez-vous flanqué d'Étienne Roda-Gil et de Maurice Vallet. Bécaud enregistre alors sa chanson « On prend toujours un train pour quelque part » aux studios Pathé-Marconi, en présence de ses auteurs fétiches, Louis Amade et Pierre Delanoë. « Nous assistons émus à la séance, c'était Gilbert Bécaud ! s'exclame

Julien Clerc. Là, Delanoë lance : “Il faut que je rentre, j'ai une chanson à écrire pour demain !” Nous étions révoltés, pour nous une chanson n'était pas une vulgaire copie à rendre pour le lendemain ! »

Bécaud propose à Julien Clerc d'assister à l'un de ses concerts sur la Côte d'Azur. Le jeune artiste embarque Zaz dans sa Simca 1000, direction Juan-les-Pins où l'interprète de « L'Indifférence » a loué un bateau à bord duquel il a élu provisoirement domicile. Au sortir du concert au Casino, Julien Clerc se dit un peu déçu, il aurait aimé entendre « De l'autre côté de la rivière » de Maurice Vidalin. Les deux artistes et leurs compagnes se dirigent vers le port d'Antibes dans cette Simca d'occasion que Bécaud trouve un peu sale. Ils feront plus ample connaissance lors d'un dîner à bord du bateau de Bécaud.

« Le fait de me retrouver dans l'écurie de Gilbert me faisait ressentir une forme de fraternité avec lui, poursuit Julien Clerc. Comme lui, j'étais un compositeur-interprète. Un jour Louis Amade nous dira, à Momo, Étienne et moi, avec son bel accent catalan, que nous étions “ses héritiers”.

« Gilbert a proposé que nous nous revoyions à la rentrée. C'était en septembre, nous sortions un 45 tours, soit trois chansons : en face A “La Tarentelle” et “Ivanovitch” tandis que “Sur tes pas” occupait toute la face B. Avec Étienne, nous étions très fiers de cette dernière chanson longue et ambitieuse. Étienne tolérait que Momo écrive pour moi car il le voyait comme mon ami intime, mais lorsqu'il a été décidé de mettre

"Ivanovitch" en avant, il m'a fait une scène : "Si c'est comme ça, autant arrêter tout de suite !" Il m'a montré un autre visage. Je m'en souviens comme si c'était hier, nous étions à Antony dans le HLM où il vivait avec sa mère, sa femme Nadine et son fils Numa qui devait avoir trois ans. Je l'ai calmé, sans lui révéler qu'au fond de moi j'étais ravi que le titre de mon ami Momo ait été choisi – ce ne sera pas souvent le cas par la suite.

« Gilbert Bécaud m'a dit : "Je viens d'écouter ta chanson, je n'y comprends rien, mais ça me plaît." Ce sentiment sur certains de nos morceaux était assez répandu à l'époque. Claude Carrère, le tout-puissant producteur de Sheila, avait demandé un jour à Jean-Claude Petit : "Mais, ce Julien Clerc-là avec qui tu travailles, qu'est-ce qu'il dit ?" Et je n'oubliais pas que Lucien Morisse, patron d'Europe N° 1 et un temps mari de Dalida, avait lancé : "Julien Clerc, oui, c'est très bien, mais c'est comme Claude Nougaro, il ne vendra jamais un disque." »

Le moment est venu d'affronter la scène. Bécaud projette de programmer Julien Clerc en première partie de sa prochaine tournée qui passe par l'Olympia. Avant de le jeter en pâture à son public, il pose une condition légitime : qu'il soit prêt. Bertrand de Labbey n'a plus qu'à lui dénicher quelques concerts de rodage et à lui trouver un imprésario. Ainsi, l'artiste et son éditeur toquent à la porte de Charley Marouani.

« Je m'occupais de la totalité de la carrière de Julien, explique Bertrand de Labbey. Officiellement, je n'étais que son éditeur car je n'avais pas encore la licence d'imprésario. J'ai donc confié Julien à l'agent Charley Marouani, celui de Barbara et de Jacques Brel, qui me semblait le plus compétent. Quand par la suite j'ai vu de près la manière dont il travaillait, je me suis promis de me comporter en anti-Marouani le jour où je deviendrais agent à mon tour. Charley était un homme honnête qui aimait les artistes, seulement il les brossait dans le sens du poil et ne prenait pas vraiment de décisions. Il a donc rédigé le contrat de Julien, s'octroyant sa part de 10 %, ce qui alors me convenait parfaitement. Mais le jour où j'ai enfin obtenu la licence d'imprésario, il n'a plus été question de travailler avec Charley Marouani. »

Né en Tunisie en 1926, après un parcours professionnel chaotique Charley Marouani a désormais pignon sur rue, gérant donc les affaires de Brel et de Barbara, mais aussi de Salvatore Adamo. Il n'a pas besoin de consulter ses plannings pour savoir que la seule tournée sur le point de démarrer est celle d'Adamo. Elle débute la semaine suivante à Boulogne-sur-Mer, annonce-t-il avant de préciser qu'il n'a encore aucune idée du budget qu'il pourra dégager pour mettre en place une première partie. Parce qu'il sent une pointe d'anxiété dans le regard de Julien Clerc, Bertrand de Labbey le rassure : l'argent ne sera jamais un problème, seul compte l'artistique. Face à mon étonnement, il m'explique : « C'est un principe que j'ai édicté d'emblée. Il fallait que Julien comprenne qu'une fois l'objectif fixé, c'était à ceux qui travaillaient pour lui de réunir toutes les conditions pour l'atteindre. C'est encore ce qui s'est récemment passé : quand il a émis l'envie de tourner avec un orchestre symphonique, Rose Léandri, qui produit le spectacle, savait que la rentabilité serait sans commune mesure avec les tournées précédentes. Julien en a été informé et l'a accepté. L'argent n'est ni un obstacle ni un but en soi, simplement un moyen de se rendre d'un point à un autre. Quand on l'a compris, on peut envisager les plus belles carrières. Tout débutant dans une profession qui semble faite pour lui arrive avec plus d'instinct que de raisonnement. Moi, j'ai mis d'emblée ce principe en exergue car il m'apparaissait comme une évidence. »

Julien Clerc s'apprête à suivre l'une des plus grandes stars populaires du moment. De Salvatore Adamo, tout le monde ou presque connaît « Les Filles du bord de mer », « Mes mains sur tes hanches », « Inch'Allah ». Pour ce tour de chant, il présente trois nouvelles chansons : « L'Enfant et le Taureau », « Le Gitan », « La Vieille Femme et l'Idole ». Boulogne-sur-Mer, Roubaix, Hazebrouck, Amiens, Lille, Blois… Sa tournée est aussi longue que triomphale. Au programme, Julien Clerc passe après Les Parisiennes, Paul Louka et Christina ; juste avant l'humoriste Jean-Louis Bleze et l'illusionniste Preston. Sur scène, tout de noir vêtu (chemise et pantalons moulants), le jeune premier interprète debout « Jivaro song », « Ivanovitch » et « La Cavalerie », accompagné par les musiciens des Parisiennes auxquels s'ajoute Jean Bretonnais, percussionniste et clavier, qui lui a été recommandé par Jean-Claude Petit. Le cachet de Julien Clerc passe entièrement dans la rémunération de Jean Bretonnais, Le Rideau Rouge assume pour sa part les notes d'hôtels et autres frais de déplacement.

« C'est ainsi que je suis parti pour plusieurs mois en première partie d'Adamo, raconte Julien Clerc. C'était ma première tournée, certainement celle dont les souvenirs restent les plus émouvants. Organisée par le producteur Roland Hubert avec qui je travaillerais souvent par la suite, elle passait par des théâtres ou des cinémas. L'ambiance autour d'Adamo était très familiale : un cousin musicien, un autre régisseur. Salvatore fut pour moi un parrain de scène très affectueux. La tournée a débuté à Boulogne-sur-Mer. Était-ce un acte manqué que d'oublier mon costume de scène à Paris ? Je n'interprétais que trois chansons, mais j'étais déjà un peu connu via *Salut les copains* qui avait publié sur moi plusieurs articles. Aussi, “La Cavalerie” était beaucoup passée en radio et, si les ventes n'étaient pas faramineuses, j'avais déjà un carré de fans. »

Le 30 novembre 1968, le lendemain du concert au Colisée de Roubaix, la critique dans *La Voix du Nord* est encourageante : « Adamo dépasse la chansonnette et Julien Clerc prend un fougueux départ. » Le journaliste a entendu de ce dernier « d'excellentes chansons qui enlèvent d'emblée l'adhésion. Il tient sur scène toutes ses promesses et nous lui prédisons un brillant avenir ».

Julien Clerc semble prêt à rejoindre la tournée de Gilbert Bécaud, l'occasion se présente début 69. Pour cette rentrée, la tête d'affiche est accompagnée de deux guitares acoustiques, une électrique, un orgue, un piano et une batterie. Parmi ses nouvelles chansons : « Mon grand-père le militaire » et « Les Cerisiers sont blancs ». Avant l'entrée en scène de Gilbert Bécaud, se succèdent Georges Reich et son ballet américain, le New York New Groove, Julien Clerc (quatre chansons), et enfin la jeune américaine Mélanie (huit chansons), la révélation de l'année découverte au Midem par Eddy Barclay qui gère sa promotion en France. Costume de velours violine, voix éraillée, elle chante ses *folk songs* à succès, « Bobo's Party » et « Look What They've Done To My Song, Ma », qui sera reprise plus tard par Les Compagnons de la Chanson et par Dalida.

Après l'entracte, Gilbert Bécaud entre en scène.

« Comme prévu, j'ai rejoint Gilbert à L'Ancienne Belgique, raconte Julien Clerc. Jean Bretonnais, mon clavier, avait été remplacé par Pierre Chiffre, jeune musicien bordelais. Financièrement, le résultat était le même : mon cachet servait à payer mon unique accompagnateur. Nous devions jouer avec le Grand Orchestre de L'Ancienne Belgique, plutôt spécialisé dans le jazz big band, composé de musiciens d'une autre génération. Nous n'avons conservé que le bassiste (qui était aussi le concierge du théâtre), le guitariste et le batteur, mais rapidement ce dernier est venu s'excuser de ne pouvoir reproduire le dessin rythmique de “La Cavalerie”, n'étant pas un musicien “beat”.

« Résultat : ma première prestation fut catastrophique et visiblement cela s'était su puisque Gilles Dreu, qui triomphait avec “Alouette, alouette”, m'a généreusement proposé de m'envoyer son propre batteur. J'ai demandé à Gilbert si, pour le deuxième soir et en attendant son arrivée, il pouvait me “prêter” le sien (Pierre Lemarchand). Il m'a accordé cette faveur à condition qu'il reste derrière le tulle, m'inculquant là une règle majeure du music-hall : “Si Édith Piaf ou Maurice Chevalier avaient choisi un fond bleu, personne avant eux ce soir-là n'avait droit à la même couleur.” Par la suite, j'ai vérifié cette règle bien souvent en allant voir des artistes sur scène, des Anglo-Saxons en particulier. Je me souviens d'un concert de Bob Marley laissant une partie minuscule de sa scène à la jeune chanteuse noire américaine qui faisait sa première partie, avec une sonorisation peu soignée. Tout changeait quand il arrivait.

« Gilbert n'était pas un intellectuel mais un instinctif, un grand pianiste, un homme de scène qui se donnait à fond pour le public. Ses conseils étaient toujours précieux. Avec moi, il était très protecteur.

« J'ai donc chanté pour la première fois à l'Olympia dans sa première partie, avec les quatre chansons de mon super 45 tours. C'était une belle première, comme il y en avait à cette époque boulevard des Capucines. Parmi les invités, tous très bien habillés, deux personnalités avaient leur place attribuée : Louis Aragon, au sixième rang, pas loin de l'allée ; et le journaliste du *Figaro*, un peu dur d'oreille, au premier rang.

« J'étais donc la vedette "anglaise" et Mélanie l'"américaine"[1]. Le soir de la première, elle m'a succédé sur scène, devant le rideau rouge, seule avec sa guitare. Bruno Coquatrix observait la salle à travers un petit trou dans le tissu. Je ne sais plus s'il y a eu une panne d'électricité ou si quelques sifflets se sont fait entendre (elle chantait huit chansons en anglais, pas vraiment ce qu'attendait le public de Bécaud), mais Coquatrix a marmonné : "Cette petite-là va nous porter la poisse pendant trois semaines !" Le public a sifflé tous les soirs jusqu'à ce qu'on décide de permuter les vedettes anglaise et américaine.

« À l'entracte, les invités se pressaient pour boire des verres dans le bar de Marilyn. Serge Gainsbourg est venu me dire qu'il n'avait rien entendu d'aussi intéressant depuis longtemps ; Henri Salvador a lancé "C'était trop fort !" avant de partir dans un de ses grands éclats de rire, sonores et légendaires.

« Le souvenir que je garde de Gilbert Bécaud est celui d'un être très attachant, incandescent, doté d'une énergie incroyable (dans la scène à cour et jardin l'attendaient un verre de whisky et une cigarette allumée), capable d'aller au bout de la nuit après les concerts. Il était une véritable bête à premières, il n'avait pas son pareil pour emballer les salles. C'était passionnant de le regarder travailler. Depuis la coulisse, je n'en perdais pas une miette. J'ai beaucoup appris de lui, même si

1 À l'époque, on appelait « anglaise » et « américaine » les premières parties d'un spectacle.

une partie de moi se refusait à utiliser ce que je considérais être des ficelles. Son art des rappels et sa façon de chauffer le public avant de rechanter une seule chanson étaient tellement consommés que cela m'a servi de contre-exemple.

« Il sortait de scène une première fois, le rideau se fermait. Le rideau s'ouvrait, il était derrière pour saluer. Il quittait la scène à nouveau à jardin. Il réapparaissait à cour. Il saluait. Le rideau se refermait. Il le soulevait et réapparaissait devant. L'ambiance montait jusqu'à ce que l'orchestre entame les premières mesures du rappel.

« J'ai opté pour l'excès inverse. Aujourd'hui encore, Rose Léandri me dit souvent : “Mais retournez les saluer, Julien !” Gilbert m'avait expliqué qu'à ses débuts Sinatra l'avait beaucoup influencé ; à mon tour, sans le vouloir, j'avoue que pendant quelques années j'ai utilisé certaines gestuelles de Bécaud.

« L'une des dernières fois où je l'ai vu, c'était lors d'un festival à Troyes. Il passait à 18 heures ; moi en début de soirée. Il n'était plus le matador que j'avais connu : soudain, la cravate bleue à pois blancs dissimulait un petit ventre. Je n'aimais pas les ravages du temps sur lui et sur sa voix. Il n'avait pas seulement vieilli, il était malade, à tel point que je l'avais trouvé plus en forme dans sa loge en jean, mocassins et pull en V jaune, que sur scène. Quand je l'ai vu chanter, je me suis fait cette réflexion que je trouve cruelle après coup : pourvu que ceux qui m'entourent m'aiment suffisamment pour me dire d'arrêter le moment venu. »

Gilbert Bécaud considérera toujours Julien Clerc comme son poulain, son ami. Sa veuve, Kitty, m'a confié récemment que quand il passait à la télévision ou à la radio, Bécaud imposait le silence : il l'écoutait. Reléguant au passé leurs guerres d'ego larvées et les quelques querelles professionnelles qui les ont opposés, Bécaud ne formulait pour lui qu'un vœu : que sa carrière s'inscrive dans la durée. Il a été exaucé.

5

Et le silence lui répond

Julien Clerc se produit en première partie de Gilbert Bécaud à l'Olympia quand, un soir, une femme et un homme font irruption dans les loges. Annie Fargue et Bertrand Castelli détiennent les droits de *Hair* pour la France. L'opéra-rock, créé en octobre 1967 aux États-Unis, triomphe sur Broadway. Annie Fargue et Bertrand Castelli présument qu'il devrait connaître le même destin flatteur ici : ils vont tout faire pour qu'il en soit ainsi. Sur les musiques de Gerome Ragni et James Rado, les paroles du Canadien Galt MacDermot ont été adaptées en français par Jacques Lanzmann et Bertrand Castelli – qui signe également la mise en scène. Julien Clerc leur semble parfait pour incarner Claude Hooper Bukowski, l'un des trois personnages phares.

Le chanteur est frappé par le charisme de Bertrand Castelli. Aujourd'hui encore, il m'en parle comme d'un personnage sorti d'un film ou venu en visiteur d'une autre planète sur la nôtre : « Portant les cheveux longs, un jean, un blazer, un collier. Il arrivait de New York ! »

Bertrand Castelli est effectivement un original avec sa voix profonde et son exubérance naturelle. Littéralement habité par son projet, il n'a pas l'intention de ressortir de l'Olympia sans un accord de principe : que Julien Clerc accepte le rôle de Claude. Le jeune artiste, qui ne partage pas l'enthousiasme de son interlocuteur, fait la moue. Alors, avec ce qui lui reste d'énergie et de conviction, Castelli lance grandiloquent : « Je vais faire de vous le prince de Paris ! » Ben voyons ! « L'idée ne m'emballait pas, raconte Julien Clerc. J'avais entendu dire que les acteurs étaient nus sur scène. Aussi, que pouvait-il m'arriver de mieux en ce mois de février 1969 ? Mon premier 45 tours était sorti moins d'un an auparavant et je passais déjà en première partie de Gilbert Bécaud à l'Olympia. J'étais comblé. »

Dans ses mémoires, *Ma Vie en coulisses*[1], Charley Marouani, alors imprésario de façade de Julien Clerc, raconte les dessous du projet – du moins la vision qu'il en a. Annie Fargue aurait contacté son frère, Gilbert Marouani, directeur des éditions Barclay, pour lui expliquer qu'elle souhaitait engager Julien Clerc pour sa comédie musicale. Aussitôt informé, Charley Marouani aurait appelé Bertrand de Labbey pour s'entendre dire : « Il n'en est pas question ! Ridicule ! Absurde ! » Castelli a l'idée d'offrir au chanteur un voyage en Angleterre pour assister à une représentation du spectacle. « À force d'insister, je réussis à le convaincre de m'accompagner à Londres pour y voir la comédie en matinée,

1 Fayard, 2011.

poursuit Marouani. S'il n'était pas sensible au rôle, on n'en parlerait plus. [...] Lorsque la troupe entama le fameux "Let The Sunshine In", tous les doutes de Julien, s'il en restait, furent balayés. Le soir même je communiquai à Annie Fargue l'accord de Julien. Je pense que ce fut là un moment déterminant dans sa carrière et je suis heureux d'y avoir contribué. »

Bertrand de Labbey confirme : Julien Clerc avait bien des doutes sur le besoin impérieux de se lancer dans pareille aventure. « Charley Marouani a rédigé ce contrat sur lequel j'ai fait ajouter une clause qui a eu son importance par la suite. Je voyais bien qu'on entrait dans la troupe de *Hair* comme dans une secte aux mains du très paternaliste Bertrand Castelli, or je tenais à ce que Julien reste libre les week-ends pour continuer à se produire avec ses propres chansons et assurer la promotion de son nouveau 45 tours, "La Californie". »

Au sortir de la représentation, l'artiste se décide à accepter le rôle de Claude. À l'entendre, ce n'est pas seulement le morceau « Let The Sunshine In » qui eut raison de ses dernières réticences, mais la modernité du spectacle dans son ensemble : « À cette époque en France, nous étions habitués à des opérettes ou à des opéras classiques. Cet opéra-rock ne ressemblait à rien de ce qui se montait alors. J'ai vraiment pris ma décision en en discutant avec Momo, mon meilleur ami, qui m'a dit que si j'avais envie de faire *Hair*, je ne devais écouter personne et foncer. »

Il a apprécié à sa juste valeur ce spectacle avant-gardiste, l'histoire d'une tribu hippie en Californie avec, à sa tête, un ménage à trois : Claude, Berger et Shirley. En toile de fond, cette guerre du Vietnam à laquelle chacun tente d'échapper. Seul Claude Hooper Bukowski refusera de brûler ses papiers militaires et partira rejoindre les troupes américaines sur le front. « La force de *Hair*, dit-il, résidait dans son contenu sociologique, politique et dans la force de ses grandes chansons. » Un point de vue que partage Vanina Michel, qui jouait le rôle de Shirley : « Nous avons eu la chance de faire la révolution tous les soirs sur scène et pendant deux ans. Les Américains avaient monté cet opéra pour dénoncer l'*American dream* et la guerre en Indochine, alors qu'en France nous avions l'interdiction de parler de la guerre d'Algérie ! En somme, c'était une époque où nous pensions qu'il était encore possible de refaire le monde. » La chanteuse, qui a vu le spectacle à New York, raconte à quel point il était novateur avec ses jeunes artistes venus de tous horizons (africains ou asiatiques) et les idées révolutionnaires qu'il développait, celles de Mai 68 en France : le droit à la parole et l'émancipation de la femme en particulier. Il y était aussi question de drogues, avec la chanson intitulée « Haschich ».

Quand Julien Clerc se présente face à la troupe le premier jour des répétitions, l'accueil n'est pas très chaleureux. C'est que d'autres artistes ont rêvé de décrocher le rôle de Claude et, dans le groupe, chacun avait sa préférence. Jean Bouquin, costumier de la pièce, s'en souvient pour l'avoir vécu : « Julien avait de la concurrence. Le mime Marceau faisait des pieds et des mains pour qu'on prenne son fils. Je me souviens d'autres postulants comme le dénommé Zaccha, mais aussi Michel Jonasz et Gérard Lenorman. Ce dernier m'en a énormément voulu de ne pas l'avoir choisi, mais je n'avais pas mon mot à dire. Seul Castelli décidait. »

Selon Vanina Michel, « Julien avait une aura à la fois romantique et désespérée qui collait parfaitement avec le rôle ». Jean Bouquin confirme : « Il crevait l'écran, comme on dit. Il avait le port, l'allure, la beauté. »

Julien Clerc partage l'affiche avec Hervé Wattine, un chanteur rive gauche, qui incarne le chef indien Berger. Pour compléter ce ménage à trois, il y a donc Shirley, interprétée par la ravissante Vanina Michel. « À l'âge de vingt et un ans, pendant quatre mois j'ai parcouru les États-Unis de long en large pour y jouer *Les Fourberies de Scapin* dans les universités américaines, me raconte-t-elle. J'ai vu *Hair* quatre fois à New York et chaque fois j'ai été éblouie. Avant de rentrer en France, je suis tombée sur un article dans lequel Bertrand Castelli parlait de *Hair* et de la scène de nu en particulier, affirmant qu'elle ferait scandale en France où l'opéra-rock se montait. Sitôt arrivée à Paris, j'ai filé au Théâtre de la Porte Saint-Martin pour engueuler Castelli : cette scène n'était pas seulement scandaleuse, elle avait du sens ! Quand il m'a vue en furie, il a souri : il venait de trouver sa Shirley. J'ai signé mon contrat le jour même, les yeux fermés, et je me suis retrouvée à la une de tous les magazines. »

Les répétitions débutent environ deux mois avant la première. Danny Hurd, chargé de diriger chaque troupe de *Hair* à travers le monde, mène les séances de travail sur les chansons. De ces morceaux, on connaît surtout « Laissons entrer le soleil », qui constituera une formidable sortie de scène pour les futurs concerts à venir de Julien Clerc. On a moins entendu les autres titres car le 30 cm, enregistré en une après-midi dans les conditions du direct, n'a jamais été réédité en CD. Il contenait entre autres « Electric blues », « Je suis noir », « Ô grand Dieu du pouvoir » ou encore « Où vais-je aller ? », cette chanson précédée d'un puissant « Hare Krishna » version chorale, interprétée par Claude entouré pour ce tableau d'un groupe de garçons effectivement nus. « Suivre les nuages suivre les orages/Suivre le néon des yeux amoureux/Est-il dans les pleurs est-il dans les rires/Mon splendide sérum de vérité », chante-t-il. De son côté, Castelli dirige la mise en scène et règle les chorégraphies. Bertrand de Labbey avait raison, on se croirait dans une secte où chacun obéit aux directives de ce gourou charismatique. Castelli demande à tous de bâiller, puis de reproduire les sons de la mer : « Vous êtes des algues, vous nagez ! » Par groupe de deux, assis en tailleur, les yeux fermés, le jeu consiste à deviner le corps de l'autre. Julien Clerc n'est pas épargné mais il affirme aujourd'hui avoir apprécié cette « expérience communautaire » qui lui a aussi permis de rencontrer quelques originaux. Dans la troupe, il se souvient entre autres du dénommé Carlos, un comédien pistonné par Salvador Dali devenu une icône hippie à la fin de sa vie.

Carlos, ce beau Sud-Américain aux cheveux très longs, se nourrissait d'expédients et ne fumait visiblement pas que du tabac blond : « Il s'asseyait quand nous nous asseyions, dansait quand nous dansions, avec un sourire extatique. »

L'éclairagiste Jules Fischer, venu de Broadway, règle les lumières tandis qu'en coulisses Jean Bouquin, le costumier du moment, styliste de Brigitte Bardot à la ville comme à l'écran depuis 1964, s'affaire à ajuster les tenues : « On me disait toujours que c'était trop facile d'habiller la troupe de *Hair* qui jouait nue. C'était faux, c'était de la publicité. Il n'y avait qu'une seule scène de nu. J'avais donc créé quantité de costumes qu'il fallait rafistoler quotidiennement car les acteurs, irresponsables, les gardaient pour aller en boîte de nuit. Au bout d'un moment, j'ai eu l'idée d'ouvrir une boutique dans le Théâtre de la Porte Saint-Martin, si bien que certains spectateurs arrivaient dans la salle déguisés en hippies. Le spectacle racontait le mouvement de révolte né aux États-Unis à ce moment-là, or souvent la mode est symptomatique d'une époque. Souvenez-vous des Sans-Culottes. »

Enfin, le 31 mai 1969, au Théâtre de la Porte Saint-Martin, débute l'aventure de *Hair*. Inutile de chercher les frères et sœurs de Julien Clerc dans la salle. « Notre père ne voulait pas que nous y assistions sous prétexte qu'on y voyait des gens nus, raconte Marianne Leclerc. Seul Gérard y est allé, mais en cachette. » Ghislaine y était avec son mari, mais elle n'a pas apprécié ce spectacle à ses yeux « vulgaire ».

Concernant l'opéra-rock dans sa forme, Julien Clerc le raconte mieux que personne : « J'entrais en scène en poncho une demi-heure avant le reste de la troupe. Je m'asseyais en tailleur au centre de la scène légèrement inclinée vers le public, dans les fumées et les odeurs d'encens. Je regardais les gens s'asseoir et, quand les lumières de la salle s'éteignaient doucement et que l'orchestre laissait entendre des sons étranges, les portes du fond s'ouvraient et les autres comédiens arrivaient de la salle en "*slow motion*" (au ralenti). De tous les coins de la salle, à pied dans les allées, debout sur les dossiers des fauteuils ou descendant des lianes jetées des balcons, des garçons et des filles chevelus et très peu habillés pour certains déboulaient. Hervé Wattine, qui jouait le rôle de Berger, portait un pagne et des colliers, ses cheveux crêpés en hauteur comme un chef indien. La troupe formait un cercle autour de moi en attaquant "Aquarius" : "Quand le ciel/Dans la septième maison..." Les tableaux se succédaient et, chose rarissime pour une comédie musicale – j'en ai vu un certain nombre depuis –, à chaque tableau correspondait une grande chanson.

On m'a souvent parlé de ma nudité dans *Hair*, la scène où j'étais le moins habillé était celle où Claude Hooper Bukowski chantait "Manchester England" simplement vêtu d'un petit drapeau anglais en guise de pagne, lavé dans un tub par les filles de la troupe. À la fin de la première partie, intervenait cette fameuse scène.

Debout sur une grande table recouverte d'un grand drapeau américain, je chantais "Où vais-je aller ?". Pendant ce temps, sous le drapeau qui formait comme une tente, la troupe se déshabillait et, sur les derniers accords de la chanson, surgissaient les trente acteurs nus, les jambes écartées face au public dans une semi-pénombre, il est vrai. Il va sans dire que j'étais habillé quand je chantais cette chanson. Cette scène devenue fameuse faisait référence à un *sitting* contre la guerre du Vietnam dans une université américaine où les manifestants avaient affiché leur nudité face à la charge des forces de police. »

Le spectacle affiche complet et ce malgré – et grâce – aux polémiques qu'il suscite. En ouvrant les journaux du matin, en apprenant qu'à Paris se joue une pièce avec des jeunes gens nus et délurés, une bonne partie de la France s'indigne. La presse dénonce l'escalade de l'érotisme et l'Armée du Salut vient perturber l'une des représentations de décembre en manifestant pour défendre la figure de Jésus.

Julien Clerc tire le meilleur parti de son rôle, s'y investissant avec parcimonie. « Il avait déjà ce recul qu'on lui connaît aujourd'hui, se souvient Vanina Michel. De nous tous, il était le moins engagé politiquement. Quand je faisais circuler des pétitions, Julien était le seul à ne pas les signer. » Cette distance, Jean Bouquin l'a également constatée et, de son point de vue, il avait parfaitement raison de rester en retrait : « Julien prenait le rôle au sérieux alors que les autres s'amusaient. Lui, il avait très intelligemment compris qu'il fallait rester au-dessus de la mêlée. Avec sa classe naturelle, il ne s'est pas beaucoup mélangé au reste de la troupe et il a eu la sagesse de quitter *Hair* au bon moment, tandis que les autres sont restés scotchés à cette aventure sans faire carrière ensuite, à l'exception de Gérard Lenorman. »

Gérard Lenorman se substitue à Julien Clerc quand ce dernier quitte *Hair* en février 1970. Face à la presse, il justifie son départ par un état de fatigue générale, expliquant qu'il serait malhonnête de sa part de continuer à assurer son rôle juste pour toucher son cachet. Il parle aussi de son désir de retrouver sa vie, sa carrière, ses amis. Il projette de monter à son tour une épopée musicale, avec Maurice Vallet et Étienne Roda-Gil. Sans doute est-il sincère mais, s'il a continué en marge de *Hair* à donner des galas les week-ends et à sortir ses 45 tours – dont « La Californie » en juillet 1969 –, il a également été trop imprégné par le rôle. Sa tenue de gala ? Chemise indienne et pattes d'éléphant. C'est Gilbert Bécaud qui ramène à la réalité son artiste de vingt-deux ans. Au bout de neuf mois, il résume la situation par cette formule : « Fini les pantalons violets en cuir, tu vas te remettre en Julien Clerc. En noir. »

De cette aventure, aujourd'hui encore le chanteur conserve de grands souvenirs : « Très souvent, je repense à *Hair*, à ces moments et aux gens que j'ai vus tous les jours pendant presque un an : Bertrand Castelli, Annie Fargue, Grégory Ken, Hervé Wattine, Vanina Michel, Daniel, ma doublure, Gérard Palaprat, Jenny et les autres. Et Momo qui venait chaque soir pour perdre au poker des années de droits d'auteur dans ma loge pendant que j'étais sur scène.

« Un cauchemar étrange – comme tous les cauchemars – mais récurrent me représente sur les épaules de Berger les bras en croix dans une attitude christique. Je suis pétrifié parce que j'ai oublié mon texte. »

Au chapitre des souvenirs liés à l'époque de *Hair*, reste également sa rupture avec Zaz, son amour de jeunesse. Celle-ci, recluse chez ses parents à Cannes, pressent que son fiancé s'éloigne de plus en plus d'elle, il semble ailleurs. À ses lettres insistantes, où elle demande des explications, il répond dans un premier temps en esquivant :

Chatte Zaz,

Tu vas être en colère : la lettre partira un peu en retard par rapport à l'heure prévue. Elle partira cet après-midi. Il est 3 heures. Je viens de manger avec Bertrand et Jean-Bernard à propos de ce concours pour RTL. Je crois que je vais le faire.

D'autre part, en ce qui concerne le billet d'avion, je vais t'envoyer de l'argent dès que Jean-Michel aura tout réglé avec Air Inter. J'aimerais que tu prennes un avion vendredi, celui que tu voudras. J'ai envie de te voir, mais pas à Paris où l'ambiance est moche. La pièce est mauvaise en ce moment. Je suis allé une fois ou deux au Circus et le fait de voir toutes ces filles sales et désespérées et ces garçons abrutis par la drogue nous a foutu le cafard à Momo et à moi. J'en ai marre de Hair *et de tout ce qu'il y a autour, et finalement je suis heureux que tu sois à Cannes au soleil, même si tu m'en veux chérie. J'ai revu Jean-Claude Petit, sa bonne mine et sa logique inébranlable m'ont fait plaisir. J'ai peur pour l'armée et il va falloir trouver un moyen pour s'en sortir. Eh bien ! Attendons, comme toujours !*

D'autre part, des dépenses insensées me tombent sur la tête en ce moment (honoraires de Charley pour tout le mois, traites, etc.) et en plus Garnier, la bouche en cœur, vient me demander une augmentation exorbitante. Étienne (qui sait se montrer extraordinaire en ce moment) lui a, je crois, mis les points sur les « i » de manière irrévocable.

Pour Noël, j'écris une petite chanson que je chanterai avec Françoise Hardy à la télé.

Jean-Bernard était très fâché que nous ne venions pas en Sardaigne avec lui.

La police rôde autour du théâtre : à la suite du non-stop de Castelli, la France entière s'est émue (comme diraient les journaux). De ce côté-là, tout va mal. Je suis heureux que nous partions deux jours en gala.

Si tu pouvais arriver vendredi matin ou en début d'après-midi ce serait bien. Je t'enverrai un mandat demain matin.

Maintenant, je vais aller échanger ton pantalon, c'est du 35 que tu veux hein ?

Tes anneaux t'attendront vendredi prêts et gravés. Je t'appellerai jeudi à midi ou 13 heures (tu recevras un télégramme d'ici-là).

Je t'embrasse
Je t'aime

Julien

PS : Il y a au moins 600 lettres, du bon travail quoi !

Il y avait longtemps que je ne t'avais pas écrit. C'est bien. Je suis content. Je t'embrasse.

Enfin, cette ultime lettre, datée de fin septembre 1969, ne laisse plus de place au doute.

J'avais décidé de ne pas écrire et de ne pas téléphoner après cette nuit qui couronnait un lundi que j'avais cru formidable de part et d'autre. Et puis ce matin, mal réveillé comme toujours, ta lettre. Et moins que toutes les horribles promesses que tu fais, c'est une fois de plus la suspicion basée sur une connerie de Marianne qui m'a mis en boule. Marianne s'est trompée, je couche ici chaque soir. Mais après tout, fais ce que tu veux. Oui, ce que tu appelles de la lâcheté, je m'en suis rendu compte lundi soir. Dans mon égoïsme et dans mon horrible métier (un métier qui mange tout), j'ai essayé de te faire une place à ma manière. Et j'ai souffert autant que toi : je te savais malheureuse chaque minute et tu sais que le fait de rendre quelqu'un malheureux me fait pleurer. Seulement voilà, tu étais malheureuse et tu me l'as narré, tu me l'as répété : tu m'as « révélé ». C'est vrai mais c'était pour soigner l'impossible. D'un côté il y a moi, monstre d'égoïsme qui essaye, à tort, de concilier un métier dévorant, et toi qui constitues l'autre côté. Toi tu n'as qu'une idée dans la vie c'est moi (et j'en souffre contrairement à ce que tu crois) et en plus tu vis sur une image passée. Tu réagis comme réagirait Mermoz devant un Boeing 747. Cette image dépassée c'est, tu le dis toi-même, un « petit garçon » qui est resté enfermé trois mois avec toi et qui n'avait, alors, aucun sens des responsabilités et aucune occupation, aucun métier.

J'ai trouvé une occupation (spéciale mais c'est la seule qui me plaît), et j'ai essayé, à tort ou à raison, de vous faire vivre avec. Peut-être l'île déserte eut été préférable... Pour nous deux.

Et puis, j'ai vu des choses qui te font pleurer. J'ai côtoyé la saleté. Mais je n'ai vu que ce que j'ai voulu voir. Et si je veux voir encore plus, je le ferai. Et cela aussi, ça t'a fait souffrir. Mais dis-toi bien qu'il n'y a qu'une vie, et de même qu'on n'a pas le droit de la gâcher, de même on n'a pas le droit de la traverser les yeux fermés, comme tu le fais. Tu me dis tout ça, je le vois à travers toi. Une fois de plus c'est faux. C'est cela qui m'a fait prononcer des mots mythes, image. Comprends-tu ma lettre ou attribues-tu ces 6 ou 7 familles à de la lâcheté ? Tu vois, je ne suis pas parti. Un jour peut-être le ferais-je et ce jour-là je ferai comme j'ai toujours fait : sans rien dire, « lâchement ». Comme tu dis, ce sera irrévocable. J'ai essayé de comprendre et puis rien. Suis-je trop bête, trop égoïste ou ne pouvons-nous nous comprendre ?

Je ne peux pas le croire.

Je t'embrasse

Paul-Alain

Du prénommé Paul-Alain, il n'est quasiment plus question. Depuis peu, les commerçants de Bourg-la-Reine voient en Paul Leclerc le père de Julien Clerc, ce dont le normalien n'est pas peu fier. Après *Hair*, Alain Masmondet ne reverra que très épisodiquement son ami des Éclaireurs de France. Quant à Zaz, elle regarde avec tristesse son amoureux s'éloigner d'elle jusqu'à la rupture. « Elle a profité que j'étais à Cannes pour me le piquer », lâche-t-elle.

Elle, c'est France Gall.

6

Sa déclaration

France Gall entre dans la vie de Julien Clerc au mois d'août 1969. La cote de la chanteuse est bien faible, cette année-là. Son nom de baptême est Isabelle, ses proches la surnomment Babou, mais le grand public la connaît sous le nom de France Gall. Julien Clerc est né le 4 octobre 1947, elle cinq jours plus tard. Son père, Robert Gall, qui l'a toujours trouvée autoritaire (il la surnomme « le petit caporal »), est auteur de chansons. On lui doit notamment « La Mamma », morceau d'anthologie popularisé par Charles Aznavour. Et, dans un autre registre, « Sacré Charlemagne », écrite pour sa fille qui a débuté sa carrière d'interprète à seize ans avec « Ne sois pas si bête », chanson puérile entrée au hit-parade en 1963, devant « La Mamma ». Elle a ensuite été le porte-voix de Serge Gainsbourg qui lui a sournoisement fait interpréter « Les Sucettes » en 1966. Lauréate du Prix de l'Eurovision, France Gall connaît de très beaux débuts, mais sa carrière s'avère fragile. Du jour au lendemain, plus rien ou plus grand-chose.

En 1969, tandis que Julien Clerc est toujours à l'affiche de *Hair*, France Gall traverse le désert, faisant désormais figure de tocade du public, d'étoile filante de la chanson. Si le succès la boude, ce n'est pas faute de le titiller : elle enregistre sans répit, enchaînant en vain les 45 tours à la recherche de celui qui la réconcilierait avec le public. Sur le plan personnel, après son aventure avec Claude François – elle serait le personnage féminin en fuite de « Comme d'habitude » –, elle se promène désormais au bras de Julien Clerc qui, comme Claude François, a tendance à la cacher de peur que son public essentiellement féminin prenne ombrage de sa présence. Un chanteur en couple fait moins fantasmer, c'est certain.

Régulièrement, elle est venue admirer Julien Clerc en Claude Hooper Bukowski au Théâtre de la Porte Saint-Martin. Après les représentations, elle le rejoint dans un bar à côté du théâtre où il a ses habitudes. Plus question pour lui de passer ses nuits en boîte de nuit avec la troupe : France Gall l'enlève dans sa Porsche rutilante dont le moteur vrombit sur les Grands Boulevards.

C'est peu dire que Julien Clerc rechigne à me parler de sa relation avec France Gall. Il suffit que je prononce ce nom pour qu'il rentre la tête dans les épaules. Il balaye mes premières questions au prétexte que cela s'est produit il y a très longtemps, dans une autre vie. « France n'est pas plus importante que certaines femmes que j'ai connues par la suite, notre histoire a même duré moins longtemps que d'autres, explique-t-il. Quatre ans, me semble-t-il. Comme nous étions tous les deux connus, nous avons assez rapidement été l'objet de reportages de charme pour *Salut les copains*. À l'époque, pour ménager les admiratrices, on croyait bon de ne pas dévoiler sa fiancée. L'épisode de la conférence de presse des Beatles où l'un d'eux parle de la femme de John Lennon, et la tension qui s'ensuit, est très révélateur de l'état d'esprit du moment. Moi, je n'ai finalement pas caché France bien longtemps.

« Quand nous nous sommes connus, elle était dans le creux de la vague en France, en revanche, elle restait très présente en Allemagne et au Japon. Une personne qui comptait énormément dans le métier m'avait dit : "Quelqu'un comme toi ne devrait pas fréquenter une *has been* comme elle." Cela m'avait choqué, blessé. »

Dans son numéro de décembre 1969, le magazine *Salut les copains* consacre à France Gall et Julien Clerc un sujet romantique au possible, réalisé au Maroc, sous le titre sirupeux : « Duo pour une romance ». Drôle de positionnement pour cet artiste jaloux de sa vie privée, qui s'adresse au public avec les textes poético-intellos d'Étienne Roda-Gil. Bertrand de Labbey s'en explique : « Je me souviens très bien : quand *Salut les copains* a voulu travailler avec Julien, principalement pour le sujet avec France Gall au Maroc, nous nous posions la question de savoir s'il devait se prêter à ce type d'interviews et de séances de photos. Avant de prendre sa décision, Julien a demandé l'avis de deux personnes : Roda-Gil et moi. J'avais été frappé par une réflexion que m'avait faite Daniel Filipacchi, je crois : "De votre Julien

Clerc, vous voulez en faire un Léo Ferré ou un Johnny Hallyday ?" Pour moi, Ferré était une référence supérieure à Hallyday. J'ai demandé en substance à Julien : voulez-vous vous produire à Bobino ou accéder à des stades ? La décision lui appartenait et, en fonction de sa réponse, j'adapterais ma politique. Accepter ou refuser les couvertures de *Salut les copains* revenait à faire un choix entre devenir un artiste plus confidentiel ou tenter au contraire d'atteindre une grande popularité. Il a longuement réfléchi avant de me répondre, très calmement, d'une voix neutre : "Les grandes salles." C'était *son* envie, *son* souhait ; ce qui signifie que lorsqu'il entre en scène, s'il sourit, c'est qu'il les a voulues, ces grands-messes. »

Assez rapidement, Julien Clerc emménage avenue Victor-Hugo dans l'appartement des parents de France Gall où se trouve un piano sur lequel il va composer des mélodies qui se marieront bientôt aux textes de ses auteurs fétiches, Maurice Vallet et Étienne Roda-Gil. « Je me souviens bien de la mère de France, Cécile, une femme charmante, raconte-t-il. J'ai toujours été proche de la famille de la femme avec laquelle je vivais et je me suis bien entendu avec mes beaux-parents successifs. »

Les parents de France Gall possèdent aussi une maison dans l'Yonne, une région que le chanteur apprend à apprécier au point d'y acheter la Métairie Bruyère, une ancienne ferme qu'il fait entièrement retaper tandis qu'il laisse à Robert Gall le soin de superviser les travaux et le loisir de chiner le mobilier chez les brocanteurs des environs. En revanche, il va lui-même choisir les grands poneys qu'il s'offre « juste pour le plaisir de les voir galoper ». Enfin, devant la maison, il fait creuser un étang.

Les années France Gall, qui s'étendent de 1969 à 1974, sont artistiquement denses pour Julien Clerc. À vrai dire, entre les 45 tours, les 33 tours et les tournées, il est peu présent auprès de sa blonde dont il se dit pourtant follement épris. Au mois de mai 1970, il sort chez Pathé-Marconi son deuxième album, *Des jours entiers à t'aimer*, qui ouvre avec la ballade amoureuse éponyme. Julien Clerc y a placé « La Californie », sortie en 45 tours au temps de *Hair*. Il enchaîne avec un texte biographique de Maurice Vallet, « Bourg-la-Reine », une autre chanson d'amour où il est question d'un chanteur amateur de la banlieue sud. Le même Maurice Vallet a écrit « Zucayan », un périple dans un pays imaginaire. On y entend également l'une des chansons les plus inspirées de son répertoire, à mon sens, « Les Menhirs », dont les premiers accords rappellent ceux d'« Amoureuse », que Véronique Sanson sortira deux ans plus tard sous le label Elektra. « Les Menhirs », une chanson de rupture, un texte dense et sombre au possible, avec une formidable impression d'espace. On croirait du Roda-Gil, mais c'est à Maurice Vallet que l'on doit ce morceau d'anthologie : « Ne m'attends pas trop longtemps/À l'ombre fraîche des menhirs/La lande restera la même/Avec fougères et bruyères/La côte gardera sa rage/Et le froid crachin son rire/Pour des souvenirs amers/Quand je passe/Et je t'oublie. » Julien Clerc ne l'inscrira pas assez souvent à mon goût dans ses tours de chant. On l'entendra le soir de ses cinquante ans au Palais des Sports et, bien plus tard, lors de sa tournée *Pianistic*.

Julien Clerc ira défendre ces nouvelles chansons à la fin de l'année 1970 à la faveur d'un premier Olympia en vedette. Avant cela, Charley Marouani a prévu une longue tournée en province, mais ses plans pourraient bien être contrariés. Si la carrière de Julien Clerc bat son plein, au mois de juin 1970, Paul-Alain Leclerc, lui, est ramené à la réalité : la convocation pour le service militaire vient d'arriver. À la lecture du courrier de mauvais augure, il pâlit : cela le paralyserait pour un certain temps, c'est pour lui inconcevable, vu son planning de tournée, « parfois avec des distances démentes : Le Canet un soir, Mulhouse le lendemain ». En ce mois de juin 1970, il est convoqué à Blois pour les trois jours. Il lui revient en mémoire que, dans la troupe de *Hair*, on lui avait parlé d'une combine « imparable » pour y échapper. Il s'agissait de constituer un dossier médical à faire passer à un réseau de médecins militaires à la retraite, moyennant des consultations payées au prix fort. « Arrivé à Blois, raconte Julien Clerc, acte manqué exceptionnel : j'avais apporté *La Débâcle* de Zola dont je cachais la couverture. Naturellement, tout le monde me reconnaissait, il y avait eu déjà des photos de moi dans *Salut les copains*. Pour éviter que je "foute la merde", on m'a indiqué la chambre d'un officier dont je ne sortais que très rarement, et encore, en rasant les murs de la cour de la caserne. La nuit, je rejoignais donc la chambrée.

« Second acte manqué : j'avais oublié le fameux dossier médical qui m'aurait permis de me faire exempter. Face au psychiatre colonel, je me sens fébrile. Je devais être sorti la veille au soir, j'avais donc très peu dormi et sans doute pas mal fumé et bu. Le psychiatre dit me connaître, me demande pourquoi je veux être exempté. Je réponds en toute sincérité que, à l'aube de ma carrière, être mobilisé serait préjudiciable. Il me propose alors le théâtre aux armées, ce que je refuse.

« La situation s'envenime, il menace de m'hospitaliser. Je savais très bien ce que cela signifiait, on racontait qu'on vous mettait minable à coups de piqûres pour vous faire payer votre refus d'aller au service. Cela pouvait durer longtemps, or ma tournée débutait deux jours après. Le psy ne veut rien entendre et il signe mon hospitalisation.

« En sortant de son bureau, je dois aller faire tamponner mon dossier chez un autre gradé, puis je pars en clinique sur-le-champ. Coup de chance, l'heure du déjeuner n'a pas sonné et celui qui doit tamponner mon dossier est introuvable. On me donne un ticket de cantine en attendant l'arrivée de l'ambulance qui doit m'emporter deux heures plus tard. Dans ma vie, je me suis toujours débrouillé pour imaginer une porte de sortie, quelle que soit la situation dans laquelle je me trouve. Là, je n'en avais aucune si ce n'est que mon dossier n'était toujours pas tamponné. Je suis aussitôt retourné voir le psychiatre pour lui dire que s'il me mettait apte au service, je sortirais de là et je ne serais pas incorporable avant juillet/août. J'aurais donc deux mois pour trouver une solution. J'ai ajouté qu'il ne pouvait pas me demander de rester et de manger sa bouffe.

« Là, j'ai fait la seule crise de nerfs de ma vie, j'ai dû me mettre à pleurer. C'est alors que j'ai cru voir passer une lueur dans son regard. J'étais un peu connu, il s'est dit que je n'allais lui apporter que des ennuis. Il est allé rechercher mon dossier et, nerveusement, m'a inscrit comme fou dangereux, donc inapte, tout en me demandant de cesser de pleurer. Il m'a mis à la porte en me disant qu'il ne voulait plus jamais me revoir. »

Après cette longue tournée, le nom de Julien Clerc figure comme prévu en lettres rouges sur le fronton de l'Olympia en ce mois de décembre 1970. En haut de l'affiche, pour la première fois. Pour Bertrand de Labbey, le moment est venu de faire oublier le héros de *Hair* et d'inciter Julien Clerc à se recentrer sur son propre répertoire. Ainsi, chaque soir, il monte sur scène tout de noir vêtu, rejoignant Jean-Claude Petit à la tête du Grand Orchestre. « Je comptais une douzaine de chansons, se souvient-il. C'est un peu juste d'autant que je n'avais pas encore des tubes comme “Ce n'est rien”, “Niagara” et “Le Cœur volcan” qui me feront vraiment vendre des disques. Avec Bertrand, nous avons donc pris un risque à travers la scène. Ce sera souvent le cas tout au long de ma carrière. »

Après un passage à l'Olympia, Bruno Coquatrix a coutume de recevoir les artistes pour dresser un bilan de leur prestation. Devant un plat de pâtes qu'il cuisine lui-même, Julien Clerc et Bertrand de Labbey attendent le verdict. « C'est bien, mais ce n'est pas plein tout le temps, lance en substance le patron des lieux. Il va falloir opérer quelques changements si vous voulez remplir. Sachez d'abord que jamais en France une vedette populaire n'aura les cheveux longs. Ensuite, les paroles séduisent beaucoup les jeunes gens de l'avenue Mozart, mais cela ne suffit pas. Faites des chansons qui plaisent à tout le monde ! »

De cet Olympia, outre les observations de Coquatrix, Julien Clerc garde le souvenir de Gilbert Bécaud lui tenant la languette qui empêche le rideau rouge de s'envoler. On appelle cela « faire les rideaux ». Bécaud les a faits chaque soir, aux entrées et sorties de scène de son poulain. Maurice Vallet, lui, se souvient d'avoir présenté le spectacle en tandem avec Patrick Topaloff. Ils se seraient échinés à faire rire le public, en vain.

Si certaines chansons de Julien Clerc rendent visiblement hommage à France Gall, dans la vie quotidienne tout n'est pas aussi lisse que sur papier glacé. Un couple d'artistes, ego contre ego, ce n'est pas toujours facile. Maurice Vallet, qui lui aussi me regarde un peu de travers quand j'évoque France Gall, a été témoin de la lente déchéance du couple. Déchéance qu'il attribue au caractère égocentrique de son ami, du moins durant cette période : lui en pleine ascension, elle dans le désarroi d'une carrière au ralenti : « Julien autorisait France à venir le voir en concert à condition qu'elle porte des perruques, ce qui était épouvantable pour elle qui avait déjà subi cela du temps où elle vivait avec Claude François. Durant toutes les années que France et Julien ont passées ensemble, je ne suis pas certain qu'ils se soient beaucoup vus. »

Luc Plamondon, auteur de quelques-uns des plus gros succès de Julien Clerc dans les années 80, me raconte une anecdote marquante à propos de France Gall, murmurant comme si les murs avaient des oreilles : « Bertrand de Labbey avait fait sortir en France "J'ai rencontré l'homme de ma vie", qu'il éditait et dont j'étais l'auteur. Il avait proposé de prendre Diane Dufresne, son interprète, en première partie de Julien, que j'ai rencontré à cette occasion, bien avant d'écrire pour lui. À l'époque, il vivait avec France Gall mais leur relation était secrète. Julien était à ce moment-là l'idole absolue des minettes, mais pas seulement : il avait été pris au sérieux dès le début, grâce aux textes de Maurice Vallet et d'Étienne Roda-Gil. Un soir, nous étions plusieurs dans sa loge de l'Olympia, quand tout le monde s'écarte à l'arrivée d'une jeune femme aux épais cheveux noirs, très *sixties*. Je demande : qui est cette star ? On me murmure que c'est France Gall. Pour moi, France Gall était une petite blonde qui avait gagné l'Eurovision et interprétait les chansons de son père. Elle portait cette épaisse perruque pour qu'on ne la reconnaisse pas. »

France Gall semble souffrir des absences longues et répétées de son fiancé et de l'indifférence qu'il porte à son insuccès, à ces années de galère dont elle ne voit plus le bout. Étienne Roda-Gil lui écrit pourtant deux chansons qui sortent en 45 tours. La face B s'intitule « Caméléon caméléon » : sur la face A, on peut entendre « Chasse-neige », paroles d'Étienne Roda-Gil, musique de Julien Clerc : « Chasse-neige, chasse-neige/Je chasse la neige/Et les frimas et le verglas/Chasse-neige, chasse-neige/Jusque dans l'Himalaya/Je trouverai tes bras. » Elle interprète cette chansonnette avec sa voix de femme enfant dont le public se lassera fatalement un jour ou l'autre. C'est un échec de plus. Rien n'y fait. La période est d'autant plus difficile à vivre pour France Gall qu'en face d'elle Julien Clerc collectionne les succès. En février 1971, il sort « Le Cœur volcan », l'une de ses plus belles envolées romantiques qui est à cette époque sa marque de fabrique, sur une mélodie inspirée d'Astor Piazzolla, découvert lors d'un voyage en Argentine en compagnie de Marie-France Brière, où il était allé défendre la version espagnole de la chanson de Maurice Vallet « Julien ». Deux ans plus tard, Astor Piazzolla et Julien Clerc se retrouveront sur un plateau de télévision où il l'accompagnera au bandonéon sur « Ballade pour un fou », cette mélodie aux variations amples sur laquelle Étienne Roda-Gil a écrit de sublimes paroles, elle aussi d'un romantisme achevé et qui nous emporte au cœur de Buenos Aires, « la ville aux yeux fardés », « sous un ciel de réglisse ».

Cette même année sort le troisième album de Julien Clerc, un disque sans titre dont la plupart des chansons signées Étienne Roda-Gil vont s'installer durablement dans ses tours de chant : « Ce n'est rien », « La Fille de la véranda » et « Niagara » – le portrait d'une fille en larmes, sur un rythme soutenu et paradoxalement enjoué. Les deux titres de Maurice Vallet, « Cœur de Dieu » et « Les Enfants et les Fifres », sont en revanche promis à l'oubli. Pour la première fois, les ventes du disque sont excellentes, ce qui n'échappe pas à Bruno Coquatrix. Humant le parfum enivrant du succès, il invite le chanteur à revenir chez lui. L'artiste, qui n'a pas oublié les remarques du puissant patron de l'Olympia, lui rappelle poliment qu'il n'avait pas semblé séduit la fois dernière, ni par la longueur de ses cheveux ni par ses chansons. Julien Clerc rit encore aujourd'hui de la réponse de feu Bruno Coquatrix : « Vos chansons, ils s'y sont habitués ! »

Il présentera donc en ce théâtre ses nouveaux titres, du 28 décembre 1971 au 16 janvier 1972. Mais, si tout semble aller pour le mieux dans la carrière du jeune compositeur-interprète en cette fin d'année 1971, en coulisses les choses se compliquent. Après sept années au Rideau Rouge, Bertrand de Labbey s'apprête à donner sa démission à Gilbert Bécaud. Il a été contrarié, justement à propos de cet Olympia. L'enjeu est de taille et l'éditeur s'y consacre pleinement. « La maison de disques a fait fabriquer des PLV[1], raconte-t-il. Dans nos

1 Publicité sur les lieux de vente.

bureaux, fréquentés par beaucoup d'artistes, j'ai voulu montrer que cette rentrée à l'Olympia était pour nous un événement. J'ai donc installé des mobiles de Julien grandeur nature partout dans les locaux du Rideau Rouge. À ce moment-là, Gilbert est rentré de tournée comme un ouragan et s'est s'arrêté devant les mobiles. J'ai senti un malaise et, en effet, il m'a demandé : “Julien fait combien de soirs à l'Olympia ?” Je lui réponds et il me lance : “Veille à ce qu'il n'en fasse jamais plus que moi !”

« Sa réaction était pour moi inacceptable. Quelle déception ! Cette jalousie entre artistes existe, seulement je ne l'ai mieux comprise que plus tard dans ma carrière. À ce moment-là, la vie me poussait vers Julien et je m'éloignais de Gilbert, pour lequel je garde toute mon admiration.

« Parallèlement, Gérard Lebovici, qui était tout-puissant dans le cinéma avec sa société Artmedia, m'avait dit un jour : “Face à un artiste, nous sommes toujours en légitime défense.” Sur le moment, cela m'avait semblé d'un cynisme incroyable, j'en étais scandalisé. Mais, quand Gilbert m'a demandé de ralentir la carrière de Julien, je me suis dit que Lebovici avait raison : j'étais en danger. J'ai quitté Le Rideau Rouge en rendant mes parts, ce que Gilbert a accepté tout en m'attaquant en justice pour concurrence déloyale quand Julien a voulu que je continue à travailler pour lui. Il m'a demandé 50 millions de francs ! J'ai été obligé de négocier. Sans un sou, j'ai créé ma petite société d'édition ; un ami m'a prêté un bureau où j'ai pu installer une secrétaire. J'ai eu alors la chance d'avoir entre les mains l'album d'une inconnue qui allait sortir au Canada. C'était Diane Dufresne et cette perle : “J'ai rencontré l'homme de ma vie”. Grâce à ma femme, Marie-France, j'ai obtenu un billet d'avion pour le Canada où je suis allé signer cette artiste. Elle aura été mon premier succès en tant qu'indépendant.

« Pendant ce temps, très courageusement, Julien avait dit à Gilbert : “C'est avec Bertrand que je travaille. Vos histoires ne me regardent pas, trouvez une solution !” Nous l'avons trouvée : j'étais rémunéré par Bécaud en tant que travailleur indépendant pour Le Rideau Rouge. Ainsi, il n'y a pas eu de rupture, même temporaire, entre Julien et moi. »

33 tours, promotion, tournée : la carrière de Julien Clerc va crescendo. L'artiste enchaîne avec l'enregistrement d'un nouvel album qui sort en 1972, *Liberté, égalité, fraternité ou la mort*. Ce disque, enregistré sous la houlette de Jean-Claude Petit, est primordial puisqu'il renferme quelques-unes des chansons qui le suivront partout et pour très longtemps. Maurice Vallet signe la ballade contemplative « Elle a au fond des yeux », ainsi que « C'est la terre ». Mais c'est à Étienne Roda-Gil que l'on doit les paroles des tubes à venir : « Si on chantait », « Jouez violons, sonnez crécelles » et surtout « Le Patineur », l'histoire d'un unijambiste qui lui a été inspirée par le tableau d'un peintre flamand. Roda-Gil y puise quelques-unes de ces trouvailles stylistiques qui font de lui un auteur incomparable : « Dans une ville où

je passais/Bien au nord du mois de juillet/Sur un grand lac, un lac gelé/Un homme en noir glissait, glissait. » Cette chanson est de celles qui caractérisent le mieux le style Julien Clerc. Quand il privilégiera le rock dans les années 80, beaucoup resteront nostalgiques de la grande époque du « Patineur ».

Durant la tournée d'été qui suit, Julien Clerc emmène avec lui Yvan Dautin, Pierre Vassiliu et Véronique Sanson. Ils se succéderont en première partie de ses concerts. Comme bon nombre de Français, il a été touché par *Amoureuse*, le premier album de Véronique Sanson dont il parle comme d'une « petite révolution ». « Avec Bertrand, dit-il, nous avons toujours soigné le choix des artistes de première partie. Ce fut le cas avec Diane Dufresne en vedette américaine d'un Olympia, qui entrait sur scène avec un chapeau haut de forme et ses cuissardes en argent. Elle était connue pour “J'ai rencontré l'homme de ma vie”, le reste du répertoire était plus rock et elle ne comprenait pas que le public n'adhère pas spontanément. Auparavant, il y a eu Dani qui se faisait siffler tous les soirs. J'étais angoissé pour elle qui n'avait pourtant pas l'air désespéré !

« Les premières parties de l'époque ne collaient pas systématiquement au style de l'artiste vedette : à l'occasion de certaines tournées d'été, il m'est arrivé de chanter en première partie de Rika Zaraï ou de Dalida.

« Cette tournée avec Véronique Sanson et Pierre Vassiliu a été très gaie. »

Pour sa part, Véronique Sanson me dit conserver de son expérience avec Julien Clerc un souvenir éblouissant : « C'était génial, une grosse tournée. Il y avait en première partie Pierre Vassiliu, mais aussi des prestidigitateurs, des patineurs à roulettes, etc. Cachée derrière le rideau, je regardais Julien sur scène. J'étais toute jeune, j'avais tout à apprendre de sa grande maîtrise. Il chantait “La Cavalerie”, “Ivanovitch”, “La Fille de la véranda”, “Ce n'est rien”. Et tous les soirs, en l'observant, je me disais qu'il avait peur, mais il y allait quand même. Cependant, sur un plan plus personnel, nous n'avons jamais été dans la même logique. Il était très sérieux, moi si peu. »

Promotion, tournée… et écriture. Le 3 septembre 1973, l'album *Julien* arrive dans les bacs. Maurice Vallet manque à l'appel, seule la plume d'Étienne Roda-Gil est appelée à s'exprimer. On se souviendra longtemps de « Poissons morts », un rock écologiste, mais aussi de « Ça fait pleurer le bon Dieu » et de « Je sais que c'est elle », cette chanson plus ou moins officiellement inspirée par France Gall. D'ailleurs, à l'intérieur de la pochette, Roda-Gil, qui s'en est octroyé la responsabilité artistique, a sournoisement placé une photographie de la fiancée de son ami vue de dos. « Comme elle a été à mes côtés dans une période particulièrement dense où je produisais beaucoup, j'imagine qu'Étienne considérait que je la négligeais », dit Julien Clerc. Et, du 3 au 21 octobre 1973, l'artiste s'entoure d'une formation de sept musiciens pour son nouvel Olympia.

L'enregistrement public de ce spectacle sortira début 1974 sous le titre *Julien Clerc avec vous*. Il ouvre avec « Poissons morts » et enchaîne : « La Longue Épine », « Ça fait pleurer le bon Dieu », « Je sais que c'est elle » et « Heureux le marin qui nage » (une chanson qu'il ne reprend pas assez souvent sur scène, à l'instar des « Menhirs »). Puis viennent les tubes : « Niagara », « Jouez violons, sonnez crécelles », « Elle a au fond des yeux ». En rappels, il interprète « Si on chantait », « Ce n'est rien », « La Cavalerie » pour finir sur la chanson de Maurice Vallet « Ivanovitch ».

À l'image de cette série de concerts boulevard des Capucines, la tournée promet d'être triomphale. Julien Clerc embarque avec lui Carlos et le groupe Il était une fois en première partie. Mais, si la mémoire sélective de Julien Clerc se souvient de la foule sentimentale qui se presse à ses spectacles, c'est l'omniprésence inattendue d'un drôle d'oiseau noir qui l'aura le plus marqué.

« Je vais parler de deux personnes qui nous ont quittés. Je ne l'aurais sans doute pas fait de leur vivant, mais l'anecdote est si savoureuse que je ne résiste pas au plaisir de la raconter.

« J'avais un secrétaire particulier, Guy Marchal, que l'on surnommait Machpro en référence au héros des canulars téléphoniques de Francis Blanche sur Europe N° 1. Un "secrétaire" suivait l'artiste partout, c'était son chauffeur, son factotum. Machpro avait été physionomiste dans une boîte de nuit où je l'ai rencontré.

Il était tout jeune, récemment marié, père d'un bébé. Particulièrement beau avec ses cheveux longs, il aimait la plongée sous-marine et les femmes. Peut-être cette vie toute tracée lui a-t-elle fait peur. Il a tout laissé tomber pour me suivre.

« Il emportait tout le temps son matériel de plongée dans le coffre de la voiture et se mettait à l'eau dès qu'il pouvait. Pour compléter le portrait, il se nourrissait principalement d'escalopes et de yaourts.

« Un jour, Jean-Claude Brialy me dit que Barbara souhaite mieux me connaître. Elle était venue me voir à l'Olympia avec Charley Marouani. Ce soir-là, dans la loge après le spectacle, je lui avais demandé où elle se trouvait dans la salle, ce à quoi elle m'avait répondu malicieusement : “Mon chéri, vous avez chanté pour moi toute la soirée, ne me demandez pas où j'étais assise.” Elle avait tellement d'humour ! Et Machpro, qui était présent, a aussitôt tapé dans l'œil de Barbara. Il était tout à fait son style d'homme : il ressemblait un peu à son accompagnateur Roland Romanelli. Bref, elle a jeté son dévolu sur ce jeune homme.

« Barbara, qui avait également comme imprésario Charley Marouani, pouvait sans difficulté se procurer nos dates de tournée. Elle savait à l'heure près où nous nous trouvions : une ville, un hôtel, un restaurant. Partout où nous arrivions, un message de Barbara attendait Machpro, toujours signé d'un nom de famille qui évoquait l'océan : Josette Algue, Éliane Varech, etc. Elle lui a imposé une sorte de compte à rebours qui se terminait quinze jours plus tard à Montpellier.

À mesure que la date approchait, l'inquiétude montait en lui. Et elle a fini par débouler le jour dit, précédée de ses châles et de ses houppelandes noirs. Nous étions logés dans un hôtel en dehors de Montpellier qui se composait de bungalows. Nous nous levions vers midi, nous déjeunions tous ensemble avec mes premières parties (Carlos ou le groupe Il était une fois), puis nous attaquions une partie de pétanque avant de nous mettre en route pour la ville suivante. Dans ces parties toujours très drôles, je faisais équipe en doublette avec Machpro, qui, sans mauvais jeu de mot, était très bon tireur. Quant à moi, je ne pointais pas trop mal.

« Le premier matin de la venue de Barbara, Machpro n'était toujours pas sorti de son bungalow à l'heure de la pétanque. Tout le monde s'impatientait, à tel point qu'à la demande générale j'ai fini par lui téléphoner.

– Allô, Mach, qu'est-ce que tu fous ?

– Ne quitte pas !

– (Voix de Barbara :) Oui, mon chéri ?

– C'est pour la pétanque.

– Mon chéri, qu'est-ce qui est le plus important dans la vie ? L'amour ou les boules ?

– Ben, l'amour !

– Eh bien c'est tout, mon chéri !

« Et elle raccroche.

« Elle a suivi la tournée pendant une semaine. Dans la voiture, elle s'asseyait devant à côté de Machpro tandis que j'étais derrière avec Momo. Sa spécialité était d'acheter du camembert et du saucisson qu'il posait dans le coffre sur mes costumes de scène. Barbara disait souvent : “Je connais très bien Julien Clerc, le chanteur romantique. Avec son copain Momo, ils mangent du saucisson sur le bord des routes.”

« Lors d'une tournée à la Réunion, un an plus tard, Machpro n'est pas remonté d'une de ses plongées solitaires. Le plongeur qui l'a retrouvé m'a dit qu'il semblait dormir au fond de la mer et qu'il avait l'air apaisé. »

Barbara ne peut qu'apprécier le style Julien Clerc, lequel se retient parfois d'imaginer au piano les suites d'accords que la dame en noir aurait déjà inventées. « J'aurais parfaitement pu écrire une mélodie semblable à celle de “Vienne”», confesse-t-il. De leurs relations, demeurent les images d'archives télévisées d'un charmant échange de répertoire. On est le 9 mars 1974, lors d'un *Top à Barbara*, le programme de Maritie et Gilbert Carpentier, Julien Clerc est au piano, Barbara appuyée sur l'instrument, et ils chantent des extraits de leurs répertoires respectifs : lui avec « Si la photo est bonne » et « Ma plus belle histoire d'amour », elle reprenant « Le Cœur volcan » et « Ce n'est rien ».

Au rythme où ils produisent des chansons, le trio Clerc/Roda-Gil/Vallet pourrait s'essouffler. Ce sont pourtant les mêmes que l'on retrouve sur *Terre de France.*

En 1974, leurs nouvelles chansons sont enregistrées dans la grange de la Métairie Bruyère, sous la houlette de Jean-Claude Vannier. Après avoir préalablement insonorisé les lieux à l'aide de bottes de paille et installé un studio mobile, Julien Clerc y fait livrer le seul et unique piano qu'il possédera tout au long de sa vie. « C'est mon piano éléphant, dit-il. J'ai attendu 2010 pour faire la première révision de fond, il est la preuve "vivante" de la qualité des pianos Yamaha. » Là, il enregistre les rythmiques avec ses musiciens de scène, comme un groupe. Sont invités le frère de France Gall, le bassiste Philippe Gall, et leurs deux cousins, Denis et Richard Lable. Thierry Vincent, ancien chanteur d'un groupe de twist, est à la production.

« Il reste des chansons que j'aime dans *Terre de France*, dit Julien Clerc. Pour "Les Boucles de Garonne", nous avions juste une guitare électrique et Jean-Claude Vannier a eu l'idée de faire jouer les accordéons de l'Orchestre de Paris. Quant à la chanson "Terre de France", il l'a enregistrée avec un orchestre symphonique dans l'église du Liban.

« Je revois Vannier debout sur sa chaise en train de diriger l'orchestre symphonique. À la fin, deux chansons me laissaient insatisfait : "Danses'y" et "L'Andalouse". J'ai alors rappelé Jean-Claude Petit qui en a fait des succès. Malheureusement, au résultat, *Terre de France* est un album sans grande unité. »

1974, c'est aussi l'année où France Gall quitte Julien Clerc pour cette âme esseulée, ce cœur brisé qu'est Michel Berger depuis que Véronique Sanson l'a abandonné pour un rêve américain nommé Stephen Stills (guitariste hors pair du groupe Crosby, Stills, Nash & Young). Elle l'a épousé le 14 mars 1973 et, un an plus tard dans le Colorado, le couple a donné naissance à Christopher. Si le monde est petit, celui du show-business apparaît parfois comme un village. À la radio, France Gall a entendu l'une des chansons de Michel Berger et a aussitôt demandé à rencontrer son auteur.

Dans une biographie consacrée à ce dernier, *L'Étoile au cœur brisé,* Grégoire Colard et Alain Morel racontent que France Gall aurait « réellement cru » à son histoire d'amour avec Julien Clerc, « au point de lui déclarer un jour qu'elle désirait avoir trois enfants de lui. Le beau Julien lui a alors offert trois chiens ! Elle ne lui aura jamais vraiment pardonné cette curieuse surprise[1] ». Si Julien Clerc ne se souvient pas vraiment de l'anecdote cruelle des trois chiens, il n'a pas oublié son chagrin d'amour, d'une profondeur abyssale. Cette rupture, il ne l'accepte pas, il sombre littéralement. C'est à ce moment-là qu'il consulte un psy, lequel conclura très vite que son patient supporte mal les situations d'abandon.

Pour l'heure, il est inconsolable et erre de boîtes de nuit en boîtes de nuit. Lui d'un naturel plutôt réservé en arrive à fondre en larmes dans les bras de ses amis. À la grande surprise de Jean-Claude Petit : « Je n'imaginais pas Julien avoir une attitude pareille. Après sa rupture avec France Gall, nous avons passé une soirée dans une boîte sur les Champs-Élysées. Il en avait gros sur le cœur, n'en revenait pas qu'elle soit partie avec Michel

1 *L'Étoile au cœur brisé,* Flammarion, 2009.

Berger. » Maurice Vallet y était aussi : « J'essayais d'être le plus proche possible de lui dans cette période. Il s'est mis à sortir tous les soirs, ce dont il n'est pas habitué. Julien n'est pas un oiseau de nuit. C'était mon trip de rentrer bourré tous les soirs, pas le sien. Pourtant, toutes les nuits, on rentrait ensemble ivres morts. Ce n'était pas la bonne solution pour le sortir de là. Dans la mesure où je buvais comme un trou, je n'étais pas un bon exemple pour lui. Il se noyait. Il a vraiment repris le dessus au moment où il a rencontré Miou-Miou sur le tournage d'un film nullissime et elle l'a transformé. Miou-Miou est une fille exceptionnelle et, comme dit Julien, elle l'a bien dressé. »

Dans ce moment de détresse, Julien Clerc croise Mort Schuman à L'Aventure, la discothèque tenue par Dani. Ce dernier, pour lequel Étienne Roda-Gil a déjà écrit, en 1972, « Le Lac majeur » et « Brooklyn by the Sea », lui lance : « *Stay where you belong. At the top* ! » Une formule que Julien Clerc traduit ainsi : « Fais pas chier, ce n'est pas digne de toi ! »

Pour l'auteur Étienne Roda-Gil, ce chagrin d'amour est une manne tombée du Ciel : elle lui inspire l'une de ses plus belles chansons. « Souffrir par toi n'est pas souffrir » aurait pu attendrir France Gall. Qu'a-t-elle ressenti en entendant : « Si un jour tu veux revenir/Sans mots, sans pleurs, sans même sourire/Négligemment et sans te retenir/Sans farder du présent tout l'avenir. » Un pincement au cœur, l'ombre d'une hésitation ?

Elle ne reviendra jamais.

Voici ce qu'il reste des années France Gall dans l'esprit de Julien : « Nous étions très jeunes l'un et l'autre. Les femmes qui vous aiment vous aident toujours. Elles sont importantes, elles sont souvent les premières à entendre ce que vous inventez. Elles ne sont jamais absentes de la vie qui s'organise avec elles et la musique en fait partie.

« Si j'en crois ce qu'elle en a dit par la suite, cette histoire ne lui a pas laissé de bons souvenirs. Elle a eu parfois des mots durs. J'étais jeune, je la cachais un peu. Je voulais aussi faire ce métier pour l'argent et pour les filles. À moi, cette aventure ne laisse pas du tout un goût amer, si ce n'est que j'ai très mal vécu la séparation. Elle est partie pour un autre artiste qui la comprenait mieux que moi et souhaitait l'utiliser dans le bon sens du terme : la faire chanter. J'admirais beaucoup Michel Berger, moins l'auteur que le musicien et le producteur. Je l'avais croisé quand il était fiancé à Véronique Sanson que je voulais engager en première partie de ma tournée. Je me rappelle une discussion âpre dans un bistrot derrière l'Olympia, où Michel défendait bec et ongles les intérêts de Véronique. Un respect mutuel nous animait et, à une époque où les soirs de première on tapissait sa loge avec des télégrammes, le sien m'avait particulièrement touché. “Merci d'être une si brillante exception”, m'écrivait-il.

« Pour la première fois, j'ai soufflé à Étienne l'idée d'une chanson, cette histoire d'un homme qui demande à une femme de ne pas l'abandonner. J'ai mis en musique ce texte qui figure sur l'album *N° 7* : “Souffrir par toi

1

2

3

4

1. Paul-Alain Leclerc en Autriche, le 30 janvier 1949.

2. À quatre mois et demi avec son père, Paul Leclerc, et sa mère, Évelyne Merlot.

3. Avril 1950.

4. Paul-Alain fête ses six ans.

5

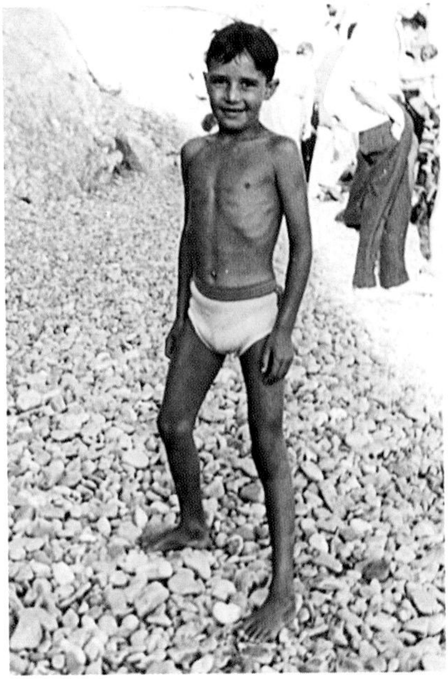

6

7

5. Au lac de Genève, à la Pentecôte 1955. **6.** À Nice, en 1956. **7.** Au lycée Lakanal, année scolaire 1956-1957. Paul-Alain est au troisième rang, à la quatrième place en partant de la gauche, entouré de François Georges (troisième place) et de Laurent Theis (sixième place), ses amis de toujours.

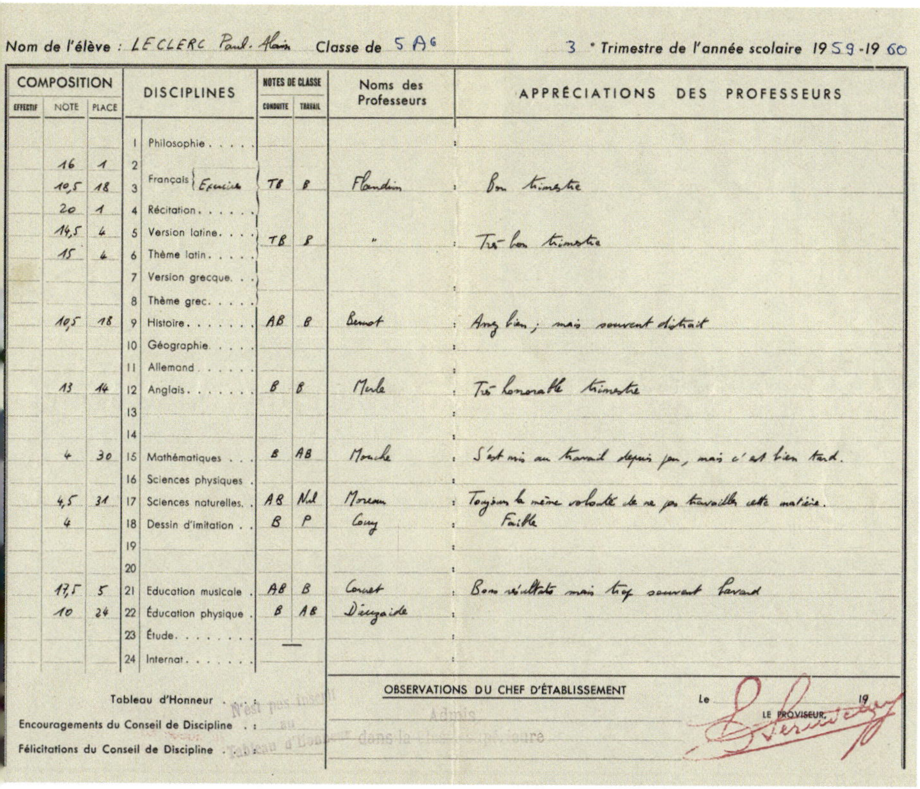

Nom de l'élève : LECLERC Paul-Alain Classe de 5 A6 3e Trimestre de l'année scolaire 1959-1960

COMPOSITION				DISCIPLINES	NOTES DE CLASSE		Noms des Professeurs	APPRÉCIATIONS DES PROFESSEURS
EFFECTIF	NOTE	PLACE			CONDUITE	TRAVAIL		
			1	Philosophie				
	16	1	2	Français { Exercices				
	10,5	18	3		TB	B	Flandin	Bon trimestre
	20	1	4	Récitation				
	14,5	4	5	Version latine	TB	B	"	Très bon trimestre
	15	4	6	Thème latin				
			7	Version grecque				
			8	Thème grec				
	10,5	18	9	Histoire	AB	B	Bernot	Assez bien ; mais souvent distrait
			10	Géographie				
			11	Allemand				
	13	14	12	Anglais	B	B	Merle	Très honorable trimestre
			13					
			14					
	4	30	15	Mathématiques	B	AB	Mouche	S'est mis au travail depuis peu, mais c'est bien tard.
			16	Sciences physiques				
	4,5	31	17	Sciences naturelles	AB	Nul	Moreau	Toujours la même volonté de ne pas travailler cette matière.
	4		18	Dessin d'imitation	B	P	Cony	Faible
			19					
			20					
	17,5	5	21	Education musicale	AB	B	Cornet	Bons résultats mais trop souvent bavard
	10	24	22	Éducation physique	B	AB	Désirgaide	
			23	Étude	—			
			24	Internat				

Tableau d'Honneur : N'est pas inscrit au
Encouragements du Conseil de Discipline : Tableau d'Honneur
Félicitations du Conseil de Discipline :

OBSERVATIONS DU CHEF D'ÉTABLISSEMENT

Admis dans la classe supérieure

Le 19

LE PROVISEUR,

8

9

8. Bulletin du troisième trimestre de 5e, année scolaire 1959-1960.

9. Paul-Alain, scout aux Éclaireurs de France.

10. La famille Leclerc à Bourg-la-Reine, le 27 avril 1963. **11.** Dans sa chambre, en janvier 1965. **12.** Avec sa mère Évelyne et son grand-père maternel Alexandre Merlot.
13. Dans le jardin de la maison de campagne à Vaon, le 10 septembre 1967.
14. À Bourg-la-Reine.

15. Avec Jeanne en 1978.

16. Avec Angèle et Jeanne.

17. En Guadeloupe, avec un ami photographe et Maurice Vallet, son complice et l'un de ses principaux paroliers, en septembre 1971. **18.** Avec Maxime Le Forestier au château des Gouttes. **19.** Julien Clerc et ses disques d'or, avec Étienne Roda-Gil. **20.** Avec son frère Gérard Leclerc. **21.** À Bruxelles, en 1993, avec Gilbert Bécaud (*au centre*) et Salvatore Adamo (*à droite*).

22. Julien Clerc avec ses enfants : Barnabé dans ses bras et ses filles Angèle, Vanille et Jeanne. **23.** *De gauche à droite* : Jeanne, Vanille, Angèle et Barnabé.

24. Avec Jeanne et Vanille, été 2001.
25. Léonard en décembre 2012.

26. Julien Clerc avec Bertrand de Labbey, son ami et directeur de l'agence VMA, qui le conseille artistiquement depuis ses débuts, son fils Ivan et Alain Souchon, au large des îles Éoliennes, en 2003.

27. Avec Rose Léandri, son amie et agent qui s'occupe de la scène, après un concert.

28. Julien Clerc, Ambassadeur de bonne volonté du Haut-commissariat des Nations unies pour les réfugiés (UNHCR) pour la francophonie, en mission à l'est du Tchad.

Toutes les photographies sont issues de la collection personnelle de Julien Clerc, sauf la photo n°27 : D.R. et la photo n°28 : © Patrick Robert/Corbis.

n'est pas souffrir". À travers ces mots, je lui demande de revenir. Je n'ai pas imaginé que c'était possible, mais la chanson traduit parfaitement ce que je ressentais. Pour qu'elle revienne, j'ai tout essayé. »

L'été qui suit, Julien Clerc loue à la famille de Philippe Lavil une maison à la Martinique. Il part avec Maurice Vallet et invite Véronique Sanson, laquelle est en fuite avec le photographe Tony Frank depuis que son mari, Stephen Stills, furieux qu'elle l'ait quitté, s'est lancé à sa poursuite. Quand l'album *N° 7* sortira, avec « Souffrir par toi n'est pas souffrir », France Gall sera déjà loin elle aussi. Le disque est sombre, à l'image de la photographie sur la pochette prise par Tony Frank une nuit sous un abribus. « Je préfère être heureux quand je compose, dit Julien Clerc. Pour *N° 7*, je ne l'étais pas. Je peux composer dans n'importe quel état d'esprit, mais quand je suis heureux le contexte est plus favorable dans la mesure où ce sont les mélodies nostalgiques qui me viennent spontanément. Quoi qu'il en soit, je me complaisais dans mon chagrin d'amour et cela inspirait les auteurs. Certains morceaux importants reflètent cet état d'esprit général, dont "Juste comme un enfant" (une des chansons que je préfère parmi celles que nous avons écrites Momo et moi), et "Les Cafards", avec des paroles plus mystérieuses de Roda qui en disent long sur mon mal-être. Si *N° 7* est l'album préféré de mes fans, il n'a pas été un succès commercial. »

Julien Clerc, qui ne se remet pas de sa rupture avec France Gall, doit affronter l'Olympia, or il ne s'en sent pas la force. Les concerts s'annoncent difficiles. Bertrand de Labbey ne sait plus comment le ramener à la réalité du métier. Chaque jour, il le sermonne, tente de lui redonner de la force. L'agent a eu l'impression de « faire l'Olympia à la place de Julien certains soirs ». Aussi, au fond de lui une voix lui murmure que les chansons écrites avec Maurice Vallet et Étienne Roda-Gil sont moins fortes que par le passé. Il le signifiera à Julien Clerc le moment venu : « On dit souvent que la carrière de Julien a été sans accident, c'est faux, affirme-t-il. Personnellement, je me souviens davantage des épisodes difficiles qui sont paradoxalement ceux que je préfère. C'est dans ces moments-là que je me sens le plus utile.

« Julien a le sentiment de remettre son titre en jeu à chaque nouvel album et c'est vrai. Il n'est pas indéboulonnable comme Alain Souchon, par exemple, peut-être parce qu'il a exploré plusieurs styles musicaux tout au long de sa carrière, peut-être aussi que nous avons fait parfois de mauvais choix. Et puis son côté beau-garçon-éternel-jeune-homme peut faire sourire certaines personnes. Je lui répète souvent qu'il faut fuir à tout prix cette image de gendre idéal. Il ne l'est pas, Dieu merci ! Il a tout à gagner à chanter des chansons en accord avec son âge et son époque. Mais, quand il entre en souriant sur scène, on se prend un gros coup de soleil. Dans ces moments-là, il est heureux et reconnaissant de la ferveur dont il fait l'objet. »

L'agent va tirer ses conclusions, elles s'annoncent radicales.

De son côté, Julien Clerc fait ses premiers – et derniers – pas au cinéma. L'occasion pour lui de tourner une page et d'entamer une nouvelle vie faite d'amour et d'eau fraîche.

7

Sa façon d'être à lui, parfois

Tout juste remis de sa rupture avec France Gall, Julien Clerc considère avec curiosité la proposition du producteur Laurent Meyniel : un rôle dans le long-métrage *D'amour et d'eau fraîche*, que Jean-Pierre Blanc va réaliser. Au cours d'une réunion au Fouquet's en juillet 1975, Julien Clerc, Bertrand de Labbey et Charley Marouani rencontrent le producteur. Pour son premier film, ce n'est pas tant le scénario qui convainc le chanteur que le privilège de tourner avec deux comédiennes d'exception : Annie Girardot et Miou-Miou. Charley Marouani suggère qu'Étienne Roda-Gil et Maurice Vallet rédigent les dialogues : ils connaissent parfaitement Julien Clerc et sauraient lui tailler des répliques sur mesure. Le déjeuner s'achève sur cette proposition lunaire.

Parce qu'il a apprécié le précédent film de Jean-Pierre Blanc (*La Vieille Fille)*, et parce que Bertrand de Labbey l'y encourage, Julien Clerc accepte le rôle. Charley Marouani, qui ne l'apprend qu'après la signature du contrat, n'apprécie guère la méthode. Dans le Sud-Ouest où il se produit, l'artiste reçoit un appel de son impresario lui annonçant son arrivée sur une étape de la tournée. Cela tombe bien, il voulait justement s'entretenir avec lui, expliquer qu'il confiera désormais exclusivement à Bertrand de Labbey le soin de s'occuper de ses éventuels contrats pour le cinéma. D'ailleurs, il s'est déjà engagé auprès de Jean-Pierre Blanc à endosser le premier rôle masculin dans *D'amour et d'eau fraîche*, dont les dialogues sont finalement de Manuel Blanc. Dans ce cas, gronde Marouani, autant en rester là. Julien Clerc aurait insisté pour garder de bonnes relations avec lui avant de s'entendre dire : « Non, je regrette, il n'en est pas question. Parce que maintenant, entre nous, ce ne serait plus qu'une banale question d'argent[1]. » Il ignore qu'entre-temps Bertrand de Labbey a obtenu la licence si convoitée qui lui permet enfin d'exercer officiellement le métier d'impresario. Il l'attendait pour congédier Charley Marouani. C'est fait.

Julien Clerc entre donc dans la peau de Jip, un professeur de piano qui vit aux crochets de sa maîtresse, Mona (Annie Girardot), une femme de vingt ans son aînée. Quand Rita Gonzalez (Miou-Miou) surgit dans sa vie, Jip quitte Mona pour partir vivre avec la ravissante étudiante. Mais, rapidement, la maladie de Mona assombrit leur relation et la complique. Ainsi se résume le film, dont le tournage ne restera pas comme un grand

---

1 Charley Marouani, *Une Vie en coulisses*, Fayard, 2001.

souvenir pour l'artiste. Il se rappelle l'anxiété qui l'a envahi durant les jours précédant la scène du baiser avec Annie Girardot : « Je n'en dormais plus de la nuit, ce qu'en grande professionnelle elle a compris. Ce fut vite fait bien fait. » Il se souvient aussi d'une autre séquence, celle où il fait l'idiot, qui le mettra profondément mal à l'aise chaque fois qu'il aura à la revoir.

À la sortie du film, le 24 mars 1976, conscientes de sa médiocrité, Annie Girardot et Miou-Miou refusent d'en assurer la promotion, laissant Julien Clerc le défendre face à la presse.

L'artiste sort de cette aventure avec au moins une conviction : le métier d'acteur n'est pas fait pour lui. « Après le bac, avec Momo nous nous étions inscrits dans un cours de théâtre, explique-t-il. La comédie m'attirait mais, quand je pense à ma prestation dans ce film, me vient à l'esprit l'expression anglo-saxonne "*wooden*", comme du bois. J'obéissais aux directives du réalisateur qui souhaitait que j'en exprime le minimum. J'enlevais mes lunettes pour les nettoyer et les remettre, rien de plus, j'étais donc à contre-emploi.

« J'ai beaucoup de respect pour les acteurs, souvent je jubile en les regardant faire leur métier. Sur le tournage de *D'amour et d'eau fraîche*, j'ai très vite compris que je n'avais pas la capacité ou la volonté de me mettre en danger. Quand, adolescent, j'assistais aux représentations en matinée du Français, j'y voyais les plus grands comédiens et cela reste pour toujours l'idée que je me fais d'un acteur : un être capable de s'oublier et de prendre de vrais risques. Je n'aurais pas pu, à l'image d'Yves Montand, perdre trente kilos pour les besoins d'un film (comme lui pour *L'Aveu*). J'ai la plus grande admiration pour lui et pour Charles Aznavour aussi, ces artistes qui ont réussi à mener parallèlement les deux carrières.

« Bertrand dit souvent que les comédiens sont des appartements vides, à l'inverse des chanteurs qui marquent les gens par leurs personnalités aux contours bien tracés. Je ne parviens pas à faire la différence entre le personnage que je joue et l'homme que je suis, si bien que j'ai souvent envoyé des ondes négatives vers le cinéma. »

La complicité amoureuse entre Miou-Miou et Julien Clerc naît sur le tournage, mais leur histoire ne s'engage pas sur un tapis de roses. La comédienne partage la vie de Patrick Dewaere. Leur fille, Angèle, est née le 13 août 1974.

Quand le comédien a vent de cette aventure, il s'en va aussitôt attendre l'amant de sa femme à la sortie du plateau pour lui casser la gueule. « Quand un couple bat de l'aile, le troisième larron est fatalement désigné comme le coupable alors qu'il n'est bien souvent que l'élément déclencheur de la rupture, analyse-t-il. Il est évident qu'au moment où j'ai rencontré Miou-Miou, elle se sentait disponible. » Ce n'est pas l'avis de Patrick Dewaere qui lui met bien entendu son poing dans la figure. « Il était costaud, j'ai eu très mal, poursuit le chanteur en victime. J'avais fait un peu de boxe aux Éclaireurs de France, mais là c'était un poing nu. Je ne le lui ai pas rendu. J'ai compris qu'il était énervé, triste, d'ailleurs il a toute de suite tourné les talons. »

L'altercation n'a pas apaisé Dewaere qui ne compte pas en rester là, passant ses nuits à chercher l'amant de sa compagne. Maurice Vallet se souvient de cette période où, furax de ne pas trouver l'homme par qui son malheur était arrivé, le comédien s'en prenait à ses amis, à lui en particulier, dont la tournée rituelle des boîtes de nuit parisiennes passait par le Bus Palladium. Chaque fois, c'est le même scénario : Patrick Dewaere arrive, balaye la salle obscure du regard et se rue sur Momo auquel il assène des petits coups de poing dans l'épaule. L'acteur, qui finira par se suicider le 16 juillet 1982, mesure plus de 1,80 mètre de muscles, ce qui n'est pas fait pour rassurer le tendre Maurice Vallet. Au bout d'un certain temps, ce dernier choisit de l'affronter une bonne fois pour toutes : « T'es bien gentil, mais je commence à en avoir marre. Si tu veux qu'on se la cogne, on se la cogne. Je peux te dire d'avance que tu vas m'allonger, mais demain, quand tu te réveilleras, t'auras honte de toi. » À partir de là, Dewaere le laisse tranquille.

Salut les copains fait main basse sur cette nouvelle romance. Les deux artistes se prêtent volontiers au jeu des séances de photos. Un jour, Julien Clerc le regrettera, incapable de contrôler les clichés à paraître comme il l'aurait naïvement souhaité.

Dès le début de leur relation, Julien Clerc est un père pour Angèle. Ses proches constatent sans tarder un changement dans son attitude. « L'arrivée de Miou-Miou dans la vie de Julien a été formidable parce que c'est une fille marrante et dynamique, raconte Jean-Claude Petit. Il s'occupe très bien des enfants, les siens ou ceux des autres. Je suis bien placé pour le savoir car, plus tard, quand il vivra avec Virginie près de la place Pereire, je le croiserai souvent au petit matin, le bonnet enfoncé jusqu'aux oreilles, accompagnant ses petits à l'école avant d'aller faire ses courses chez l'épicier. Quand il a rencontré Miou-Miou, il a tout de suite considéré Angèle comme sa fille. » À son tour, Maxime Le Forestier confirme : « Son rapport aux enfants est le trait de caractère le plus discret et le plus fort de Julien qui est un papa poule. Avant d'entrer en scène, il téléphonait pour savoir si ses enfants avaient bien fait leurs devoirs. En sortant de scène, il rentrait à Paris à toute allure pour être présent au petit déjeuner. Nous nous sommes beaucoup vus dans la prime enfance de mon fils, Philippe, qui était malentendant et apprenait à parler. Julien est l'un des rares à ne pas m'avoir lâché, ce qui me fait dire que notre relation n'était pas uniquement professionnelle. »

Quand Miou-Miou tombera enceinte du chanteur et qu'on le félicitera pour son « premier » enfant à la naissance de Jeanne, il rappellera gentiment aux maladroits qu'il a déjà une fille : Angèle. Et cette dernière n'oubliera pas les attentions de son beau-père. Pour preuve cette demande d'adoption qu'elle formule à dix-sept ans. Ému par cette requête qu'il accueille comme une « récompense », il sera fier de lui donner son nom.

Pour l'heure, il cherche un appartement adapté à sa nouvelle situation familiale. L'atelier d'artiste qu'il habite rue du Val-de-Grâce a été conçu par un architecte recommandé par Karl Lagerfeld qui a imaginé pour lui un décor de boîte de nuit dominé par la teinte vieil or. Pas vraiment le lieu rêvé pour une mère et son enfant.

Le couple repère alors une maison divisée en appartements sur le boulevard de Beauséjour, dans le XVIe arrondissement. Pure coïncidence, il est situé en face de chez France Gall et Michel Berger, ce que Julien Clerc ignore quand il demande à l'agent immobilier de le visiter. L'appartement est bien vacant et à vendre, mais il lui est impossible de le leur montrer : France Gall s'y oppose. « Je rêve, laisse échapper Julien Clerc comme si cette histoire datait d'avant-hier. Avec Miou-Miou, nous finissons par le visiter, il nous plaît et nous nous portons acquéreurs. Mais, le jour de la signature, France Gall se pointe et me menace : “Tu ne vas pas me faire croire que tu cherches à t'installer ici par hasard. Je te préviens tout de suite, je suis là pour te faire changer d'avis !” Je lui ai répondu qu'elle pouvait toujours essayer, que le temps avait passé depuis notre rupture et qu'elle se donnait à mes yeux une importance qu'elle n'avait plus. J'ai persisté dans mon projet d'habiter là et elle a continué à nous menacer. Jusqu'au matin où Miou-Miou est allée sonner chez elle pour lui dire que nous étions très heureux, que tout allait bien entre nous, qu'il fallait arrêter de nous harceler. Elle est comme ça, Miou-Miou. Plus tard, nous sommes même allés dîner tous les quatre. »

Certains week-ends, la petite famille recomposée descend à la Métairie Bruyère mais Julien Clerc la mettra rapidement en vente, jugeant inélégant d'installer sa nouvelle compagne dans cette maison qu'il a habitée avec une autre.

C'est ce cadre de verdure que Bertrand de Labbey choisit pour faire la mise au point qui s'impose. À la faveur d'une promenade à travers bois, il trouve les mots pour rappeler à Julien Clerc que ses trois semaines de concerts à l'Olympia au mois d'octobre 1975 ont été poussives, perturbées par sa rupture avec France Gall. Aussi, *N° 7* n'a pas remporté le succès escompté. Loin de là. Selon lui, la collaboration avec Maurice Vallet et Étienne Roda-Gil s'essouffle et cela se ressent sur les ventes. L'agent, qui a pressenti que Julien Clerc se répétait, lui propose d'ouvrir son répertoire à d'autres auteurs, une décision qui, dans son esprit, « ne condamne ni Maurice Vallet ni Étienne Roda-Gil ». Il sent pourtant l'artiste réticent.

« Bertrand de Labbey tire toujours les conclusions quand une campagne est terminée, m'explique Julien Clerc. J'utilise volontairement le jargon militaire : par "campagne", comprenez : un disque, une promotion, sa sortie.

« De l'extérieur, ma carrière peut sembler idéale, mais avec Bertrand nous ne le vivons pas ainsi. Je me sens perpétuellement dans une position fragile, tant au niveau des ventes de disques que de la billetterie. J'ai une bonne image, mais pas question de me reposer sur mes lauriers. Je remets chaque fois mon titre en jeu. Dans les faits, cela se vérifie car, si l'un de mes albums est moins fort, j'en ressens aussitôt les conséquences. Ma carrière est donc en dents de scie et si cela ne se voit pas, tant mieux, car cela fait aussi partie de notre métier de ne pas le montrer.

« Quand je dis de certains de mes albums qu'ils n'ont pas marché, je précise que cela est relatif dans la mesure où nous n'avons jamais vendu moins de 100 000 copies. Je n'ai pas connu de traversée du désert.

« À chaque fin de cycle donc, Bertrand me tient des propos parfois difficiles à entendre. Il est rarement pleinement satisfait. À nous d'imaginer ce que nous pourrions faire de mieux dans le futur. C'est sa manière de me coacher.

« Il arrive que Bertrand sente les choses avant moi. Sur le choix d'ouvrir mon répertoire à d'autres auteurs qu'Étienne et Momo, j'avais également ressenti ce besoin, pensant qu'un nouveau parolier, une nouvelle manière d'écrire, un nouveau rythme interne à la phrase me permettraient de me renouveler musicalement. Un auteur avec lequel je travaille pour la première fois m'oblige à remettre en question le compositeur que je suis. »

Dans cette optique, Bertrand de Labbey organise la rencontre entre Julien Clerc et Maxime Le Forestier dont il est aussi l'agent, faisant très habilement le pont de la rive gauche à la rive droite, entre Bobino et l'Olympia.

L'agent constate que Maxime Le Forestier, en pleine gloire, vend plus de disques et remplit des salles de plus grande envergure que Julien Clerc. En 1974, par exemple, le Palais des Sports où il s'est produit était bondé. Bertrand de Labbey ajoute : « Maxime, homme de gauche, proche de Joan Baez, semblait habité par une mission, si bien qu'en comparaison Julien pouvait passer pour un chanteur divertissant. Aussi, pour être tout à fait honnête, je trouvais que Maxime parlait de Julien avec un brin de condescendance. J'ai pensé que s'il lui écrivait des paroles, il le considérerait autrement. La première chanson qu'ils ont écrite ensemble, “À mon âge et à l'heure qu'il est”, est le fruit de ce travail de rapprochement. Ensuite, ils ont pris tout leur temps pour s'apprécier vraiment. » Aujourd'hui, l'agent considère que Maxime Le Forestier est « un auteur déterminant pour Julien Clerc » et, à ce titre, il déplore qu'ils ne collaborent pas davantage, à la manière du tandem Souchon/Voulzy.

L'amitié naissante entre ces deux artistes va rapidement porter ses fruits. Le 22 novembre 1976, au beau milieu de sa tournée, Julien est l'invité de *Numéro 1*, l'émission de variétés de Maritie et Gilbert Carpentier, consacré à Le Forestier. Jeune et barbu, ce dernier s'est fait connaître en 1972 avec un premier 33 tours vendu autour d'un million d'exemplaires et contenant des chansons en passe de devenir la bande-son de toute une génération : « San Francisco », « Mon frère », « Éducation sentimentale », « Comme un arbre dans la ville ». Ce *Numéro 1* est l'occasion pour lui de présenter les titres de son troisième album, *Saltimbanque*, dont la pochette représente une caricature signée Cabu. Il a aussi prévu de reprendre des chansons de ses aînés, parmi lesquelles « La Folle Complainte » de Charles Trenet.

Comme le veut l'émission réalisée par Bernard Lion, la tête d'affiche est entourée d'invités. Guitariste épris de l'œuvre de Brassens dont il a fait la première partie à Bobino en 1972, Maxime Le Forestier a assisté aux débuts de Julien Clerc en spectateur, en attendant son heure. Il se souvient de la première fois où il a entendu cette voix qui, dit-il, « ne s'oublie pas ». À ses yeux, l'attelage Clerc/Roda-Gil « a apporté du sang neuf à la chanson française, par les textes, les formes mélodiques, ce timbre de voix et les arrangements de Jean-Claude Petit et son orchestre symphonique qui ont donné beaucoup d'ampleur à ses compositions : des cordes, des vents ». Il ajoute : « Pour répondre à votre question : oui, les années 70 commencent avec Julien Clerc, mais pas seulement car elles ont été étendues et riches dans leurs styles. Cependant, dans la variété, dans ce qui pouvait être compatible avec le grand public, Julien a apporté des chansons de qualité et d'une originalité insolente. On s'est un peu moqué des formules de Roda, capable d'écrire "la graisse de mitraillette n'est pas la brillantine des Dieux[1]". Pourtant, il a écrit des textes

1 Paroles tirées de « Poissons morts ».

magnifiques que Julien a eu l'élégance et la forfanterie, autrement dit le panache, de mettre en musique et d'imposer. »

Ce soir-là, dans les studios des Buttes-Chaumont, Julien Clerc se prépare à reprendre « La Petite Fugue », une chanson autobiographique de Maxime Le Forestier qui évoque son éducation musicale, du temps où il étudiait le violon. La vedette, elle, tente de conjurer le trac avant le direct – c'est la première fois qu'une émission de cette importance lui est consacrée. Quand, soudain, on l'appelle au téléphone. C'est Léo Ferré. L'auteur de « Paname » se produit au Palais des Congrès dans son spectacle *Toute la musique, de Beethoven et Ravel à la chanson*, un concert hybride, une performance, où il chante tout en dirigeant l'orchestre Pasdeloup. Alors qu'il s'apprête à monter sur scène, le natif de Monaco est pris d'une fulgurance : les Québécois Leclerc, Vigneault et Charlebois ont créé un spectacle commun, *J'ai vu le loup, le renard, le lion,* le 13 août 1974, lors du premier festival international de la jeunesse francophone. Unissant vingt-cinq pays, cette fête s'est déroulée dans les Plaines d'Abraham. Une chienne d'idée que l'anar est furieux de ne pas avoir eue le premier. Avec le débit saccadé qui le caractérise, il demande à Maxime Le Forestier qui l'entoure ; celui-ci lance le nom de Julien Clerc. « Venez tous les deux me voir au Palais des Congrès après mon spectacle. Faut qu'on se parle ! » ordonne Léo Ferré avant de raccrocher.

À l'issue de l'émission, comme promis à son vénérable aîné, Maxime Le Forestier embarque Julien Clerc à bord de sa 2 CV, direction la Porte Maillot, le Palais des Congrès, la loge de Ferré. Aussi surexcité qu'au téléphone, il annonce qu'il va composer un oratorio, interprété par « toi (Maxime), toi (Julien), Mouloudji et moi (Léo) », et diriger lui-même l'orchestre.

Maxime Le Forestier : « J'étais enthousiasmé par cette idée et partant pour toutes les expériences. Même si le résultat n'avait pas été formidable, nous aurions travaillé au moins une fois dans notre vie avec Léo Ferré. »

Julien Clerc : « Cet enfoiré de Maxime a répondu : "Ouais, super idée !" J'ai demandé un délai de réflexion. Alors, Léo Ferré m'a rétorqué sèchement : "Réfléchis vite !" »

La soirée s'arrête là ; une longue amitié débute. Après le Palais des Congrès, Maxime Le Forestier raccompagne Julien Clerc chez lui. Au fil de la conversation, toujours à bord de cette 2 CV qui épouse mal le pavé de Paname, Julien Clerc s'enflamme en évoquant Miou-Miou, sa nouvelle compagne. « Elle m'est chevillée au corps », lâche ce grand pudique. Arrivé chez lui boulevard Henri-IV, dans la nuit, d'un seul et même élan, Le Forestier écrit un texte : « À mon âge et à l'heure qu'il est ». Au petit jour, il appelle son nouvel ami pour lui dicter les paroles, lequel s'installe aussitôt au piano. « Si je devais parler des compositions de Julien, je dirais que ce qu'il aime chez les Beatles, c'est ce que les Beatles ont emprunté à la musique classique : plus que la rythmique, les beaux enchaînements d'accords, explique Maxime Le Forestier. Ce qui le fascine dans le répertoire de Sinatra, ce sont les harmonisations magistrales. Quand il déchiffre ce genre de partitions, il est heureux. Il tient énormément à ses harmonies. C'est un grand mélodiste, un mélodiste de chansons. Boris Vian avait inventé le terme de "musiquier", comme il y a le parolier et le compositeur il y aurait le "musiquier". Le compositeur compose à partir d'un certain nombre d'éléments une musique globale, le "musiquier", une mélodie que tout le monde garde en mémoire et qui prend son sens avec les paroles. »

Cette chanson dont Miou-Miou est l'inspiratrice passive marque un tournant dans sa carrière puisque « À mon âge et à l'heure qu'il est » est la première à élargir le répertoire de Julien Clerc, ce terrain de jeu réservé à Maurice Vallet et Étienne Roda-Gil.

Outre Maxime Le Forestier, Bertrand de Labbey entre parallèlement en contact avec Jean-Loup Dabadie, provoquant les premières crises de jalousie d'Étienne Roda-Gil. « Je pensais simplement qu'il valait mieux moins de chansons de lui, et qu'on en parle davantage ! » précise l'agent, diplomate. Il organise un dîner de rencontre entre Clerc et Dabadie, chez lui, près de Saint-Philippe-du-Roule. Devenu académicien, ce dernier accepte de revenir sur ce moment : « Bertrand entreprend une aventure très risquée pour Julien en lui disant que Roda-Gil est et restera un grand auteur de paroles, mais qu'il lui faut à présent avancer avec d'autres paroliers. Durant ce dîner chez Bertrand de Labbey et son épouse Marie-France Brière, Julien et moi ne parlons pas de chanson. Je partais juste après en vacances et c'est là que j'ai reçu une ou deux mélodies sur une cassette avec sa musique et sa voix magnifique, si inspirante. Les grands artistes sont les souffleurs des auteurs. J'ai écrit “Le Cœur trop grand pour moi”, ce qui a valu à Julien des scènes de ménage de la part d'Étienne. Dans le pont, j'avais mis “Je vous aime”, ce qui a mis Roda-Gil très en colère, lui qui s'était échiné à ne jamais faire dire “je t'aime” à Julien dans une chanson. Étienne, passionné, exclusif, était tellement énervé par ma venue qu'un jour il est allé à la faute. Dans une boîte de nuit, il a croisé Jean-Michel Gravier, qui tenait dans *Le Matin* une rubrique de potins, et lui a dit en substance : “Quand le surréalisme est arrivé, ça a été une révolution. Quand Jean-Loup Dabadie est arrivé, il ne s'est rien passé.” Je lui ai envoyé un éditorial auquel il a répondu par cette formule : “Tu sais où peuvent parfois nous emmener les valeurs et les vapeurs de l'alcool.” »

Ce qu'Étienne Roda-Gil prend surtout très mal, c'est de voir arriver d'autres signatures dans ce répertoire qu'il croit sien. En revanche, Maurice Vallet accueille très bien cette nouvelle, il ne marchera pas dans la combine de ce dernier qui cherche en lui un allié pour bouter les intrus hors de ce qu'il considère être leur territoire – le sien surtout. Il aurait même apostrophé Dabadie : « Touche pas à mon usine ! » Maurice Vallet me confie qu'il en a été lui-même très blessé. « Il a toujours été possessif : quand Julien a été engagé dans *Hair*, Roda, furieux de ne pas avoir été contacté pour faire l'adaptation des chansons en français, crachait sur Lanzmann du matin au soir. Je n'ai pas toujours eu des relations très simples avec Étienne qui était assez envahissant et complexe, à la fois odieux et généreux, lumineux avec un côté sombre. J'ai des souvenirs de tête-à-tête charmants avec lui mais, dès qu'il y avait du monde autour de lui, il ne pouvait pas s'empêcher de jouer un rôle, de faire le malin en dissertant sur la cosmogonie aztèque et autres. Il avait une intelligence subliminale, il savait à qui il avait affaire. Aussi, sans jamais l'admettre, il entretenait un rapport compliqué à l'argent. »

Bertrand de Labbey fait donc appel à Jean-Loup Dabadie, cet homme de lettres, principalement scénariste, qui a montré l'étendue de ses talents de parolier avec Serge Reggiani et Michel Polnareff. Le cahier des charges n'est pas bien compliqué : il s'agit simplement de faire dire « je » à Julien Clerc. « “La Fille de la véranda”, c'est magnifique mais distancié », résume Bertrand de Labbey. Quand Julien Clerc reçoit les premiers textes de Dabadie, « Le Cœur trop grand pour moi », « Je suis mal » et « À la fin je pleure », il reste dubitatif : « J'aimais tant la poésie de Roda-Gil que lorsque Jean-Loup est arrivé avec ses chansons simples et impudiques, je me suis senti gêné. »

Jean-Loup Dabadie ne quittera pourtant plus, ou presque, son répertoire.

La chanson « À mon âge et à l'heure qu'il est » donne son titre à l'album de l'hiver 1976. Il s'ouvre en force sur « Black-out (faire l'amour ici) » d'Étienne Roda-Gil qui signe également deux très jolies chansons : « Les Jours de joie » et « Aujourd'hui rien n'est normal ».

Puis viennent celles de Jean-Loup Dabadie, dont « Le Cœur trop grand pour moi », une ballade dégoulinante de sentiments pour une certaine Jeanne. Bertrand de Labbey attend beaucoup de cette chanson où l'artiste s'exprime, comme il le souhaitait, à la première personne du singulier : « Je ne sais pas son prénom/Mais je sais qu'elle m'a dit non/Elle était sous le lilas de sa villa. » Le texte plus terre à terre de Maurice Vallet est malheureusement un peu perdu dans l'album, pourtant « Romina » met beaucoup de vie dans ce disque charnière. Outre « À mon âge et à l'heure qu'il est », Maxime Le Forestier signe un texte sensuel, « J'aime ton corps », et apporte « Amis », en souvenir de l'été 1976 où il louait la maison des parents de France Gall dans l'Yonne, non loin de la Métairie Bruyère, pour s'isoler et écrire son propre album. Il avait emporté avec lui son cheval, Faris, avec lequel il rendait chaque jour visite à Julien Clerc qui possède lui aussi un cheval, un hongre nommé Vagabond, cadeau d'anniversaire de Miou-Miou. « On ne soupçonne pas le plaisir d'aller rendre visite à un ami à cheval », dit Maxime Le Forestier en rêvassant.

La chanson « Amis » figurera respectivement sur l'album *À mon âge et à l'heure qu'il est* de Julien Clerc et sur *L'Hymne à sept temps* de Maxime Le Forestier. Sans grand retentissement de part et d'autre, c'est bien dommage.

En dépit de ce sang neuf, et même si certaines de ces chansons accompagneront longtemps Julien Clerc, sur le moment *À mon âge et à l'heure qu'il est* ne remporte qu'un faible succès. Cela se ressent sur les réservations du Palais des Sports, la seule salle modulable de Paris d'une capacité de 4 600 sièges, que Julien Clerc s'apprête à affronter dès janvier 1977. « Non seulement les réservations étaient faibles, mais malgré tous nos efforts pour améliorer le son, il restait épouvantable, se souvient-il. Nous devions faire avec la sonorisation du lieu, celle qu'utilisait Robert Hossein, autrement dit des bandes. Il aurait fallu une puissance dont nous ne disposions pas, si bien que ça résonnait. Nous avions accepté de travailler avec leur ingénieur du son qui, avec sa femme, essayait différents sièges un peu partout dans la salle pour se faire une opinion. C'était surréaliste. Maxime était atterré, se demandant comment je pouvais garder mon calme. Mais à quoi bon s'énerver à J-1 de la première ? À mes inquiétudes, Robert Thominet, le patron de la salle, me répondait systématiquement que tout se passait merveilleusement bien. Bertrand me rappelait sa devise : l'argent n'est pas un problème, seul compte l'artistique. Ses paroles m'apaisaient. Il jouait à la perfection son rôle de bouclier alors que Thominet le harcelait sur le thème : “Votre poulain va nous mettre sur la paille !” »

Pour faire encore monter la pression d'un cran, le directeur du Palais des Sports annonce que, si dans les trois jours à venir les réservations n'atteignent pas un certain seuil, il n'aura plus qu'à mettre la clef sous la porte. Heureusement, un mouvement commence alors à se faire sentir du côté de la billetterie. La barre fatidique sera atteinte durant le week-end. « À ce moment-là, la prise de risque s'appelait le Palais des Sports, qui représentait pour nous un coup de poker, raconte Bertrand de Labbey. Nous aurions pu tout perdre, c'est vrai, pourtant j'avais l'intime conviction de prendre la bonne décision. Je comptais beaucoup sur "Le Cœur trop grand pour moi", mais elle n'a pas aussi bien marché que je l'espérais. Après la visite alarmante de Thominet, je suis allé voir Julien – non pas pour lui dire la vérité, je l'aurais brisé – pour lui faire comprendre que nous avions besoin d'une grande et belle première. Plus que jamais, il allait devoir se battre ! Et il a fait une première remarquable. Le lendemain, les critiques étaient favorables, le bouche à oreille a fait le reste. Nous avons dégagé des bénéfices dérisoires, mais Julien était de nouveau installé. Sa carrière était repartie. »

Sur la scène du Palais des Sports, l'orchestre à cordes est dirigé par Patrice Mondont. Dans sa construction, le spectacle a de quoi déconcerter le public. La vedette entre en scène en même temps que sa première partie, Geneviève Paris, laquelle chante notamment sa propre chanson, « Tu dis ça », accompagnée au piano par Julien Clerc. À lui d'interpréter deux ou trois chansons avant de faire entrer le groupe québécois Beau Dommage, emmené par Michel Rivard, qui a connu le succès deux ans avant avec « La Complainte du phoque en Alaska ». À la fin de cette drôle de première partie, ils se retrouvent tous ensemble le temps d'offrir d'autres chansons au public. Après un entracte, Julien Clerc entre seul en scène, habillé en Kenzo, dans un décor de miroirs pivotants géants. Sa partie en solo débute par « Black-out (faire l'amour ici) » et s'achèvera avec « Mon camarade », une reprise du tandem Ferré/Caussimon.

Au premier rang, Catherine Deneuve, qui partage alors la vie de Bertrand de Labbey, offre à Julien Clerc une paire de gants de boxe, symbole du combat qu'il livre ce soir-là.

À Julien Clerc de conclure : « Finalement, ce Palais des Sports reste un bon souvenir à ceci près : j'avais eu l'idée de faire un numéro de claquettes et pour cela on m'avait indiqué un professeur qui me demandait humblement de l'appeler “maître”. Il m'avait appris des mouvements de base que je répétais tous les soirs dans ma loge sur ma planche de claquettes. Pour ce numéro, la musique très music-hall choisie par mon “maître” n'était pas tout à fait du goût de mes musiciens qui en avaient un peu honte. Tous les soirs et durant toute la tournée, au moment des pêches de batterie qui accompagnaient mon envolée finale, j'entendais derrière moi : “Et maintenant, le grand Zampano !” Quelle drôle d'idée, ce numéro de claquettes ! »

À la même période, une fois vendue la Métairie Bruyère, Julien Clerc se porte acquéreur du château des Gouttes, en Puisaye. Cette fois, il ne va pas se contenter d'y passer ses week-ends, Miou-Miou et lui projettent d'y vivre. La motivation du chanteur est avant tout écologique. Lui qui en applique déjà les grands principes dans sa vie quotidienne va s'y investir pleinement :

« L'écologie était *la* raison pour laquelle nous étions partis nous installer à la campagne. J'ai toujours eu conscience de la chance que j'avais eue de passer mes vacances chez les paysans durant mon enfance. J'ai vu ce monde changer. J'ai connu la moissonneuse-lieuse, l'ancêtre de la batteuse, du temps où l'on ramenait les gerbes avec le blé qu'on rassemblait ensuite dans les cours pour les séparer de la paille. Les moissonneuses-batteuses sont arrivées à la fin de mon adolescence. J'ai constaté avec un brin de tristesse comment les gens de la terre ont évolué, j'ai vu chez mes cousins le passage de la polyculture à l'élevage. Tout s'est rétréci. J'ignore si aujourd'hui il reste des fermes qui font de tout.

« En habitant le château des Gouttes, n'est-ce pas ce monde-là que j'ai voulu retrouver ? Comme disait Fernand Raynaud, il n'y avait guère que le sel qu'on ne faisait pas.

« La terre en Puisaye n'est pas très riche, j'avais donc opté pour le pâturage, notre domaine était axé sur l'élevage. Je possédais des moutons et une énorme basse-cour régulièrement décimée par les renards – nous étions à l'orée d'une forêt. Nous avions aussi un potager ceint de murs, des pommiers et des poiriers en espalier.

« Gérer une telle exploitation ne s'improvise pas. Je ne faisais pas tout moi-même, j'avais engagé de nouveau le couple qui s'occupait de la Métairie-Bruyère : une femme de ménage et son mari, un garagiste qui avait accepté de quitter son travail. Je lui avais fait réaliser un stage dans un élevage riche d'un troupeau d'un millier de bêtes, dont le berger sortait de l'école de Rambouillet.

Jean-Michel était un homme de confiance formidable, il n'y avait pas moyen de l'envoyer en vacances : il parcourait 3 000 kilomètres en trois jours pour rentrer aussitôt, craignant que je ne m'occupe pas bien des bêtes. Bien plus tard, quand j'ai vendu la maison, j'ai réussi à l'imposer au nouveau propriétaire.

« Cette maison est la seule pour laquelle je ressens de la nostalgie, au point d'avoir envie de la revoir de temps à autre. Un beau jour d'hiver, j'y suis retourné avec mon guitariste, Hervé Brault, car je chantais deux soirs de suite dans la région, à Nevers. J'ai retrouvé les deux étangs reliés, l'un de 24 hectares, l'autre de 18. J'ai longé la grille pour me rendre jusqu'à la cour de ferme où logeaient Jean-Michel et sa femme. Il n'y avait personne, nous sommes repartis. Le soir, au restaurant, un homme est venu m'annoncer qu'il était le nouveau propriétaire du château des Gouttes. Il avait appris que j'y étais passé dans la journée alors que je n'avais croisé absolument personne. Cela n'arrive qu'à la campagne. Très aimablement, il m'a dit que je serais toujours le bienvenu chez lui. Bien plus tard, comme je désirais montrer la maison à Hélène, nous y sommes allés. Jean-Michel était là et nous sommes tombés dans les bras l'un de l'autre. Dieu merci, le nouveau propriétaire ne l'avait pas licencié.

« Si le château des Gouttes était de nouveau à vendre aujourd'hui, je ne le rachèterais pas car ma vie a changé. Ou plutôt le bateau a changé ma vie. L'existence que j'y menais ne serait plus en accord avec l'homme que je suis devenu. Je ne suis pas très attaché aux maisons, mais à cette époque le fait de pouvoir visiter à cheval des terres qui m'appartenaient me procurait un plaisir inouï. Le domaine était si vaste que pour en faire le tour à cheval il me fallait compter au moins deux heures.

« À l'origine, la maison comportait une écurie composée d'un box et de deux stalles, le tout à l'ancienne avec de très belles portes ouvragées. Le box devait être réservé au cheval de selle et les stalles aux chevaux de trait.

« Ce n'était pas la campagne policée et vouée à la culture que mon père m'avait fait découvrir. Ce qui me plaisait au château des Gouttes, c'était l'aspect sauvage et l'élevage : du bocage, des prairies, des étangs. Chaque été, on vidait les vannes pour récupérer les poissons que des sociétés de pêche, des restaurateurs, des gens du coin nous volaient. Nous ne pouvions rien contre ce braconnage, je n'allais tout de même pas payer un garde comme dans *La Règle du jeu* de Jean Renoir ! J'ai eu envie d'une grande propriété à l'ancienne, comme dans le film, sauf qu'à l'époque les grands bourgeois ne passaient que six mois de l'année dans ce type de demeures Napoléon III. Le reste du temps, ils retournaient à la ville. Aussi, la domesticité n'était pas dispendieuse du fait de l'absence de charges sociales. Moi, j'avais deux femmes qui tenaient la maison, dont une savait faire ce beurre qui était sans commune mesure avec celui que l'on trouve dans le commerce.

« On avait installé une chaudière mixte, moitié fioul et moitié bois, mais j'utilisais le bois la plupart du temps. Dans les contreforts du Morvan, les hivers sont particulièrement rudes, si bien que nous chargions des bûches trois à quatre fois par jour, soit une demi-stère de bois à chaque chargement.

« Je ne voulais pas imiter les babas cool et les écolos qui font souvent un peu n'importe quoi. Je voulais un véritable élevage de moutons. Je me suis toujours demandé comment les jeunes agriculteurs faisaient pour gagner leur vie, ce qui était loin d'être mon cas, à tel point que mon responsable financier, engagé par mon agent, m'a demandé un jour : “C'est fini quand, les moutons ?” Tout mon argent passait dans l'élevage, la toiture et le reste. Et encore, je n'ai jamais réussi à tout retaper, dans la mesure où il y avait la maison principale mais aussi la ferme où logeaient Jean-Michel et sa famille, la maison du jardinier que nous prêtions à un oncle de Miou-Miou à la retraite et un moulin sur le bord d'un étang.

« Ce jour d'hiver où j'y suis retourné avec Hervé Brault, j'ai tout de suite vu que le propriétaire avait de l'argent : il avait tout restauré et cela m'a réjoui.

« L'occasion m'a été donnée d'évoquer longuement ma vie à la campagne lors d'un *Grand Échiquier*, en février 1978. J'y parlais de cette région de Puisaye et des deux amis que je m'y suis faits. Ces hommes étaient assez réacs, mais venant d'eux cela ne me dérangeait pas. Ce qui m'intéressait, c'était leur description du “monde d'hier” cher à Stefan Zweig. On ne peut avancer dans la vie en ignorant le passé, or nous n'écoutons pas assez les anciens. Lors d'un récent voyage au Mali, un cousin de Jean Tigana m'a servi de guide. Il était venu une fois en France où l'une des premières choses qu'il a constatées était que nous traitions mal les anciens.

« L'un de mes deux amis du coin m'a appris à faire le cidre afin que je puisse m'adapter à la région. Le pays de mon père était un pays de vin, celui-ci était d'eau, de bois, de pommes. Cet ami avait monté une entreprise de chasse dans sa maison, il possédait des faisans en volière qu'il lâchait dans la semaine et faisait venir sept ou huit fusils de Paris le week-end. Il est de ceux qui m'ont fait aimer cette région. L'autre monsieur, un hobereau qui semblait échappé d'un roman de Maupassant, avait une maison en pleine Puisaye. Il attelait et nous partions sillonner les routes au cœur de l'hiver tandis qu'il me racontait les histoires d'un monde en fuite. Rentier, il possédait un certain nombre de propriétés. Fils d'un lieutenant de louveterie, il était chasseur. Au petit matin, il faisait le “pied” avant d'aller chasser, ce qui signifie qu'il repérait les traces, une pratique que les chasseurs à courre connaissent très bien. Il s'en allait donc repérer les traces vers 5 heures du matin, après quoi il allait voir le maître d'équipage pour lui dresser le bilan car, comme chacun le sait, on ne vise ni les jeunes bêtes ni les femelles. C'est une facilité de critiquer la chasse à courre, ceux qui la pratiquent sont des victimes toutes trouvées : des aristocrates qui répandent le sang. Je suis contre la chasse mais, quitte à choisir, je préfère cette pratique qui laisse une chance à l'animal. Cet ami était si authentique que, pour ce *Grand Échiquier*, j'avais voulu le faire venir chez moi. Il s'est assis dans un fauteuil mais, malheureusement, face aux caméras sa faconde s'est évanouie. Intimidé, il n'osait plus ouvrir la bouche. Alors nous avons recommencé, cette fois en marchant ensemble avec une caméra quasiment cachée. L'idée était de filmer de loin, avec les étangs gelés, la charrette, etc. Je voulais que nous parlions de l'eau, du progrès et de son corollaire : le recul de la nature. Sans prétention, c'était une émission assez en avance sur les préoccupations écologiques.

« À la campagne, j'ai eu la chance de savourer du poulet de grain. Quand je pense qu'aujourd'hui la nouvelle génération peu aisée ne connaîtra peut-être jamais ce goût-là. Je suis heureux d'en avoir fait profiter mes enfants qui s'en souviendront toute leur vie. Angèle et Jeanne ont appris à nager dans l'eau ferrugineuse couleur Coca-Cola de l'étang. D'ordinaire, dans l'Yonne, les étangs sont peu profonds mais pas le nôtre. Au château des Gouttes, beaucoup d'amis venaient avec leurs enfants, c'était aussi l'une des vocations de cette maison : faire profiter des citadins de la nature. Quand on est un chanceux comme je le suis, il est de notre devoir d'apprendre des choses à ceux qui sont moins pourvus.

« Ce fut une époque heureuse et intense de ma vie. Elle m'a permis de me rendre compte qu'au fond je n'étais pas fait pour cette existence, je suis profondément un homme de la ville. Cette aventure a duré quatre ans, c'est court mais cela m'a laissé de grands souvenirs. Au bout de ces quatre ans, nous avons rompu avec Miou-Miou. Elle partait souvent en tournage, quant à moi je remontais de plus en plus vers Paris où j'occupais une chambre d'hôtel. Au bout d'un moment, chacun de nous fuyait la campagne. »

C'est dans ce décor bucolique que Miou-Miou apprend qu'elle est enceinte d'une petite fille, Jeanne, qui naîtra au mois d'avril 1978. Julien Clerc, lui, prépare l'album *Jaloux* qui sortira à l'automne, un disque important dans sa carrière, où tous ses auteurs cohabitent. Étienne Roda-Gil avec « Jaloux de tout », « Je dors avec elle » et « Macumba », qui débute par l'enregistrement des battements de cœur de la petite Jeanne à l'échographie. Ces deux dernières chansons sont pour lui l'occasion de tenter des prouesses vocales. Elles sont particulièrement difficiles à chanter avec cette amplitude dans les octaves. À la liste des chansons vocalement complexes, Julien Clerc ajoutera plus tard « L'Assassin assassiné ».

Maurice Vallet signe « Dans mon cirage ». Maxime Le Forestier, qui a pris l'habitude de lui écrire des chansons sur son âge, lui a offert « J'ai eu trente ans » comme cadeau d'anniversaire en souvenir de ce 4 octobre 1977 passé ensemble. Julien Clerc y reprend une chanson traditionnelle qu'il a entendue au Québec par Zachary Richard : « Travailler, c'est trop dur ». Enfin, Jean-Loup Dabadie livre « Ma préférence », l'une des chansons phares de *Jaloux*, son chef-d'œuvre.

Julien Clerc avait rejoint Jean-Loup Dabadie en vacances près de Biarritz, dans la maison qu'il avait louée. Tandis que ce dernier se réveille à peine, le compositeur est déjà au piano. « Julien se lève tôt, pas moi, m'explique Dabadie. Mais, depuis mon lit où je luttais contre le jour, j'entends cette esquisse de mélodie qui tourne sur elle-même, comme un tricot. Je me lève et je demande à Julien : "Celle-là, prête-la-moi !" Nous étions au mois de juillet et je ne lui ai proposé mon texte qu'au mois de décembre. » Entre-temps, selon Julien Clerc, l'auteur lui aurait annoncé qu'il tournait autour d'un thème minéral, où il serait question de pierres précieuses. Il hésite cependant car le mot « préférence » le taraude, d'autant que cette suite d'accords lui inspire des sentiments amoureux. Pourquoi pas une déclaration ? Julien Clerc penche pour la seconde option. Elle sera retenue. « Je pense que Jean-Loup s'est inspiré de Miou-Miou en écrivant "Ma préférence", dit-il. Les auteurs puisent tout naturellement dans la vie de leur interprète. Jean-Loup, qui était devenu un ami, en savait long sur nous deux. » Dabadie, lui, n'est pas de cet avis : « On m'explique notre chanson en me disant que j'y fais le portrait de la Miou. Alors peut-être que j'ai pu observer quelques fois que Miou-Miou n'était pas facile à vivre et que Julien souffrait parfois dans sa vie avec elle. Mais elle n'est pas l'inspiratrice de cette chanson. Je ne pratique ni l'autobiographie ni l'hétérobiographie. Ça ne m'est jamais arrivé de m'inspirer de la vie des artistes. "Le Cœur trop grand pour moi" n'est pas un portrait de Julien. En tant qu'écrivain de spectacle, comme m'avait qualifié François Truffaut, je cherche à raconter une histoire dans mes chansons comme dans mes scénarios. »

« Pour *Jaloux*, raconte Julien Clerc, j'ai le souvenir d'une grande facilité lors de l'enregistrement. Nous avons commencé par la rythmique (piano, basse, batterie, guitare), puis les cordes, cuivres, chœurs. La voix, enfin. J'adorais regarder Jean-Claude Petit diriger les cordes, sa maîtrise m'impressionnait. Les cordes, souvent issues des grands orchestres français, en particulier de l'Opéra, respectaient toujours son travail, y compris l'écriture des scores. Sitôt une prise terminée, un représentant de chaque pupitre venait l'écouter : le premier violon, le violoncelliste, etc. Je me souviens d'avoir tenté une première version qui ne me satisfaisait pas, si bien que j'ai demandé à Jean-Claude Petit de la reprendre. Il a eu l'idée d'enlever les rythmiques pour privilégier l'ensemble de cordes mêlé aux synthétiseurs. Stevie Wonder venait de sortir "Songs of the Key of Life" dans laquelle l'apport des synthés était si important que j'ai dû demander à Jean-Claude Petit de me retrouver ce son-là. »

Jean-Claude Petit, lui, se souvient surtout que l'artiste rechignait à enregistrer « Ma préférence » : « Julien avait fait son disque sans moi, avec son orchestre de l'époque. Entre nous deux, la rupture était consommée. Comme il n'était pas ravi du résultat, Bertrand de Labbey a voulu savoir ce que j'en pensais. J'écoute et, en effet, j'annonce que ce n'est pas terrible. Julien me dit qu'il n'a pas envie de chanter "Ma préférence", moi je pense au contraire que c'est une grande chanson et je propose d'y mettre des cordes, d'en faire une sorte de fugue avec un harmonica. Sa mélodie est longue, magnifique, comme un serpent qui ondule : du pur Julien Clerc. Ce n'est pas étonnant qu'elle ait connu un si grand succès. »

C'est en 1978, au Palais des Congrès et vêtu en Georges Rech, que Julien Clerc interprète pour la première fois « Ma préférence ». Pour l'occasion, il s'assied au premier rang, tout près de Catherine Deneuve. Le spectacle est porté par le succès de l'album.

C'est un triomphe.

Il reçoit alors une proposition de Philippe Chatel qui monte un conte musical avec un casting exceptionnel : Françoise Hardy, Sylvie Vartan, Johnny Hallyday, Eddy Mitchell, Robert Charlebois, Henri Salvador et même Georges Brassens. Julien Clerc se joint à eux pour interpréter en duo, avec la jeune *Émilie Jolie*, « La Chanson du grand oiseau ». Il se souviendra de ce jour où, à l'occasion de la photographie de groupe, Georges Brassens en personne, celui dont il loue les mélodies, lui a lancé : « Toi, t'as un organe à rendre jaloux tous les mâles ! » Ce sera leur seule et unique rencontre.

« J'ai chanté peu de chansons dont je n'étais pas le compositeur mais, chaque fois, j'ai eu la chance qu'on m'en propose de grandes dont la plupart sont inscrites à mon répertoire aujourd'hui, commente Julien Clerc. Je pense à celle du "Grand oiseau" d'*Émilie Jolie*, à "Ballade pour un fou", sur une musique d'Astor Piazzolla et des paroles d'Étienne, ou encore à "Ça commence comme un rêve d'enfant", musique de Jean-Claude Petit et Jean-Pierre Bourtayre, paroles d'Étienne Roda-Gil, issue de *36 Front populaire*, un opéra qui ne s'est jamais monté. Étienne s'est avéré incapable d'en écrire le livret malgré ses promesses. Cela dévoile la part obscure du personnage. Combien de fois a-t-il prononcé cette phrase : “La chanson, je l'ai. Je te l'apporte demain” ? Mais, le jour dit, je ne voyais rien venir. Pis, il disparaissait pendant deux semaines. Le plus grand poseur de lapins de la terre ! Pour *36 Front populaire*, il n'a donc jamais rien écrit de présentable alors que tout Paris était à ses pieds, à commencer par les théâtres subventionnés.

« Je maintiens que je n'aurais jamais fait ce métier en tant que simple interprète. La quête incessante de la bonne chanson écrite par d'autres doit être cruelle. En écrivant mes mélodies, je ne dépends pas des autres. »

Depuis qu'il a composé une musique pour un téléfilm sur le Front populaire, l'envie de monter une comédie musicale sur ce thème taraude Jean-Pierre Bourtayre. Jean-Claude Petit et Étienne Roda-Gil, très amis à la ville, se disent partants. Pathé-Marconi aussi, qui sortira le double album *36 Front populaire*. En revanche, le spectacle n'existera jamais, ni avec Robert Hossein que le projet intéresse ni avec le producteur anglo-saxon qui a été approché. Quelques chansons ont réchappé de cette aventure avortée. Sept d'entre elles ont été interprétées par Julien Clerc dont « Adieu les larmes de la terre », « Barcelone juillet 1936 », « Chanson d'André Malraux » mais aussi « Ça commence comme un rêve d'enfant », une ballade à grand renfort de chœurs que l'on aura l'occasion d'entendre lors de certains concerts.

Le 19 avril 1978, le jour de la naissance de sa fille Jeanne, Julien Clerc va déclarer l'enfant sous le nom de sa mère, Herry : « Miou-Miou parvenait à faire son métier tout en étant très présente en tant que mère, elle menait tout de front, ce qui ne devait pas être évident. Elle n'était pas vraiment féministe, mais c'était une époque où les femmes étaient sensibilisées au mouvement. Si bien souvent les féministes me fatiguent, j'ai toujours respecté leur combat. J'ai rencontré Gisèle Halimi à cette époque-là. Nous avions abrité deux femmes d'un procès emblématique, une affaire de viol. Elle m'avait raconté qu'elle était issue d'une famille d'Afrique du Nord où les hommes dominaient. Elle avait réussi tous ses concours juste pour que son père la regarde. C'est elle qui m'a présenté François Mitterrand, alors premier secrétaire du Parti socialiste. Nous ne nous sommes jamais revus, elle ne sait donc pas à quel point elle a compté pour moi. C'était une avocate très compétente que je suis honoré d'avoir côtoyée.

« Je ne tenais pas à me marier à ce moment-là. Pour rester libre, j'imagine. Le mariage est affaire de circonstances. J'avais joué avec plaisir le rôle de père de substitution d'Angèle quand Miou-Miou était venue s'installer à la maison avec elle. Lorsque Jeanne est née, Miou-Miou souhaitait qu'elle porte son nom, ce qui était possible puisque nous n'étions pas mariés. J'ai trouvé cela normal, contrairement à mes parents qui étaient abasourdis. Donc, à la naissance de Jeanne je suis allé la reconnaître et la déclarer sous le nom de Herry. Ma fille en est fière car, me semble-t-il, c'est pour elle une façon de rendre justice à sa mère. »

8

Chansons en bas nylon

Entre-temps, une ère nouvelle s'est ouverte pour Julien Clerc, une décennie tout entière, la parenthèse la plus rock de sa vie d'artiste : il opte pour ce genre musical qui fait profondément partie de sa culture depuis l'adolescence. Sans doute est-ce un rêve pour lui, cependant cette option déconcertera une partie de son entourage et certains de ses fans nostalgiques de l'époque du « Patineur ». Maurice Vallet pourrait être leur porte-voix : « Moi, je n'ai pas aimé du tout, je le dis franchement. Même s'il a vendu beaucoup de disques avec "Lili voulait aller danser", "Cœur de rocker" et "La Fille aux bas nylon", ces chansons ne lui ressemblent pas. Julien, c'est "Le Patineur", "La Petite Sorcière malade" ou "Je sais que c'est elle", que je trouve sublime, notamment quand il la chante sur scène. »

Bertrand de Labbey n'est pas de cet avis : « J'ai conscience que la période rock de Julien est celle que les gens aiment le moins, mais c'est aussi celle où il a vendu le plus de disques. Vous allez me dire que ce n'est pas une réponse, mais je suis un agent, pas un poète. À ce titre, mon but est d'emmener l'artiste le plus haut possible. »

Deux opinions aux antipodes, représentatives de l'avis général très divisé sur ce tournant.

Après *Jaloux* et ses concerts au Palais des Congrès, après *Émilie Jolie* et *36 Front populaire*, Julien Clerc entame la composition de son prochain album. Pour les textes, il a convoqué sa garde rapprochée : Étienne Roda-Gil, Maurice Vallet et Jean-Loup Dabadie. La récolte n'est pas excellente et cela va s'entendre. Roda-Gil n'a pas donné le meilleur de lui-même avec « Bibliothèque Mazarine », « La Femme boréale » et « Je t'aime tant ». Jean-Loup Dabadie a pris la main en signant cinq chansons, mais on cherche en vain le chef-d'œuvre parmi « Cette personne », « Les Oiseaux dans les arbres », « Tu me manques », « Ma doudou » et « Confidence ». Seul Maurice Vallet s'en sort superbement. L'auteur des inoubliables « Menhirs » livre une chanson d'amour à laquelle Julien Clerc donne l'ampleur mélodique que le texte mérite. « Tout en vous m'enchaîne » a beaucoup d'atouts, le charme surtout. Mieux mise en avant, elle aurait peut-être pu sauver l'ensemble du naufrage.

Pour enregistrer ce disque qui sortira sous le titre de *Clerc Julien*, l'équipe de l'artiste a réservé les studios qu'André Perry possède sur la place du marché Amherst, à Montréal. Des lieux devenus mythiques depuis qu'ils ont été visités par Police, les Rolling Stones, Cat Stevens,

David Bowie. Mais l'artiste et ses musiciens n'y sont pas à la fête. Jour après jour, la tension monte entre Julien Clerc et son orchestrateur historique. « Je ne souhaitais plus poursuivre l'aventure avec Jean-Claude Petit telle que je la vivais depuis 1968, explique-t-il. En réalité, j'avais envie de faire ce disque avec un autre arrangeur, si bien que je ne lui ai pas facilité la tâche. Un exemple : nous avions fait venir un excellent guitariste des États-Unis, or Jean-Claude arrive comme d'habitude avec ses scores sur lesquels il était allé jusqu'à écrire le solo de ce guitariste. Je ne sais pas si c'était une provocation de sa part, le fait est que cela m'a profondément agacé. Je me suis quasiment excusé auprès dudit guitariste et je lui ai proposé de faire un autre solo, en toute liberté, ailleurs dans le disque. Il m'a répondu qu'il n'y avait aucun souci, cela l'amusait même d'avoir à lire une partition. Moi, ce n'était pas l'idée que je me faisais d'un solo. La confrontation entre ces deux mondes me mettait mal à l'aise. »

Jean-Claude Petit n'en pense pas moins. Il sent venir la rupture : « Nous avons commencé à nous éloigner les uns des autres à partir de l'enregistrement de *Clerc Julien*. Julien voulait faire du rock, le problème c'est qu'il voudrait composer comme Paul McCartney et monter sur scène en Mick Jagger. Il aimerait être un mélange des deux, sans y parvenir. Même si ses influences sont anglo-saxonnes, il reste très français et ce jusque dans ses mélodies. Ses compositions, lyriques, originales, un peu à contre-courant, lui ressemblent. La musique est un langage : sa musique est *son* langage. Il excelle dans le romantisme à la française. Quand il endosse le costume du rocker anglo-saxon, il échoue. “Femmes, je vous aime”, c’est du Julien Clerc, pas “Lili voulait aller danser”. Sur ce point, j’étais parfaitement d’accord avec Étienne. »

On comprend pourquoi il règne une ambiance délétère au studio. Par ailleurs, le chanteur n’est pas dans son état « normal ». Il n’est pas le seul. L’ingénieur du son sniffe ce qu’il appelle des « *New York lines* » de cocaïne sur sa console. Sans être totalement dépendant, l’artiste a lui aussi le nez dans la poudre. À ma grande surprise, il aborde ce sujet sans tabou : « Je n’ai jamais consommé d’héroïne ni d’acide mais de la cocaïne et de l’herbe. C’était une posture liée aux aspirations du moment. Je n’avais pratiquement pas besoin d’en acheter, j’en trouvais un peu partout. Grâce à la coke on ne dort quasiment plus, on se sent plus fort. Mais le cocktail cocaïne/alcool me détruisait les cordes vocales, ce que Bertrand a entendu sans tarder. Il m’a mis en garde, me rappelant que ma voix était mon capital, je n’ai pas mis bien longtemps à le comprendre. Dieu merci, je m’en suis sorti. »

Quand l’agent fait le voyage jusqu’à Montréal, qu’il écoute les chansons au studio, il constate avec lucidité que l’artiste va droit dans le mur. Bertrand de Labbey se souvient alors d’avoir apprécié quelques années plus tôt une chanson interprétée par Steve Fiset, le Québécois du moment. Dans le livret, il avait trouvé que « Les Chemins d’été » (cette chanson mieux connue sous le titre « Dans ma Camaro ») était signée Luc Plamondon, alors inconnu en France. Il lui propose d’être son éditeur en France. Depuis, il a triomphé au côté de Michel

Berger dans l'opéra-rock *Starmania* en 1976. Plamondon étant québécois, il n'est pas bien compliqué d'organiser la rencontre auteur/compositeur. Bertrand de Labbey conseille à Julien Clerc de confier à Luc Plamondon un pur rock orphelin de paroles, composé depuis un certain temps, ses auteurs attitrés s'y sont déjà essayés sans succès. Pour sa part, Luc Plamondon se rappelle que Julien Clerc était venu en personne lui présenter cette musique. « Depuis que nous nous étions rencontrés, Julien et moi, du temps où Diane Dufresne faisait sa première partie, nous étions restés copains, raconte-t-il. J'écrivais du rock québécois pour Diane puis pour Robert Charlebois. Dans ces années 70, jamais je n'aurais imaginé écrire pour Julien. Un jour, alors qu'il enregistre dans ce studio mythique, il passe chez moi me faire entendre une de ses musiques qu'il me présente ainsi : "Un rock comme je n'en ai jamais fait." Il pensait que je pouvais écrire des paroles dessus, il en avait parlé à Bertrand qui était très excité par cette idée. Il me la joue et me laisse une cassette. Trois jours après, j'avais les paroles. Elles lui ont plu. »

Ce texte, « Quand je joue », un hommage aux musiciens de studio, séduit donc Julien Clerc qui l'enregistre sans tarder. Étienne Roda-Gil choisit ce moment pour débarquer de Paris après un trajet interminable. Il demande au chauffeur de taxi de le déposer directement au studio d'enregistrement. Mauvaise inspiration. Quand il entre, il entend cette musique sur laquelle il a écrit des paroles et ne met pas bien longtemps à comprendre que ce ne sont pas les siennes que le chanteur prononce. Sa rage, sa peine, sa blessure narcissique sont colossales.

« Julien avait déjà pris ses distances avec Roda-Gil, mais là ce fut la grosse fâcherie », résume Bertrand de Labbey. L'agent me conseille de demander sa version de l'histoire à Luc Plamondon. « Le drame n'était pas que Julien chante mes paroles, parce qu'à ce moment-là Roda-Gil n'avait rien contre moi, m'explique ce dernier. Ce que j'ignorais, c'est qu'il avait écrit un texte sur cette musique. J'étais assez content de ne pas l'avoir su, cela m'aurait peut-être bloqué. Après l'incident de "Quand je joue" au studio, Roda-Gil est resté fâché avec Julien pendant des années. Quant à moi, il ne m'a plus jamais adressé la parole. »

La rupture entre Julien Clerc et Étienne Roda-Gil va s'étirer sur dix bonnes années.

Autre problème : les arrangements de Jean-Claude Petit sur cette chanson sonnent « trop Elton John » aux yeux du compositeur, un avis que partage Luc Plamondon. Celui-ci lui présente alors Jean-Alain Roussel, avec lequel il entrera au studio Gang, en France, pour réenregistrer le titre dans sa forme définitive. « Jean Roussel était auréolé de plusieurs collaborations, notamment avec Cat Stevens et Bob Marley, raconte Julien Clerc. Un type assez marrant, assez égotique, mais un musicien intéressant qui m'a apporté une énergie nouvelle. »

En définitive, « Quand je joue » est la seule chanson de l'album à tirer son épingle du jeu – elle renaîtra régulièrement sur scène. Pour le reste, Julien Clerc admet aujourd'hui que *Clerc Julien* est « inégal ». Commercialement, c'est un tel échec qu'il ne sera pas suivi d'une tournée promotionnelle. Et, fait rarissime, un autre disque est conçu à la hâte. Le bien nommé *Sans entracte* sort au mois d'octobre de la même année 1980. Sans Étienne Roda-Gil. Pour la première fois de sa carrière, à son corps défendant, Julien Clerc doit se passer des fulgurances de son auteur historique.

Sur ce disque, Julien Clerc tente une reprise de « La Quête », un titre de la comédie musicale *L'Homme de la Mancha* à laquelle il a assisté au Théâtre des Champs-Élysées en décembre 1967, la seule fois où il a eu l'occasion de voir Jacques Brel sur scène. Maurice Vallet a écrit « Jungle Queen », dans laquelle le personnage doit affronter des bêtes sauvages en plein Paris pour approcher la femme désirée. Luc Plamondon est l'auteur de « Week-end » et d'une chanson visionnaire intitulée « Le Crooner de l'an 2000 ».

C'est Jean-Loup Dabadie qui crée l'événement, non pas avec « Elle faisait la la la » et « Les mots qui dansent », mais avec « L'Assassin assassiné », inoubliable plaidoyer contre la peine de mort.

Le contexte de l'époque s'y prête : le dernier condamné à mort en France, Hamida Djandoubi, a été guillotiné à Marseille le 10 septembre 1977, sous la présidence de Valéry Giscard d'Estaing, pour « assassinat après tortures et barbarie, viol et violence avec préméditation ». La chanson est écrite par Dabadie un an avant sa sortie, au moment du débat sur l'abolition de la peine de mort au Parlement. Robert Badinter dira qu'elle l'a beaucoup aidé dans son combat, de même que les interventions télévisées de Julien Clerc lors de sa promotion. Au cours d'une interview à Paul Lefèvre pour Antenne 2, le 11 mars 1980, le chanteur lance : « On ne peut pas répondre à la mort par la mort. » Un acte courageux quand on sait qu'un sondage réalisé par la Sofres le 10 septembre 1981 donnait 62 % de la population française y sont favorables.

Sur cette chanson, l'une des plus engagées de son répertoire, il regrette *a posteriori* son interprétation « épouvantablement extravertie ». Jean-Loup Dabadie raconte sa genèse. Il se souvient d'avoir rencontré des difficultés à débuter l'écriture de ce texte, lui qui, en ancien journaliste, cherche toujours l'« angle » par lequel aborder son sujet. Il finit par le trouver : « C'était un jour à la maison/Je voulais faire une chanson/D'amour peut-être/À côté de la fenêtre. » Sauf que cette chanson-là ne parlera pas d'amour, mais de ce fait de société en passe d'être aboli. Il termine par cette formule magique : « Lorsque le couteau est tombé/Le crime a changé de côté/Ci-gît ce soir dans ma mémoire/Un assassin assassiné/Assassiné. » Son texte terminé, il appelle Julien Clerc qui l'invite à venir le rejoindre au parc du Ranelagh où il promène sa chienne, Prune. Deux ou trois heures plus tard, le compositeur rappelle son auteur pour l'inviter chez lui. Jean-Loup Dabadie y retourne : « Et là, Julien m'a chanté la chanson telle qu'elle existera dans sa forme définitive. Incroyable. » Il se souvient aussi qu'il hésitait à l'interpréter sur scène. Pourtant, il se lance à Nice où débute sa tournée, bien que le public soit très majoritairement en faveur du maintien de la peine capitale.

Ce soir-là, le chanteur emporte le morceau. La salle est debout, comme il le rapporte à Jean-Loup Dabadie à la faveur d'un coup de fil nocturne, à chaud. Quand il me le raconte à son tour, l'académicien est tellement ému qu'il peine à retenir ses larmes.

L'album *Sans entracte* marque aussi pour Julien Clerc la rencontre d'un artiste très différent de lui, avec lequel personne n'aurait imaginé qu'il puisse travailler un jour : Serge Gainsbourg. Du temps où il passait en première partie de Bécaud à l'Olympia, en 1969, les deux hommes avaient échangé quelques amabilités. Les années ont passé et les voici réunis. « Dans mon métier, la posture de l'artiste me fait mourir de rire, explique Julien Clerc. Nous faisons des choses pas très sérieuses en se prenant très au sérieux. La posture compte sans doute pour l'image d'un artiste mais, à titre personnel, je n'ai pas ce goût de la comédie ou du personnage que l'on campe, sans doute parce que j'ai été élevé dans un milieu plutôt intellectuel, avec un certain recul sur les émotions. Alors, j'ai choisi de me montrer tel que j'étais.

« Si on peut considérer que Gainsbourg était dans la posture, c'est son génie que je retiens de lui.

« Je l'ai fréquenté en confrère, nous n'étions pas amis. Nous avons travaillé ensemble, mais cela n'a pas été très concluant, peut-être parce que avec moi il dérogeait à sa règle qui consistait à écrire un album tout entier ou rien. Aussi, à l'exception de sa collaboration remarquable avec Alain Chamfort, je pense que les interprètes féminines l'inspiraient davantage.

« Pendant une courte période, nous avons passé pas mal de nuits ensemble. Serge était très artiste, cultivé, fin connaisseur de peinture mais pas seulement. Il était raffiné, agréable. Nous sortions tous les deux, rarement avec d'autres personnes, et nous discutions énormément. Avec lui, j'ai fréquenté des lieux où je n'étais jamais allé avant et où je ne suis jamais retourné ensuite, dont le Cœur Samba, un club de nuit sur les Champs-Élysées animé par un pianiste noir formidable. Serge avait toujours des liasses sur lui et, quand un musicien lui plaisait ou quand des Mexicains venaient lui jouer "La Paloma", il sortait son enveloppe et donnait un gros billet. Contrairement à pas mal de ses amis, je l'incitais à ne pas rentrer trop tard. Une nuit, il m'a dit : "T'as raison, sinon c'est de l'incruste."

« Il est venu quelques fois dîner chez moi. Je me souviens que, très souvent, à un moment de la soirée, il était pris d'un accès de tristesse, fondant soudainement en larmes. Quand j'allais lui rendre visite rue de Verneuil, on sonnait tout le temps à la porte et c'est moi qui allais ouvrir à des inconnus qui, pour la plupart, voulaient lui confier des textes de chansons. Je faisais sagement la commission et il lançait : "Dis-lui qu'il aura une réponse dans trois ans."

« Ma fréquentation de Serge Gainsbourg correspond à une période très fatigante de ma vie. Son problème, c'était l'alcool. "Je bois parce que je suis trop lucide", disait-il. Au bout d'un certain temps, j'étais obligé de le laisser car je ne comprenais plus ce qu'il me disait et ne trouvais donc plus rien à lui répondre. J'ai la même réaction face à tous les alcooliques. Par ailleurs, les gens très centrés sur eux me lassent rapidement. Ils sont nombreux dans notre métier, c'est l'une des raisons pour lesquelles nous nous entendons si bien avec Maxime Le Forestier : nous sommes capables de parler d'autre chose que de nous-mêmes. »

De cette rencontre avec Gainsbourg sont nées « Mango » et « Belinda » ; cette dernière est choisie comme single de *Sans entracte.* Gainsbourg y campe un personnage qui s'adresse à une femme de manière cavalière, trop éloignée du ton auquel Julien Clerc nous avait habitués jusqu'à présent.

Un jour, Serge Gainsbourg lui confiera : « Je ne t'ai pas donné ce que j'avais de meilleur. Toi non plus. »

Au Palais des Congrès, « L'Assassin assassiné » constitue le temps fort du spectacle qui s'étend du 30 octobre au 11 novembre 1980. Mais, de cette série de concerts, Julien Clerc se souvient surtout des répétitions au château des Gouttes, sous la direction de Jean-Alain Roussel, avec Marty Simon, Joe Wright, Christian Padovan à la basse et Gérard Bikialo au clavier. « Roussel avait fait venir un batteur canadien anglo-saxon, Marty Simon, et le guitariste californien Joseph Wright, raconte-t-il. La première fois qu'il est arrivé, je le revois en larmes, transportant deux carottes dans un sac plastique que sa fiancée qui lui avait préparées parce qu'il mangeait bio.

« Nous travaillions tard dans la nuit, ce dont j'ai horreur. Plutôt que de se la jouer rock, en studio je préfère les horaires de bureau. Le rock est affaire d'inspiration, non pas de posture. Je me suis très vite rendu compte que cet Américain ne pouvait pas tout jouer, il n'était pas très bon. Mais Jean-Alain Roussel, qui avait réponse à tout, m'avait dit que, de nous tous, il remporterait le plus de succès sur scène. À la guitare électrique, il n'était pas précis, mais ça passait. En revanche, pour les *pickings* c'était épouvantable, à tel point que je lui avais demandé d'y renoncer. En définitive, les concerts sonnaient rock comme je le souhaitais. »

Les années 80 débutent dans un climat de rupture, affective et professionnelle. Rupture avec Miou-Miou, d'abord. À son tour, Julien Clerc va faire connaître à ses enfants ce qu'il a vécu lui-même et l'a tant marqué : une double enfance.

Rupture avec Pathé-Marconi aussi, puisque son contrat touche à sa fin. Le moment est venu pour Bertrand de Labbey de faire la tournée des maisons de disques en quête de la meilleure proposition. Les deux dernières « campagnes » n'ont pas été pleinement satisfaisantes, mais son artiste conserve toutefois une image de vainqueur. Il porte beau. Tandis que l'agent s'affaire en coulisses, épargné par ces contraintes conjoncturelles dont il se désintéresse, à Londres, au studio Strident que dirige le Roumain Jean-Baptiste Illiesco, entouré de musiciens anglo-saxons, l'artiste met toute son énergie dans l'enregistrement de son prochain disque. Tout près de là, il a loué un « *mews* » (une écurie transformée en habitation), où la petite Jeanne est gardée par la standardiste du studio.

Julien Clerc arrive Outre-Manche avec ce qui deviendra *Femmes, indiscrétions, blasphèmes*, un joli titre pour un album patchwork. De Bernard Lauze, deux chansons oubliées et oubliables : « Cabane micro » et « Je vous écris du fond de ma ville ». De Jay Alanski, « Indiscrétion ». De Serge Gainsbourg, « J'te connais comme si je t'avais défaite ». De Maurice Vallet, « Hiver 81 ». De Jean-Loup Dabadie, « À mon cou, ses genoux », « Quelle heure est-il marquise ? » et « Femmes, je vous aime ». Luc Plamondon signe « Lili voulait aller danser » : « Julien m'annonce qu'il va m'envoyer non pas un simple rock, mais un pur rock'n'roll *fifties* façon Jerry Lee Lewis, contrairement à "Quand je joue" qui était un rock romantique. J'adore cette période, c'est mon adolescence. Ça a été magique, comme souvent avec Julien puisque la chanson a été créée en deux semaines. Julien aimait beaucoup ce texte, Bertrand également mais aussi Miou-Miou. Or quand Miou-Miou aimait, c'était gagné. On se demandait si Julien pourrait chanter cette chanson. Ce fut une bombe et, à mon sens, ça l'est encore sur scène, comme récemment au Châtelet, par exemple, à la faveur de ses concerts à deux pianos. Ça le fait à chaque fois, comme on dit. »

Avec ces deux dernières chansons, Julien Clerc fait musicalement le grand écart entre ballade sentimentale et pur rock. Chacune à leur tour, chacune dans leur genre, elles connaîtront les feux de la gloire.

À ce moment-là, il ne peut ignorer que Bertrand de Labbey est en négociation avec Virgin Londres, qui projette d'installer une antenne en France. Mais, immergé dans son travail, l'artiste se tient à l'écart des transactions. Si bien que lorsque, plusieurs matins de suite, la standardiste lui annonce que Richard Branson l'a appelé, le grand brun remercie poliment et fonce rejoindre ses musiciens. Au bout de quelques jours, voyant qu'il ne réagit pas, elle se permet de lui faire remarquer que M. Branson, P-DG de Virgin Londres, est à ce titre un homme très important : mieux vaudrait le rappeler.

Rendez-vous est pris le dimanche suivant dans la banlieue de Londres, au manoir de Branson, en pleine campagne. Après le petit déjeuner, le patron de Virgin invite Julien Clerc à aller nourrir ses truites. Chemin faisant, la discussion s'engage autour des truites et des moutons. Mais venons-en aux faits. « Il parlait très vite, son esprit allait à toute allure, se souvient l'artiste. Il me dit que je n'ai pas de chance d'être français, sans quoi j'aurais fait une carrière mondiale. Il envisage cependant de me faire enregistrer un disque en anglais. C'était malin car cette carrière internationale reste pour nous tous une chimère. Il me demande de lui parler de l'enregistrement (nous en étions aux mixages) et me promet de passer au studio dans la semaine. »

Richard Branson arrive comme promis, flanqué de son équipe. À son tour, Julien Clerc visite les locaux de Virgin Londres d'où se dégage une atmosphère très tendance : des *open spaces* et des standardistes aux cheveux rouges : « L'image de la firme ne me correspondait pas *a priori* mais, à ce moment-là, Virgin créait son antenne française pilotée par Patrick Zelnick avec pour mission de signer des artistes. »

L'affaire sera conclue au cours d'un déjeuner sur la péniche de Branson, en présence de Patrick Zelnick. Au dessert, muni d'un cahier à spirales et d'un stylo, le P-DG de Virgin demande à Julien Clerc de téléphoner à Bertrand de Labbey. À l'autre bout du fil, l'agent fait sa proposition financière. Sur son cahier, Branson note sa contre-proposition, soit le double. Le contrat sera affiné et signé à Paris. Après le groupe Téléphone et le chanteur Renaud, Julien Clerc fait partie des premiers artistes français à rejoindre Virgin France.

Femmes, indiscrétions, blasphèmes sort en 1982 sous le label Virgin, avec une photographie signée David Bailey sur la pochette. Un disque à succès, avec ses deux tubes, donc : « Lili voulait aller danser » et « Femmes, je vous aime ». Julien Clerc entretient un rapport compliqué à cette dernière, qui deviendra la préférée des couples selon un sondage Ifop réalisé la veille de la Saint-Valentin 2002. Quand il a vu arriver ce texte, une déclaration d'amour au premier degré, il a eu un moment de recul. Autant « Ma préférence » était merveilleusement tricotée, toute en retenue, autant « Femmes, Je vous aime » donne l'impression de racoler : « Femmes… Je vous aime/Femmes… Je vous aime/Je n'en connais pas de faciles/Je n'en connais que de fragiles/Et difficiles/Oui, difficiles. » N'est-elle pas aux antipodes des chansons d'amour à clefs d'Étienne Roda-Gil ? Bien sûr, le compositeur lui a donné du relief, mais cela ne suffit pas : Julien Clerc reste mal à l'aise, ne se voit pas l'interpréter, ne l'assume pas au fond. « Comme je vous l'ai dit, quand Jean-Loup Dabadie m'a apporté ses premiers textes, j'étais gêné par leur trop grande simplicité et leur impudeur. Avec “Femmes, je vous aime”, il avait atteint un sommet. Je l'ai enregistrée parce que Bertrand a insisté alors que je n'avais qu'une envie : la planquer dans un tiroir et l'oublier.

« Nous avons fini par la sortir et, depuis, je la chante sur scène avec plaisir car j'ai du respect pour les chansons que les gens ont élues. Quand l'une d'elles a du succès, je l'inscris au tour de chant sans état d'âme. Celle-ci continue de déplaire à beaucoup de monde, Françoise Hardy en tête, mais, quand je l'interprète en public, je dois reconnaître qu'elle fait son effet. »

La chanson connaîtra une vie parallèle et un réel succès en 1983, à la faveur d'un spot publicitaire exclusivement féminin signé Linberg, pour une marque de protections intimes.

Lors de mon entretien avec Jean-Loup Dabadie, un peu maladroitement peut-être je lui apprends que « Femmes, je vous aime » ne fait pas l'unanimité. Il est blessé : « C'est impossible, ou alors ceux qui n'aiment pas cette chanson ne l'ont pas vraiment écoutée. Elle porte sur l'amour des femmes que nous avons Julien et moi, c'est-à-dire un mélange de respect et de désir. À la fin, j'ai d'ailleurs écrit : “Je vous désire/Et même pire.” Et les vers qui expliquent tout sont : “Vous êtes ma mère, je vous ressemble/Et tout ensemble mon enfant.” Cela signifie que nous sommes pris entre nos mères et nos filles. »

« Lili voulait aller danser » constitue le second temps fort de ce disque, faible dans son ensemble, avec ses arrangements confus. Bertrand de Labbey compte beaucoup sur ce morceau, un rock entêtant sur un texte de Luc Plamondon : une histoire d'amour houleuse dans un snack-bar. C'est peu dire qu'elle hérisse le poil d'Étienne Roda-Gil, le Québécois est plus que jamais sa bête noire : « Comme je vous l'ai dit, l'incident de “Quand je joue” a été le déclencheur, mais il ne faut pas oublier qu'après il y a eu “Lili voulait aller danser” et “Cœur de rocker”. Ces chansons-là ont vendu des singles par milliers, ce qui ne lui était jamais arrivé avant, et elles ont donné à Julien une nouvelle jeunesse. A l'occasion de ses cinquante ans au Palais des Sports, un photographe voudra réunir ses auteurs sur la même photo. Quand Roda-Gil m'a vu arriver pour cette séance, il a plaqué sa main sur l'objectif et il est parti. » Plamondon se souvient aussi d'être tombé sur un article dans les colonnes du *Monde*, où Étienne Roda-Gil déclarait : « Quand j'entends “Cœur de rocker”, ça me fait vomir. »

Ni les déclarations d'Étienne Roda-Gil ni son extrême possessivité ne changent quoi que ce soit aux décisions de l'équipe de Julien Clerc, son agent en tête, qui va mettre en avant la chanson : « Je ne demande pas à la maison de clip pour “Femmes, je vous aime”, je préfère réserver ce budget pour “Lili voulait aller danser”. Serge Gainsbourg, à qui je l'avais fait entendre, a pressenti comme moi que ce serait un tube. Il était très impressionné par la musique de Julien, “un rock'n'roll aux accords originaux”, disait-il. Nous avons quand même sorti “Femmes, je vous aime” dont le single s’est écoulé à 100 000 exemplaires. Dans un deuxième temps, nous avons sorti “Lili voulait aller danser” et là, il s’en est vendu 600 000. »

Depuis quelques années, au sein d’Artmedia Variétés, une jeune femme a été embauchée au titre de petite main : elle s’appelle Rose Léandri. Bertrand de Labbey a engagé cette Corse qui a fait escale à Nice pour suivre des études de lettres d’où elle s’est échappée juste avant de valider sa deuxième année. Elle monte à Paris pour travailler dans l’édition avant d’intégrer l’équipe réduite de Bertrand de Labbey, sous l’autorité de Gérard Lebovici. Elle y apprend tout, des écritures comptables aux reversements de droits d’auteur – essentiellement pour les Québécois Beau Dommage et Robert Charlebois. Rose Léandri fait réellement ses armes en organisant les tournées de l’humoriste Zouc et de Jacques Villeret. Elle saisit les finesses du métier en autodidacte. Serge Lama est le premier à monter sur la scène du Palais des Congrès de Paris en 1975, cette salle destinée aux conférences. Puis ce sera au tour de Maxime Le Forestier et de Léo Ferré. À cette époque, le puissant Roland Hubert gère les tournées des artistes d’Artmedia. Il aura régné sur la production des spectacles durant les années 70 et 80. La pugnace Rose Léandri va les récupérer sans tarder pour les gérer en interne. « J’étais toute jeune, je débutais dans la profession, me confie-t-elle. Dans nos bureaux, je voyais passer Julien qui ne me regardait même pas. Il était si distant que c’en était vexant. J’ai commencé à travailler pour lui sur la tournée qui a suivi le Palais des Congrès, bouchant les trous dans les villes que Roland Hubert ne travaillait pas. Je tannais les jeunes producteurs de province, je me battais, je me devais de réussir. Julien a vite vu la différence avec les tournées bien rodées mais classiques de Roland Hubert. C'est ainsi que j'ai commencé à travailler avec lui. J'ai compris après que s'il ne me regardait pas au début, c'est qu'il est d'un naturel réservé, un peu fermé même. Je pense qu'il est d'une grande timidité, cependant, quand il donne sa confiance, il la donne vraiment. Et puis, il faut savoir que la scène est la seule et vraie drogue pour lui. Il en est dépendant. »

À la recherche d'une grande salle à une époque où les Zéniths n'existent pas encore, Rose Léandri a l'idée du chapiteau de Pantin. « C'était la première fois que je travaillais pleinement pour Julien, sans Roland Hubert cette fois, raconte-t-elle. J'avais réservé ce chapiteau car nous n'avions pas de grandes salles à l'époque. À Paris, le chapiteau existait, mais il a fallu en faire monter dans des grandes villes de France. Cela avait été lourd à organiser, mais cette série de concerts avait propulsé Julien scéniquement. » Elle le réserve du 22 février au 27 mars 1983. C'est ici que l'artiste interprète entre autres son dernier 45 tours, du pur Plamondon intitulé « Cœur de rocker » – il ne figurera sur aucun album. Cinq semaines à guichets fermés, soit 5 000 personnes par soir. Un triomphe.

Au mois de septembre 1983, Julien Clerc fait un crochet par la banlieue parisienne : à la Fête de l'Humanité, qui se tient traditionnellement au Parc de La Courneuve, où il partage la scène avec Robert Charlebois. De leur amitié était déjà né dix ans plus tôt, à l'occasion d'un *Top à Julien Clerc*, un duo télévisé au second degré réjouissant, où les deux compères en chemise de satin, séparés par un gros cactus en plastique, interprètent « Concepción » de Charlebois. « Julien était mon ami depuis ses débuts, avant *Hair*, il était déjà présent lors de mon premier Olympia, m'explique Robert Charlebois. Nous avions comme amis communs Marie-France Brière et Bertrand de Labbey, et faisions partie de la même bande avec Souchon et Voulzy, dont le ciment a toujours été David McNeil. Julien est fidèle en amitié. Dans mon rôle de père, je ne lui arrive pas à la cheville. Julien est un bon chanteur, un bon musicien ; nous ne formons pas une chapelle, mais une famille. Il est souvent venu chez moi, j'ai connu toutes ses femmes depuis France Gall. J'en ai vu défiler, contrairement à moi : ça fait trente-sept ans que je suis avec la même femme, on s'entend bien depuis trois semaines !

« La veille de cette Fête de l'Huma en 1983, un Boeing sud-coréen était tombé. Les organisateurs du festival nous avaient demandé de ne pas en parler. Faut jamais me dire ça. Au beau milieu de “J'veux de l'amour”, je fais signe à mes musiciens d'arrêter – ce n'était pas prévu. Je n'ai pas averti Julien que j'allais demander une minute de silence. Il arrive de sa loge en courant et il se met au garde à vous. Il y avait au moins 100 000 personnes. Après, on a chanté ensemble et c'était extraordinaire. »

La tournée qui a suivi les concerts au chapiteau de Pantin se serait mieux passée si l'artiste n'avait pas tant souffert vocalement. « Je termine chaque soir avec "L'Hymne à l'amour" que je chante très mal », concède Julien Clerc. La cocaïne a indéniablement attaqué ses cordes vocales, Bertrand de Labbey est là pour lui conseiller de prendre quelques cours de chant. « Je trouvais qu'il était inégal sur scène et il a suffi que je lui fasse entendre un enregistrement d'un de ses derniers concerts pour qu'il le comprenne, raconte-t-il. Sans en abuser et sans se détruire parce qu'il a un instinct de conservation exceptionnel, il prenait de la drogue. Comme il est perfectionniste, plutôt que de lui dire qu'il se faisait du mal, je lui ai glissé qu'il chantait moins bien. Comme beaucoup de ses confrères, il se faisait prescrire des piqûres de cortisone pour doper la voix. J'en avais parlé à ma femme, Marcia, qui m'avait raconté que son ex-mari, Claude Nougaro, avait pris des cours de chant à la cinquantaine. C'est avec mille et une précautions, dans mes petits souliers, que j'ai soufflé à Julien l'idée d'en prendre à son tour. Une fois de plus, au lieu de me dire de m'occuper de mes affaires, il a positivé en me répondant qu'il allait y penser. Comme il est excessif, il s'est épris de cette technique que son professeur de chant lui a inculquée. À tel point que nous avons dû lui dire, Rose Léandri et moi-même, qu'il ne passait plus d'émotion dans sa voix, il l'avait perdue en route. Il était allé trop loin. »

Sur les recommandations d'un médecin, Julien Clerc prend rendez-vous avec Mme Charlot, le coach vocal de bien des chanteurs, dont Johnny Hallyday, Michel Sardou et Eddy Mitchell. « Le rythme des tournées, mon manque de technique et la drogue m'avaient fait régresser vocalement à force de trop tirer sur la corde, raconte-t-il. Je m'étais mis à chanter en force.

« J'ai arrêté la cocaïne et débuté les cours avec Mme Charlot qui a tout repris à zéro. Il en a fallu du temps pour que je recouvre la légèreté dans le chant que j'avais au début de ma carrière ! Elle considérait que je chantais très bien à cette époque, son objectif était de me remettre à ce niveau-là.

« À mes débuts, je chantais de manière instinctive. À un moment donné, peut-être qu'à cause de la répétition des efforts je ne chantais pas toujours dans une bonne position. J'étais doué, mais sans avoir vraiment travaillé. Au fil du temps, j'ai perdu de ma souplesse. La voix est un muscle, il faut l'exercer sinon on plafonne.

« Mon vibrato peut être une facilité quand il est outré. C'est un artifice pour masquer une faiblesse. Avec la technique de Mme Charlot, j'ai aussitôt compris le mauvais côté du vibrato, celui qui échappe à mon contrôle. Jamais je ne parviendrai à chanter comme João Gilberto et tous ces Brésiliens qui en sont dépourvus et savent dessiner une note toute droite. Jamais je ne pourrais interpréter cette musique brésilienne, le répertoire de Chet Baker ou encore de James Taylor que j'aime tant. Ce n'est pas dans ma nature de chanter comme un hautbois.

« La voix touche à la psychologie, j'en suis convaincu : la connaître est un moyen de se connaître soi-même.

Mme Charlot était capable de dresser votre portrait rien qu'en analysant votre voix. Les artistes lyriques la travaillent quotidiennement, plusieurs heures durant. Notre répertoire est moins exigeant et puis notre propos n'est pas tant la technique que le sentiment – le *feeling* comme disent les Anglo-Saxons –, ce qui ne m'empêche pas de composer des mélodies parfois compliquées sur le plan des tonalités, des nuances entre un couplet bas et des refrains qui s'envolent et m'obligent à m'appliquer techniquement.

« Le chant consiste à se mettre sur des positions, sur le diaphragme. Si on se place mal un jour sur un morceau, cette position reste imprimée dans notre mémoire pour le reste de notre carrière. Il est souvent préférable pour moi d'interpréter des chansons récentes car, sur certaines anciennes, je me suis si mal placé au début que j'ai du mal à rétablir la situation.

« Lors de nos premières séances, je ne comprenais pas ce que Mme Charlot me demandait. Je n'arrivais pas à appliquer sa méthode, je ne le ressentais pas (l'élève consciencieux que je suis ne parvient pas toujours à ses fins), alors que j'étais dans un domaine que je pensais maîtriser.

« Mme Charlot avait une réputation de peau de vache auprès de ses élèves ; avec moi elle était adorable. Des années après notre rencontre, elle m'a avoué : “Si j'étais si douce avec vous, c'est que j'ai compris dès les premières séances que vous étiez sauvage, vous pouviez très bien ne jamais revenir.” Effectivement, je me suis demandé si j'allais poursuivre et puis, petit à petit, je lui ai fait confiance.

« Dès le premier cours, elle m'a demandé de poser ma main sur son thorax – ça commençait bien ! J'obéissais tout en trouvant ses exercices souvent très embarrassants, à la limite de l'humiliation quand il fallait imiter le bébé qui crie ou la femme qui accouche.

« Elle m'avait promis : “Un jour, vous ne chaufferez plus votre voix, vous ne ferez plus de vocalises. On vous dira d'entrer sur scène, vous entrerez et vous chanterez en souriant.” Je ne la croyais pas. Comme j'ai un côté psychorigide, je ne voyais pas comment je pourrais me passer de mon échauffement habituel. Avant de monter sur scène, je vocalisais une heure durant, à raison de deux fois vingt minutes en m'arrêtant une demi-heure. C'était le seul moyen d'avoir confiance en moi.

« Mme Charlot n'a malheureusement pas vécu assez longtemps pour constater qu'elle avait raison. Sur la tournée qui a suivi *Double Enfance*, j'ai composé l'album suivant en grande partie dans ma loge, sur le clavier que je me fais toujours installer justement pour chauffer ma voix. Aujourd'hui, fini les vocalises.

« Grâce à Mme Charlot, je suis entré dans une nouvelle ère. Il y a eu un temps de réflexion de ma part, je n'ai vraiment suivi ses conseils qu'après sa mort. Elle m'avait fait comprendre ce qu'étaient le vibrato et ses nuances et, dès lors, j'ai mieux chanté.

« Mme Charlot me manque, j'aimerais tant qu'elle m'entende aujourd'hui. Je me souviens qu'elle avait des fous rires durant nos séances parce que je passais pour quelqu'un de dur, d'exigeant, pourtant avec elle je trichais souvent et, avec son oreille si précise, elle l'entendait. Normalement, j'aurais dû ressentir des douleurs en sortant de chez elle, ce n'était pas le cas. Quand elle me demandait un *fa*, je disais que je n'y arrivais pas, elle mourait de rire. "Ah, les îles !" disait-elle, pour souligner mon côté paresseux. Ma note la plus élevée est un *la*, ce qui est déjà très haut. Durant la tournée de 2009, je la sortais encore. J'avais fait un choix de chansons où cette note revenait à plusieurs reprises et pas toujours de la même manière – quelques fois en force, comme dans "Je voyage".

« Lorsqu'on est fatigué vocalement, on se rattrape sur ce qui est le plus difficile, c'est-à-dire les aigus. Quand je chantais doucement, elle disait que c'était comme "une main de fer dans un gant de velours". Le travail intérieur permet de sortir les sons les plus hauts grâce au diaphragme tendu. Plus la note est aiguë, poétique, jolie, plus elle demande de travail intérieur.

« Si personne n'a remplacé Mme Charlot dans ma vie, c'est que je crois avoir compris ce qu'elle attendait de moi. Quand le docteur qui m'avait conseillé de faire appel à elle est venu me voir sur la tournée de 2009, il m'a dit qu'il avait entendu de nouveaux aigus. Il a ajouté : "Mais vous n'avez pas encore totalement basculé." Cela m'a agacé qu'il emploie ce terme qu'elle utilisait souvent. Cette bascule, les chanteurs lyriques la font couramment. Cela signifie que, tout à coup, nous atteignons ce que jamais nous n'aurions pensé atteindre. Y arriverai-je un jour ?

« Pour l'instant, j'interprète encore les chansons que je chantais à l'âge de vingt ou trente ans sans baisser leur tonalité – j'espère ne jamais avoir à m'y résoudre. En toute logique, la voix suit le reste du corps (je parle d'âge), mais je me demande si, avec du travail, il ne me serait pas possible de vaincre ce qui semble être une fatalité. Je vais lutter de toutes mes forces. Lors d'une séance, nous en avions parlé avec Mme Charlot qui m'avait vivement conseillé de faire attention à mes aigus. Elle me l'a tellement rabâché que c'est devenu une priorité pour moi. Si je les abandonnais, cela signifierait que j'aurais lâché prise. »

Le moment est venu pour Julien Clerc d'enregistrer son prochain album. Les séances ont lieu à Londres pour le disque *Aime-moi* qui sortira en novembre 1984, sous la houlette de Chris Neil. Les plumes de Luc Plamondon et de David McNeil côtoient celle de Gainsbourg avec « Amour consolation », un rock plein de trouvailles. De Jean-Loup Dabadie, « Tant d'amour » et « Respire », un autre rock de qualité, ce qui n'est pas le cas de « Y a plus de rock au Tennessee » de David McNeil, où l'on croirait entendre un vieux titre d'Eddy Mitchell. « Honnêtement, concède l'auteur, je ne savais pas quel chemin emprunter. »

C'est un disque important pour au moins une raison : elle porte le joli prénom de « Mélissa ». Julien Clerc a composé cette musique au rythme caraïbe comme par enchantement : « Sans support harmonique, j'ai trouvé le gimmick en fredonnant puis je l'ai achevée au piano. » Il la confie à David McNeil, un nouvel auteur qui ne quittera plus – ou rarement – son répertoire.

Né aux États-Unis, fils du peintre Chagall auquel il a consacré un récit, *Quelques pas dans les pas d'un ange*[1], McNeil est un artiste pluriel : écrivain, acteur, réalisateur, etc. Il a à son actif quelques morceaux d'anthologie : « Hollywood », « Couleurs », « Nostalgie d'Angie » pour Yves Montand ; « Casablanca » et « Normandie Lusitania » pour Alain Souchon. Il a aussi été chanté par d'autres artistes reconnus tels que Robert Charlebois, Renaud, Jacques Dutronc, Sacha Distel, Laurent Voulzy et même Catherine Deneuve. David McNeil et Julien Clerc se seraient croisés la première fois à l'Hippodrome de Pantin à l'occasion d'un concert au profit d'Amnesty International. Outre eux deux s'y succédaient, ce soir du 26 octobre 1981, Serge Gainsbourg, Bernard Lavilliers, Anna Prucnal et Guy Bedos entre autres. En attendant d'être appelés sur scène, Clerc et McNeil s'évadent des coulisses pour aller visiter la loge roulotte de Barbara qui se produisait sous ce chapiteau avec *Lily Passion*.

Dans son livre, *28 boulevard des Capucines*, il se souvient de ce 27 janvier 1997 où il a été à l'affiche de l'Olympia pour un concert unique. Son récit composé de souvenirs tourne autour de cette soirée pour lui mythique. Au fil de ce récit, il parle de cette roulotte comme d'un « endroit étrange, tout tapissé de noir, avec

1 Gallimard, 2003.

des chandeliers, des meubles anciens, je crois même qu'il y avait des oiseaux empaillés fixés aux parois[1] ».

Quelques mois plus tard, par hasard, Julien Clerc et McNeil dînent à quelques mètres l'un de l'autre dans un restaurant du quartier des Halles. McNeil apprécierait davantage le chanteur s'il n'avait pas si souvent inscrit à son répertoire le nom d'Étienne Roda-Gil dont il n'aime « ni les envolées lyriques, ni le bric-à-brac de ses allégories[2] ». McNeil hèle le serveur et lui demande de glisser un message au chanteur : « Si on faisait des chansons ensemble ? » La missive lui revient quelques minutes plus tard complétée d'un numéro de téléphone. David McNeil raconte que ce fut là la rencontre de deux timides. Les premiers temps, il juge Julien Clerc particulier, difficile à cerner. Il s'étonnera de voir le même homme totalement libéré sur la scène de Bercy, rassuré par la présence du public qui forme une marée humaine.

Leur collaboration débute avec « Angela » qui figure sur la face B du 45 tours de « La Fille aux bas nylon ». « Je trouvais très belle sa relation à Angèle, la fille de Patrick Dewaere, qu'il a fini par adopter, dit David McNeil. Julien est exceptionnel avec les enfants. Malheureusement, je trouve cette chanson un peu ratée, j'aurais pu faire plus simple. Il faut savoir qu'à ce moment-là je n'avais jamais écrit pour quelqu'un d'autre que moi-même. Je n'ai jamais réussi à le faire

1 Gallimard, 2012.
2 *Ibid.*

pour une femme, par exemple. Et puis, Julien et moi ne nous connaissions pas encore très bien. » Ils sortiront « Mélissa » plus tard en single, selon les instructions de l'équipe commerciale de Virgin. C'est donc d'abord « La Fille aux bas nylon » qui est mise en avant : Étienne Roda-Gil gronde en entendant ce rock cosigné Clerc/Roussel, sur un texte de Plamondon qui raconte une obsession. L'auteur historique de Julien Clerc, avec lequel il a rompu, n'en est pas friand, loin de là. « Quand on a chanté “La Fille de la véranda”, on ne chante pas “La Fille aux bas nylon” ! » répète-t-il à qui veut l'entendre. Julien Clerc ne peut être de cet avis, lui qui considère encore aujourd'hui qu'elle « compte parmi les bonnes chansons écrites avec Luc Plamondon ». « Même une critique assassine, ajoute-t-il, si elle est juste, peut m'arracher un sourire. “La Fille aux bas nylon” s'est fait descendre, surtout par des journalistes du réseau “roda-gilien”. J'aime aussi beaucoup le clip qu'a réalisé Jean-Pierre Jeunet, alors inconnu, dont Bertrand de Labbey avait tôt flairé le talent. D'ailleurs on voit s'y profiler l'esthétique du *Fabuleux Destin d'Amélie Poulain*. Plus tard, il réalisera aussi le clip d'“Hélène”. »

Enfin, « Mélissa » sort en single au mois de février 1985 et en face A, cette fois. Cette figure sensuelle a été inspirée à David McNeil par Robin Givens, la comédienne connue entre autres pour avoir été la fiancée du boxeur Mike Tyson. David McNeil la décrit en ces termes : « Une petite chanson au rythme antillais, façon Nothing Hill Gate, le quartier caraïbe du West End de Londres[1]. » McNeil est fou de reggae et des musiques des îles, découvertes lors d'un séjour à la Guadeloupe, mais c'est à la faveur d'un voyage à Ibiza avec son éditeur de livres pour enfants, Harlin Quist, que son regard se fige sur la silhouette d'une femme sous la douche. À son retour, il écrit l'histoire d'un homme peignant une métisse. Dans une première version, il écrit « Imiter Matisse » et « Peignez ma métisse ». Persuadé de tenir là une chanson potentiellement très populaire, Julien Clerc se dit gêné par ces références à l'artiste fauve : « C'était une chanson simple qui devait le rester. » Il demande à l'auteur de la rendre plus abordable, mais celui-ci ne partage pas son avis et propose de descendre dans la rue vérifier si le tout-venant connaît ou pas le nom de Matisse. Face aux regards ignorants des passants, il se résout à troquer « Imiter Matisse » par « Mater ma métisse ».

L'été arrive et David McNeil comprend que leur chanson remporte un certain succès quand il entend un barman la fredonner, puis de nouveau lors d'un bal du 14 Juillet à Lucèze où l'orchestre la joue spontanément. « Mélissa » est bien le tube de l'été 85. Dès l'année suivante, le mensuel féminin *Marie-Claire* révèle que plus de 6 000 petites filles ont été prénommées Mélissa, tout comme cette pucelle vivant nue pour le plaisir des hommes de l'île. Dans son livre, McNeil se souvient encore de sa stupéfaction en découvrant le montant des droits d'auteur que la chanson a générés : un million de francs.

---

1 *Ibid.*

« Mélissa » reste une chanson clé dans le répertoire de Julien Clerc, un moment de scène chaleureux aussi. « Elle m'a permis de rencontrer le grand public. Il était temps, me direz-vous ! Aussi, elle fait partie de celles qui touchent les gens de couleur : des Blacks de vingt ans me demandent des autographes pour leurs mères qui l'adorent. Elle reste donc incontournable à tel point qu'il m'est difficile de la retirer de mon tour de chant. Depuis sa création, elle ne m'a quasiment plus quitté.

« Les concerts sont des rendez-vous avec soi-même, le public aime y entendre ses chansons préférées (je suis pareil), cependant nous ne sommes pas toujours contraints de donner aux gens ce qu'ils attendent. Quand on a quatre ou cinq chansons qui voyagent dans la tête du public, on le sent immédiatement, rien que par le mouvement de la salle. Moi, j'ai "Mélissa", "Ma préférence", "Femmes, je vous aime" et "Ce n'est rien". »

Porté par « Mélissa », *Aime-moi* est un succès commercial et Julien Clerc entre dans l'histoire comme le premier chanteur français à se produire à Bercy. Il s'y installe du 24 avril au 5 mai 1985, soit douze jours, à raison de 13 000 personnes chaque soir. Sur scène, il bénéficie d'un décor à la mesure de cette vaste scène : une pyramide où il se tient au sommet. Il a par ailleurs soufflé à l'éclairagiste Jacques Rouveyrollis l'idée d'une vingtaine de poursuites. Au moment de chanter « Mélissa », une ribambelle de jeunes filles en boubou entrent sur scène pour reprendre en chœur le refrain. S'il conserve peu de souvenirs des préparatifs, il sait qu'il se trouvait au

Canada quand Rose Léandri lui a annoncé la bonne nouvelle : toutes les dates affichaient complet.

« Le disque était fort, le spectacle aussi, conclut-il. Cela m'amuserait de me produire de nouveau à Bercy, à condition d'élaborer un spectacle en conséquence. Cela dit, mon goût me porte vers des salles de capacité moyenne, j'aime le contact avec le public. Bercy est encore à taille humaine comparé au Stade de France qui est au-dessus de mes moyens, je l'avoue : j'aurais peur de me lancer dans pareille aventure, je me contente volontiers du Palais des Sports. Face à 10 000 personnes, il est encore possible de proposer un spectacle intimiste. Dans les stades, on ne doit pas se contenter de chanter son répertoire, il faut offrir une dimension spectaculaire, prévoir des écrans par exemple. »

Sur scène, habillé en Kenzo, Julien Clerc est accompagné d'un groupe anglais dirigé par Matt Clifford. Il peine chaque soir à maîtriser son trac : « L'homme de scène n'est pas tout à fait lui-même dans ces moments-là. Or, je suis de cette espèce. Non seulement je n'envisage pas de faire mon métier sans le spectacle vivant, mais ma vie d'artiste est jalonnée de scènes importantes. C'est pour moi chaque fois l'occasion de renaître, de prouver que j'existe toujours, de redécouvrir mon répertoire. Je peux reconnaître quelques erreurs sur mes disques, mais au fond c'est en concert que tout se passe. Sur scène, je pense que l'habit fait le moine : dès que je mets un pied dans la lumière, j'entre dans un personnage, je deviens un autre. »

Selon Bertrand de Labbey, Bercy était un pari particulièrement risqué : « Si nous n'avions pas eu "Mélissa", nous aurions souffert », lâche-t-il. Sur le terrain, Rose Léandri est assez sûre d'elle quand elle réserve la salle pour dix soirées consécutives : « Quand j'ai proposé à Julien de faire Bercy, il est tombé des nues, raconte-t-elle. J'avais réservé la salle avant de savoir si l'album allait marcher ou pas, le risque était considérable. Mais, à ce moment-là, je sentais que Julien était dans l'air du temps. Il se passait quelque chose d'indescriptible, d'indéfinissable. Le Palais Omnisports de Paris-Bercy avait inauguré depuis peu et aucun artiste français ne s'y était encore produit. Nous avions innové en demandant un slogan à une agence de communication qui avait trouvé : "Bercy est à Julien". La même équipe trouvera plus tard "La chetron sauvage" pour Renaud dont je produis également les spectacles. Pour Bercy, donc, nous avons eu la chance que "Mélissa" connaisse le succès à ce moment-là. J'étais très excitée par l'idée de produire Julien à Bercy et le public a tout de suite réagi puisque nous avons affiché complet avant de démarrer. Il n'y avait plus une seule place à vendre. Ce fut un challenge pour Julien, qui a été sublime sur scène. »

En coulisses, une toute jeune blonde qui répond au prénom de Virginie attend le chanteur. Il l'a rencontrée au château Bacon où il s'exerce depuis un certain temps au saut d'obstacles. Le père de Virginie, Emeric Coupérie, a reçu ce domaine en héritage : son ancêtre, Aurélien, y élevait déjà des chevaux. Au chapitre des aïeux de Virginie, en grimpant dans l'arbre généalogique du côté de la mère, on rencontre Gustave Eiffel. « La famille de Virginie est d'une petite aristocratie rurale côté paternel, raconte Julien Clerc. Son père, fermier, travaille à l'exploitation de sa propriété toute la semaine et participe à des concours hippiques le week-end avec sa femme. Quant à sa mère, elle est une des riches héritières françaises de naissance, qui aide son mari à la ferme et participe avec lui aux concours hippiques. Emeric faisait également commerce de chevaux difficiles à dresser qu'il parvenait à remettre dans le droit chemin. C'était un homme de cheval très accompli. »

Virginie monte à cheval depuis son plus jeune âge. Enfant, elle possédait son propre poney, Pompon, et elle a débuté la compétition vers l'âge de douze ans. Née en 1962, elle n'est encore qu'une adolescente quand Julien Clerc s'éprend d'elle, si bien que, le jour où il demande sa main à son père, Emeric Coupérie aurait lancé au prétendant : « Dire que je vous prenais pour un ami ! »

Pour la première fois de sa vie, Julien Clerc convole en justes noces : « Je n'avais jamais eu jusque-là l'idée de me marier, je n'en avais pas envie. Là, je l'ai fait. C'est malheureux de dire ça, mais j'ai pensé que là je pouvais me marier. Désolé, je n'ai pas eu d'autre motivation que celle-ci. »

Virginie Coupérie a vingt-deux ans, Julien Clerc trente-sept quand ils officialisent leur union le 14 septembre 1985. Le mariage a lieu à Pino, au Cap Corse, le village de ses grands-parents. À 17 heures, après la cérémonie civile orchestrée par le maire, M. Orsatelli, des coups de canon résonnent, annonçant l'arrivée des époux en l'église Santa Maria Assunta, bâtie au XVIIIe siècle. La mariée, en robe Lagerfeld pour Chanel, est conduite à l'autel par son frère Philippe tandis que Julien Clerc, en Kenzo, s'avance au bras d'Évelyne, sa mère. Julien a choisi Dominique Lavanant et Bertrand de Labbey pour témoins. Vingt-cinq ans après sa communion solennelle, il fait son grand retour à l'église. La cérémonie religieuse ? « C'était joli, la *Messe* de Mozart a été interprétée par la chorale de Bastia », marmonne-t-il, pressé que je cesse de le questionner sur ce sujet. Il poursuit à contrecœur : « Le mariage ? Je me suis fait avoir par le concept : une famille adverse très pieuse, qui allait à la messe tous les dimanches – souvent en retard – et à la messe de minuit à Noël. Et, comme j'aime que les choses soient bien faites, je suis allé au bout. Nous nous sommes donc mariés à l'église puisque la famille de Virginie est assez pratiquante, contrairement à la mienne. J'appartiens à une culture judéo-chrétienne, il y a dans les cérémonies religieuses de temps en temps un spectacle qui me touche, mais spirituellement je ne ressens rien. Je n'ai aucun sens religieux. Dans une église, je peux être touché par la religiosité, par les croyants, et je respecte tout à fait cela, mais je reste antireligieux, agnostique ou athée. Je crois en mère nature, en la bonté des hommes. »

Vingt-cinq gardes du corps assurent le service d'ordre autour des quatre-vingts invités qui se retrouveront ensuite pour le dîner au château Piccioni-Coupérie, dont Maxime Le Forestier, Michel Blanc, Martin Lamotte,

Robert Charlebois, Jean-Loup Dabadie ou David McNeil. Au menu, charcuterie corse, tartelette aux herbes, langoustes grillées, le tout arrosé d'un vin de pays. Le marié s'est changé, il porte à présent un pantalon gris pâle surmonté d'un spencer. Au milieu de la nuit, il chantera quelques chansons, mais avant cela, aux alentours de minuit, une centaine d'habitants de Pino, triés sur le volet par le maire, seront invités le temps d'un bal animé par les Corsica, un orchestre du coin.

Contre toute attente et en dépit des propos qu'il tient sur sa vie privée qu'il souhaite préserver, l'artiste a accepté la proposition de *Paris Match* de photographier son mariage : il fera la une du magazine people. « Parce qu'on nous l'a proposé », me répond simplement un Julien Clerc empêtré dans ses contradictions. Il poursuit : « À cette époque de ma vie, je savais moins dire non qu'aujourd'hui. Mais après, quand je relisais ces pages, j'étais gêné. Une part de moi se disait qu'il n'y a pas de mal à exposer la femme que j'aime – puisqu'on me le demande. L'autre part de moi-même n'en avait aucune envie. »

À cette période, quand on demande au père de Julien Clerc s'il a des nouvelles de son fils, le normalien répond : « Il est en phase de coupérisation active. » Paul Leclerc a visé juste : le chanteur, qui passe pour le gendre idéal, colle parfaitement à sa réputation, lui qui s'est toujours fondu dans ses belles-familles successives. En l'occurrence, cela passe par l'équitation, un sport dans lequel il se jette à corps perdu.

Julien Clerc acquiert son premier cheval quand il vit avec Miou-Miou. Pour l'un de ses anniversaires, la comédienne lui a offert Vagabond, un personnage important dans la vie du cavalier. « Nous étions allés le chercher chez son propriétaire, un ancien militaire, raconte-t-il. Je n'étais jamais monté à cheval de ma vie, mais je devais en avoir envie parce que j'avais trouvé le cadeau superbe. Aussi, j'avais déjà acquis des poneys landais du temps de la Métairie-Bruyère pour le seul plaisir de les regarder galoper devant la maison les soirées d'été, quand le ciel prend ses plus belles couleurs. J'en avais également acheté un d'attelage, avec lequel j'allais faire mes courses au village. Miou-Miou a dû se dire qu'il fallait que je pousse plus loin ma passion naissante.

« J'ai passé de merveilleux moments en compagnie de Vagabond. Je ne saurais dire s'il était beau (il avait un gros genou), mais il était incroyablement médium. Il a senti d'emblée qu'il avait un cavalier inconscient sur le dos. Rendez-vous compte : je partais en balade avec lui et quand je voyais un fil électrique tendu en clôture, je sautais. Les chevaux ont une très mauvaise vue, c'est la dernière chose à faire ! Moi, je ne m'en privais pas, puisqu'on se baignait même ensemble dans l'étang. Il devait se dire : l'autre, là-haut, il est cinglé. Mes premières balades étaient à mourir de rire parce qu'il arrivait que le cheval se mette au galop et, comme je ne tenais pas dessus, je trouvais un truc suffisamment épais pour amortir ma chute. Je me laissais tomber. Vagabond rentrait seul à l'écurie tandis que moi j'avançais, comme dans les bandes dessinées, en me tenant le bas du dos. Nous nous sommes bien amusés tous les deux.

« À la mort de Vagabond, j'ai acheté deux autres chevaux, mais ce n'était plus pareil. Je me suis lancé dans ces achats au contact des Coupérie et, par pur mimétisme, je me suis également inscrit à des concours hippiques. J'ai voulu là encore pousser plus loin cette passion en me frottant à l'art équestre. J'ai travaillé, pris des cours, mais je n'ai jamais été aussi heureux à cheval qu'en liberté avec Vagabond. Quand j'ai commencé à gamberger, tout est allé de travers à tel point que je suis devenu abruti. À mesure que je progressais, l'aspect joyeux de la promenade disparaissait, j'en suis arrivé à faire des promenades uniquement pour le plaisir de mes chevaux. Après leur avoir fait faire des ronds et des épaules en dedans, la promenade les détendait. Moi, je voulais apprendre, toujours apprendre, alors qu'au fond j'étais fait pour l'équitation d'extérieur. J'aurais dû écouter le père Lavolé qui prétendait qu'il montait très mal, uniquement pour la chasse à courre. Avec le cheval qui a succédé à Vagabond, j'allais lui rendre visite dans la Puisaye, en une heure, par des petits chemins. Je dînais chez lui, écoutant de tout mon saoul ses histoires paysannes du XIXe siècle, puis je repartais à la lune. À l'époque, je lisais *Louisiane* de Maurice Denuzière et je trouvais que ce petit coin de Puisaye avait quelque chose à voir avec la Louisiane, ses étangs, son climat chaud et humide.

« Après Vagabond, j'ai donc acheté aux Coupérie une jument, Quille, avec laquelle j'ai participé à mes premiers concours hippiques. Là encore, je n'y connaissais rien, mais ma jument avait un sacré mental – ou alors elle voulait se débarrasser de moi le plus vite possible. Au début, j'ai eu l'intelligence de concourir dans des catégories qui correspondaient à mon niveau. Ce qui m'amusait, naturellement, c'était de gagner et Quille était une battante. Donc j'y parvenais, je me classais, c'était encore ludique. Il y a énormément de monde dans ces compétitions amateurs, entre cent cinquante et deux cents personnes, dont pas mal d'adolescentes. Je me mettais doublement la pression. D'abord parce que je voulais gagner, ensuite parce que tout le monde me reconnaissait même si je m'inscrivais sous le nom de M. Leclerc.

« Pour ces concours, vous arrivez sur le site à l'aube, afin de reconnaître les lieux et apprendre le parcours, et là on vous annonce que vous portez le dossard 110, ce qui promet une longue attente. Et puis, en moins d'une minute et demie, votre sort est réglé. Vous avez attendu tout ce temps pour être éliminé à cause d'un arrêt ou deux ou pour avoir fait tomber des barres. Cela m'aura au moins permis de découvrir que la banlieue parisienne, dans un rayon de quatre-vingts kilomètres, est très belle, surtout la Seine-et-Marne : de Fontainebleau à Rambouillet.

« Jusqu'au jour où j'ai décidé de monter la barre plus haut, trop haut pour moi et tout est devenu plus compliqué. J'ai perdu le contrôle, je me suis entêté et j'ai commencé à souffrir. Un de mes amis, celui qui me fera aimer le bateau plus tard, m'a avoué que j'étais devenu complètement abruti. Quand il m'appelait le lundi matin, il savait au son de ma voix si j'avais gagné ou pas durant le week-end. Cela a duré plus de cinq ans. C'est prenant le cheval, on devient vite obnubilé par la technique, on rêve de devenir un homme cheval. Jean Rochefort m'avait prévenu, il m'avait dit qu'il avait à moitié abandonné son métier pour se consacrer aux chevaux. Moi, Dieu merci, j'ai arrêté et cela m'a libéré.

« L'équitation m'aura appris à canaliser mes émotions. On n'obtient rien d'un cheval par la force : il faut de la fermeté tout en communiquant du plaisir. »

En 1987, l'album *Les Aventures à l'eau* amorce la fin de la période rock. Pour la première fois, une femme fait son entrée dans le répertoire exclusivement masculin de Julien Clerc. Elle signe trois chansons : « Pour qui tu te prends », « Appel urgent » et « Mon ange ». Cette dernière, qui tirera son épingle du jeu, a son histoire propre. Dans un premier temps, la mélodie a été confiée à Luc Plamondon : « J'avais écrit un texte intitulé “Du chaud sous ta peau”, mais il n'a pas convaincu Julien. Je pense qu'à un moment donné Bertrand et Julien ont un peu joué à envoyer la même musique à plusieurs auteurs. Ça ne me choque pas. »

Françoise Hardy me raconte à son tour comment elle en est venue à écrire ces premières chansons pour Julien Clerc : « C'était tout simplement une idée de Bertrand de Labbey que je connais depuis toujours et qui a souvent semblé apprécier ce que je fais. À l'époque, mes relations avec Julien Clerc étaient amicales mais distantes. J'avais en permanence l'impression de lui faire peur et que cela était dû à ma franchise excessive, à mes gaffes, alors que lui-même est tellement civilisé et garde ce qu'il pense pour lui. De mon côté, j'ai toujours été admirative non seulement du chanteur et du compositeur exceptionnels qu'il est, mais aussi de l'homme hyper responsable qui allait chercher ses enfants à l'école ou qui, toute sa vie, a pris des cours de chant pour améliorer sa façon d'utiliser la voix magnifique dont la nature l'a doté. Julien Clerc est un immense mélodiste qui a su s'entourer de paroliers à l'écriture originale. Une écriture souvent lyrique, parfaite pour ce chanteur à voix au timbre reconnaissable entre tous. J'adorais certaines chansons du début telles que “Les Vendredis”, mais aussi “Des larmes sucrées”, “4 heures du matin”. “Ma préférence” est l'une des chansons de Julien les plus intemporelles dont personne ne se lassera jamais. J'adore aussi “Tant d'amour”, un bijou méconnu, mais je pourrais en citer des dizaines d'autres... J'ai tous ses disques. »

Les Aventures à l'eau contient également « Blonde et en colère » et « Style ming » que dominent les synthétiseurs, deux chansons périssables de Jean-Loup Dabadie. David McNeil, en fils de peintre, a imaginé un texte très réussi sur la peinture à l'eau et la peinture à l'huile : « Moi, j'veux des tableaux/Comme peignait Pablo/Les peintures à l'huile/C'est plus difficile/Mais plus beau/Bien plus beau que les aventures à l'eau. » Dommage que l'interprétation de Julien Clerc soit un brin trop solennelle. « Pour la première fois, confesse David McNeil, je me suis laissé aller au lyrisme pour cette chanson où je compare les différentes techniques picturales pour évoquer une histoire d'amour. »

Avec « Hélène », on sent que David McNeil et Julien Clerc ont cherché à reproduire la magie de « Mélissa ». « J'ai écrit ce texte sur la musique de Julien, raconte l'auteur. Aujourd'hui encore nous pensons que nous n'aurions pas dû faire cette chanson qui, en effet, rappelle trop "Mélissa". » Enfin, Luc Plamondon signe « Les Robots qui dansent » et « L'Enfant au Walkman », sa sortie de route. À l'évidence, l'auteur québécois a fait son temps. « "L'Enfant au Walkman" est une chanson qui divise, reconnaît Luc Plamondon. Quelqu'un m'avait dit qu'on ne pouvait pas mettre le mot "Walkman" pour Julien. Mais j'y avais déjà mis "rocker" et "ketchup" ! Pour cette chanson, il y a eu une collaboration intéressante avec Jean Roussel qui a été l'orchestrateur et l'arrangeur de tous les disques de Cat Stevens et l'arrangeur et l'accompagnateur du groupe Police. Un excellent musicien doté d'une rythmique extraordinaire. Il a cosigné les musiques de "La Fille aux bas nylon" et de "L'Enfant au Walkman". Nous n'étions plus seulement dans le rock mais aussi dans la musique électronique dont Roussel était le roi. Dans les deux cas, Julien a plutôt fait la mélodie et Roussel la construction harmonique et rythmique. » Bertrand de Labbey a souhaité de lui d'autres chansons et se dit, aujourd'hui encore, ravi de « L'Enfant au Walkman » qu'il considérait alors comme un vrai sujet de société, avec ce baladeur qui allait bientôt devenir l'objet phare des adolescents. « Le public a refusé ces chansons, explique-t-il. Nous sommes allés trop loin. C'est moi qui ai souhaité fermer la parenthèse rock de Julien (il pense que c'est venu de lui, faites-moi penser à lui dire la vérité un de ces jours). On ne peut pas me reprocher d'avoir anticipé et cherché le renouveau chaque fois, juste avant le déclin. Je pense qu'un compositeur se répète ; si la prosodie change, la musique aussi. De fait. Cela reste à mon actif, en revanche je plaide coupable d'avoir demandé à certains auteurs la chanson de trop. Mais rien ne vous indique l'essoufflement et s'il existait un indicateur, dans ce cas nous aurions arrêté avec Roda-Gil plus tôt et c'eût été dommage, nous serions passés à côté de chansons admirables. Je n'ai donc aucun regret pour "L'Enfant au Walkman". »

Quoi qu'il en soit, malgré de bonnes chansons, il reste de cet enregistrement un sentiment confus, la faute aux arrangements de Jean-Alain Roussel et Matt Clifford.

Julien Clerc se produit pendant un mois et demi au Grand Rex, en 1987. Mme Charlot est dans les loges, qui fait travailler son élève tous les soirs à 18 heures. Pendant le concert, elle s'assied près du preneur de son, griffonnant des notes pour dresser un bilan à son élève dès le lendemain.

Dans la salle, au soir de la première, le président Mitterrand, dont Julien Clerc est assez proche, est là, accompagné d'une jeune fille. Le chanteur ne comprendra qu'à la fin de la vie du président socialiste qu'il s'agissait de Mazarine Pingeot, son enfant cachée.

Durant la tournée, Virginie et Julien Clerc donnent naissance à Vanille, le 20 mars 1988, dont le parrain est David McNeil.

Richard Branson avait fait miroiter à Julien Clerc l'opportunité d'une carrière internationale : avec la même pochette, le disque *Les Aventures à l'eau* sort en anglais sous le titre *There Is No Distance*, produit par Mike Howlett. Une aventure. Julien Clerc n'est pas près de l'oublier : « Je devais chanter les mêmes chansons en français qu'en anglais, sauf que les textes, une fois adaptés, ne racontaient pas les mêmes histoires. J'avais demandé à mes auteurs de faire un sacrifice financier, autrement dit de renoncer à une partie de leurs droits d'auteur, ce qui reste pour moi une expérience douloureuse. Certains avaient accepté par amitié, d'autres avaient refusé obstinément, dont Luc Plamondon. J'ai dû aller d'urgence au Québec pour le convaincre, lors d'une promenade au bord d'un lac où il possède un chalet. Il a fini par céder, mais sur le principe il avait raison : ces chansons avaient été écrites en français par des Français, donc l'auteur anglais ne méritait pas plus qu'une part d'adaptateur.

« L'enregistrement fut difficile car je devais essayer de bien prononcer le "*mid Atlantic accent*", que Mike essayait de m'inculquer et qui m'aurait rendu audible pour des oreilles anglophones.

« C'était bien de faire ce disque en deux langues, c'était une bonne leçon, une bonne fessée qui m'aura appris que j'étais exclusivement un artiste français. Je suis parti pour New York où je devais rencontrer un cador, Klark Davis, qui m'a fait passer une audition. En écoutant mes chansons, il m'a dit que ce disque serait un de mes plus grands succès, mais qu'il n'avait pas de quoi séduire le public américain. J'ai bien appris à connaître les Anglo-Saxons, je sais à quel point il est compliqué d'avoir des chansons capables de pénétrer leur marché. Le rayonnement limité de la chanson française fait qu'il est certainement plus difficile aujourd'hui d'avoir un répertoire adapté aux Anglo-Saxons. L'époque glorieuse d'Édith Piaf, de Gilbert Bécaud et de Charles Aznavour est révolue. Les artistes français les intéressent moins que par le passé, ils sont dans une telle situation de supériorité économique ! J'ai eu un énorme succès en Hollande avec "This Melody", ce qui m'a permis de durer là-bas. En revanche, quand je suis arrivé aux États-Unis, j'ai vu que le marché de la chanson française se rétrécissait. Je n'ai donc pas connu ce succès planétaire qui est sans commune mesure avec une carrière en France, tant au niveau de l'argent que de l'ego. »

En dépit des succès rencontrés au cours de cette décennie, on imagine bien Bertrand de Labbey annonçant à son artiste que le temps est venu d'opérer un recentrage. En effet : « Il fallait que je le ramène à ce qu'il était : un chanteur relativement classique avec un univers original et non pas un rocker. »

9

Étienne

Au début des années 90, Julien Clerc a perdu l'une de ses plumes les plus précieuses en coupant les ponts avec Étienne Roda-Gil. Il n'a désormais plus recours non plus à son autre auteur historique. Maurice Vallet quitte son répertoire comme il y est entré : en ami, et en beauté.

« Quand je parcours le livret de ce disque, je me dis que nous devions être en quête d'auteurs nouveaux », constate Julien Clerc. En effet, Bertrand de Labbey et son artiste n'ont conservé qu'un seul de leurs auteurs habituels, David McNeil, qui écrit « Échafaudages ». Ils mettent de nouvelles signatures à l'épreuve, notamment celle de Jean-Louis Bergheaud, mieux connu sous le nom de Murat, lequel réalise une prouesse avec « Le Verrou », l'occasion pour Julien Clerc d'accomplir une nouvelle performance vocale. Thierry Séchan, écrivain et frère de Renaud, écrit « Fille du feu », mais c'est Jean-Claude Vannier, auteur-compositeur-interprète et arrangeur (de *Terre de France*, en l'occurrence), qui domine le tout avec quatre textes : « Le Chiendent », « Gare à la casse », « Petit Joseph » et « Petits pois lardons », dont on se demande s'il ne s'agit pas d'une bonne blague : « Elle faisait chauffer au feu de bois/Des petits pois/Il faisait cuire sur des tisons/Des tas de lardons. » Cette dernière, pour le moins déroutante dans le contexte d'un répertoire aux accents poético-sentimentaux, fera parler d'elle mais en négatif. Julien Clerc convient aujourd'hui de sa particularité et s'en explique : « Pour nous, c'était un clin d'œil au "Débit de l'eau, débit de lait" de Charles Trenet. Je suis certain que si Vannier l'avait lui-même interprétée, ce serait très bien passé. Venant de moi, elle a déclenché des réactions grotesques et d'une violence extrême que je n'ai jamais comprises. »

Plus en phase avec sa tonalité habituelle, « Fais-moi une place » donne son titre à l'album. Françoise Hardy passe chez le compositeur, un duplex meublé Art déco de l'avenue Bugeaud, dans le XVIe arrondissement. Il lui fait entendre plusieurs mélodies, mais ne récolte en retour que des soupirs d'impatiente, d'agacement. Elle finit par lui annoncer que, décidément, rien ne la séduit dans ce qu'il vient de lui jouer au piano. « Ce qu'il m'a fait entendre n'avait vraiment aucun intérêt ! » répétera-t-elle en privé comme en public, avec son franc-parler légendaire et blessant. « Françoise fait partie de ces gens qui pensent que toute vérité est bonne à dire », s'amuse Julien Clerc. Au moment où, bredouille, elle s'apprête à le quitter, il fait une dernière tentative. Coup de chance, cette musique-là lui plaît. Il lui confie une cassette sur laquelle il l'a enregistrée et, quelques jours plus tard, il reçoit en retour par courrier la même cassette avec ses paroles qu'elle interprète sur la mélodie. Le pli contient un mot, une précision ou plutôt une injonction : ne rien y changer, pas un mot, pas une virgule. Elle ne retravaillera pas. Ainsi est née « Fais-moi une place », un texte typique de l'univers de Françoise Hardy, une ballade mélancolique en diable avec cette montée en puissance caractéristique du compositeur. Son auteur avouera à la presse qu'elle regrette que l'arrangeur n'y ait pas ajouté davantage de cordes. En sortant du Palais des Congrès où il a ses habitudes, Charles Aznavour, venu assister au concert symphonique de Julien Clerc, me dira que, de toutes ses chansons, c'est celle qu'il préfère.

À la toute fin de la récolte de textes, parce qu'il reste une musique orpheline, il appelle son ami Maurice Vallet. Justement, celui-ci a écrit « Le Nouveau Big-bang », des paroles dont il n'est pas peu fier. « Par miracle, ce que j'avais rédigé collait parfaitement avec la musique que Julien m'a fait entendre, exactement comme pour "Ivanovitch", raconte le surnommé Momo. C'était extraordinaire. "Le Nouveau Big-bang" est de très loin ce que j'ai écrit de mieux. Un type se promène par une nuit d'hiver, sous la pluie, quand il aperçoit sur un pont une femme en larmes. Il est bouleversé, se demande comment elle a pu en arriver là. C'est un hymne à l'amour, au respect des femmes.

« J'ai donc arrêté d'écrire pour Julien en 1990, car j'ai eu la certitude – peut-être tout à fait fausse – que nous avions fait ensemble le tour de la question. Après cette chanson, je me suis dit que je n'arriverais pas à faire mieux, que je ne saurais lui apporter un texte aussi fort que celui-ci. J'ai préféré me retirer sur la pointe des pieds. »

« Le Nouveau Big bang », aussi réussie et émouvante soit-elle, restera malheureusement perdue au fin fond de l'album, à l'ombre de la chanson-titre qui récoltera une Victoire de la Musique dans la catégorie chanson de l'année début 1991, un an après la sortie de l'album.

Julien Clerc « adore » *Fais-moi une place*, qu'il est allé enregistrer à New York, pendant trois semaines, sous la direction musicale de Phil Ramone, surnommé le pape de la pop. Il a débuté le violon classique à l'âge de trois ans et faisait déjà figure de prodige avant de bifurquer à onze ans vers le jazz, avec Stéphane Grappelli. Son idée première était de devenir réalisateur. Il est connu pour avoir travaillé entre autres avec Leiber et Stoller, David et Bacharach, Mort Schuman, Paul Simon, Billy Joel, Lou Reed et Frank Sinatra. « Phil est un homme passionnant, sensible, un vieux rocker et un grand conteur quand il évoque les artistes avec lesquels il a collaboré, souvent les plus grands, raconte Julien Clerc. Tous les Anglo-Saxons avec lesquels j'ai travaillé étaient des hommes de chanson – ce n'est pas toujours le cas –, capables de vous dire si la vôtre est bonne ou pas. Certains veulent mettre leur empreinte sur votre disque afin qu'on les reconnaisse. Pour moi, ce fut une expérience inoubliable. » Phil Ramone pense qu'il est bon pour tout disque de comporter de grands noms dans le casting des musiciens.

De Julien Clerc, Phil Ramone dira simplement : « Il se plaint toujours de ne pouvoir jouer qu'avec trois ou quatre doigts, je lui ai conseillé de laisser tomber. L'important c'est la musique. »

Le disque s'est plutôt bien vendu, ce qui tombe à pic car Rose Léandri a vu grand. Elle a réservé le Zénith de Paris, une salle de 5 800 places, du 29 novembre au 9 décembre 1990, point de départ de la tournée. Musicalement, là encore, Phil Ramone est aux manettes. Là encore, il veut des noms prestigieux. C'est pourquoi le bassiste du E Street Band de Bruce Springsteen, Gary Tallent, arrive spécialement de Nashville.

Ce passage au Zénith n'a pas laissé un souvenir impérissable à Julien Clerc, convaincu depuis que ce n'est pas la salle qui lui sied le mieux.

Aussitôt après, il tient le rôle du récitant dans l'œuvre de Prokofiev *Pierre et le loup*. Interprétés par l'orchestre de Radio France dirigé par le chef allemand Marek Janowski, les concerts ont lieu le 22 décembre à l'Opéra Bastille, et le 23 au Théâtre des Champs-Élysées. Il n'en reste pas de trace.

Malgré tout, Bertrand de Labbey pense que l'image de Julien Clerc souffre d'un flou artistique. Ils doivent de nouveau « se recentrer », annonce le directeur de carrière. Pour ce faire, plutôt que d'aller pêcher ici et là de nouveaux auteurs, pourquoi ne confieraient-ils pas un disque tout entier à Jean-Louis Murat qui a montré l'étendue de ses talents avec « Le Verrou » ? Cette idée ne se concrétisera pas car la vie – ou plutôt la mort – a d'autres projets en tête.

Cela fait maintenant plusieurs années qu'Étienne Roda-Gil et Julien Clerc se battent froid. Le divorce artistique entre les deux hommes a été particulièrement violent, laissant des rancœurs profondes au cœur de l'un comme de l'autre. Ils semblent irréconciliables. Ces ressentiments sont palpables lors du face-à-face qu'organise Thierry Ardisson dans son émission *Bains de minuit,* le 18 septembre 1987. Où Julien Clerc rappelle avec un sourire mais non sans rancune que Roda-Gil avait déclaré dans la presse qu'il n'écrivait plus pour lui parce qu'il ne voulait « plus faire le sac des petites filles ». Entre-temps, Étienne Roda-Gil a écrit « Joe le taxi », pour l'adolescente Vanessa Paradis. Quand le présentateur demande s'ils comptent retravailler ensemble, Julien Clerc en profite pour glisser : « Pourquoi pas, maintenant que nous faisons tous les deux le sac des petites filles ! » Roda-Gil accuse le coup.

Deux ans plus tard, le 14 octobre 1989, au Palace où il tourne son émission nocturne *Lunettes noires pour nuits blanches*, Thierry Ardisson reçoit de nouveau Étienne Roda-Gil, cette fois en tête-à-tête. Celui-ci explique qu'il ne pense pas écrire de nouveau pour celui qu'il surnomme « le divin bouclé » et qu'il décrit comme « quelqu'un qui a essayé de ne pas vivre l'âge qu'il avait ». Il rappelle que leur divorce a été très violent, comme toutes les séparations. Revenir reviendrait à se mentir à lui-même. S'il a écrit entre-temps des chansons qui peuvent surprendre, notamment « Magnolia forever » et « Alexandrie Alexandra » pour Claude François, il explique qu'il voulait sortir d'une « monoculture ».

Mais, en cette année 1990, Nadine Delahaye, peintre et épouse d'Étienne Roda-Gil, décède des suites d'une leucémie. Aux obsèques qui se déroulent au cimetière du Montparnasse, Julien Clerc s'approche du veuf, profondément déboussolé. Les deux hommes tombent dans les bras l'un de l'autre. Le chanteur dédiera l'enregistrement en public du Zénith « À Nadine », qu'il a peu connue car, de nature discrète, elle est toujours restée en dehors des affaires de son mari. Quoi qu'il en soit, cette dédicace joue beaucoup dans le rapprochement entre l'auteur et le compositeur qui se fréquentent de nouveau et reparlent fatalement chanson.

Julien Clerc offre à Étienne Roda-Gil ce dont il a toujours rêvé : un album exclusivement signé de sa main : « Bien sûr, nous nous étions fâchés et en ville il m'avait souvent cassé du sucre sur le dos. Mais, comme dit Brel, j'avais oublié ses sortilèges. Par ailleurs, Bertrand souhaitait que je me recentre. C'est une des règles qu'il m'a apprises, déclinable en politique : quand on sort d'une défaite, on se recentre sur ses valeurs, sur son parti. C'est ce que nous avons fait. »

Cette fois, pas question de promesses en l'air, de dates de remise ajournées, d'absences injustifiées : Étienne Roda-Gil s'engage à rendre un texte tous les deux jours. Et, en effet, tous les deux jours il toque à sa porte, un texte à la main. « Quand j'ai retrouvé ses mots et ses fulgurances sur le papier, je suis aussitôt retombé dans mes marques, comme si je caressais de nouveau une peau que je connaissais par cœur. » Roda-Gil, par habitude, reste planté près du piano, espérant que le compositeur trouve la mélodie sous ses yeux, comme au bon vieux temps. « Au bout d'un moment, j'avais besoin qu'il s'en aille, se souvient-il. Sans doute restait-il parce que je l'avais habitué à cela au début, je cherchais devant lui et il parlait d'exploit comme il trouvait parfois que j'accomplissais des exploits vocaux. C'était le mot qu'il employait. »

« À quoi sert une chanson si elle est désarmée ? » interroge Julien Clerc avec les mots de « Roda ». *Utile* sort le 8 décembre 1992, c'est l'un de ses meilleurs albums, celui d'une maturité nouvelle, des retrouvailles inspirées de part et d'autre. La chanson-titre, « Utile », entre dès la première écoute au panthéon des grandes chansons de ce répertoire vaste et varié. « Elle a tout ce qu'il faut, les Chiliens arrivent au bon moment et puis il y a cette formule en quelques mots : “Utile à vivre et à chanter” qui traverse le temps », dit-il. Orchestré par Jean-Pierre Sabar, le disque qui s'ouvre par « New Virginia », un hommage à la femme du chanteur, profondément terrienne, s'achève sur « La Belle est arrivée », où la puissance du lyrisme tutoie le romantisme pour célébrer comme il se doit, à base de violonades, l'arrivée d'une femme dans la vie d'un homme : « Adieu toutes les autres/La belle est arrivée. » Étienne Roda-Gil, qui n'avait pu aimer l'impudeur et la lourdeur de « Femmes, je vous aime », prouve une fois de plus avec ces paroles autrement plus subtiles qu'il sait lui aussi écrire un hymne à l'amour. « L'arrivée d'une femme dans votre vie est une véritable révolution, comme le décrit Roda, explique Julien Clerc. C'est un texte à double ou triple lecture car Étienne laissait toujours dans ses chansons un champ du possible et cela constituait l'une de ses raretés. »

« Utile » figure des années plus tard sur le disque de reprises de Juliette Gréco, *Le Temps d'une chanson*, où elle puise avec plus ou moins de bonheur dans le répertoire de Bernard Lavilliers, Maxime Le Forestier, Jacques Brel, Mouloudji et bien d'autres. Au moment de sa sortie, la muse de Saint-Germain-des-Prés déclare qu'Étienne Roda-Gil l'a écrite en pensant à elle, parce qu'elle lui a raconté son voyage au Chili sous le régime de Pinochet. Julien Clerc se demande : « C'est quoi cette histoire ? » Peu après, au restaurant de l'hôtel Lutetia, alors que je m'entretiens avec Juliette Gréco qui s'apprête à fêter ses quatre-vingt-cinq printemps au Châtelet, je lui demande de me raconter comment et pourquoi Roda-Gil lui a écrit « Utile ». Son regard noir, tellement vif, s'égare alors dans la forêt profonde de ses souvenirs : « Je vois très bien qui est Roda-Gil, mais je n'ai jamais chanté cette chanson. » Un ange passe.

Julien Clerc reçoit le Prix Vincent Scotto pour l'album *Utile* – Étienne Roda-Gil et lui se disent émus. Le chanteur qualifie ce disque de « résistance que personne n'a pu écrire mieux qu'Étienne » et le défend le 21 décembre 1992 au soir, dans l'émission *Le Cercle de minuit*, en chantant « Amazone », une ode à la vie.

Quitte à se recentrer, autant le faire complètement. C'est ce que s'est dit Rose Léandri en réservant l'Olympia, où Julien Clerc a fait ses premiers pas dans ceux de Gilbert Bécaud.

À l'issue de cette tournée, le 7 février 1997, Virginie donne naissance à Barnabé.

La même année, l'artiste sort l'album *Julien* dont il a débuté la composition en mettant en musique un poème de Marceline Desbordes-Valmore, « Les Séparés (n'écris pas) », dont le clip est réalisé par Jean-Paul Rappeneau. « Quand le moment est venu de me remettre au piano pour un nouvel album, parfois Bertrand m'envoie un poème à mettre en musique. Comme il le fera plus tard avec “L'Horizon chimérique”, le poème de Jean de la Ville de Mirmont, raconte-t-il. Là, il m'a envoyé “Les Séparés”. Le fait que Marceline Desbordes-Valmore ait passé du temps en Guadeloupe n'avait rien à voir, en revanche je savais qu'elle avait été malheureuse, qu'elle avait eu une vie invraisemblable. Je suis un admirateur de Stefan Zweig, en particulier de ses biographies historiques extraordinaires. Dans un de ses livres, *Rencontres*, il lui consacre toute une partie, où j'ai appris qu'elle avait aussi écrit des chansons, j'ai alors compris pourquoi il était si simple de mettre ses poèmes en musique, ils comportent déjà une mélodie intérieure. »

L'album *Julien* contient des textes de Jean-Louis Murat, Laurent Chalumeau, Jean-Loup Dabadie, Jean-Claude Vannier et Étienne Roda-Gil. Mais c'est David McNeil qui se fait remarquer avec « Assez, assez », sur laquelle Julien Clerc a composé une musique des îles. L'auteur y imagine un monde où les objets qui nous entourent seraient plus ronds. Ronds comme « les seins de Sophie Marceau », a-t-il eu le malheur d'écrire. Un petit bout de vers que la comédienne prend assez mal. Elle déclare alors : « J'ai été atrocement gênée par ce disque. Quand je l'ai reçu, je l'ai caché. J'avais peur que mon entourage ne l'entende. J'étais mal, comme si j'avais fait une bêtise. Comme si je montrais mes seins à la radio. Les seins, c'est intime, c'est érotique, sexuel, je me suis sentie dévêtue. »

David McNeil l'interprète autrement : « Zulawski, avec qui elle vivait, avait songé à faire un procès juste pour gagner quelques sous. Mais ce n'était qu'une chanson pour enfants, il n'y avait rien de glamour et encore moins de sexuel. Si j'avais su, j'aurais remplacé "Sophie Marceau" par "Gloria Lasso". » La comédienne aurait mieux fait de se taire. Voyant l'ampleur que prend la polémique, en 1999 Alain Souchon, qui écrit son prochain album, *Au ras des pâquerettes,* a l'idée d'évoquer à son tour ces mêmes seins en soutien à ses amis, Clerc et McNeil : « Sans les mots d'amour chéris/Adorables/Laissés sur les messageries/Des portables/Sans les ballons dans nos berceaux/Qui s'envolaient/Sans les seins de Sophie Marceau/Qu'est-ce qu'on fait ? »

Le 4 octobre 1997, Julien Clerc fête ses cinquante ans au Palais des Sports. À peine a-t-il posé un pied dans la lumière que toute la salle entonne « Joyeux anniversaire ». Pour ce concert exceptionnel, il a invité quelques amis. Françoise Hardy a accepté de chanter en public, ce qui ne lui est plus beaucoup arrivé depuis ses débuts. Elle interprète « Mon ange » en duo avec lui, puis viendront Doc Gynéco et Tonton David pour une version hip-hop de « Mélissa », Maurane (« J'ai eu trente ans »), Pascal Obispo (« Ce n'est rien »), Patrick Bruel (« Quand je joue ») et Renaud pour « Travailler c'est trop dur », dans une version encore plus traînante qu'à l'origine. Renaud, pour qui Julien Clerc a écrit trois mélodies en 1994 sur l'album *La Belle de mai* : « Le Sirop de la rue », « Adios Zapata » et surtout « C'est quand qu'on va où ? ».

Puis il reprend « Les Menhirs » de Maurice Vallet, seul, pour son plaisir et le nôtre. La soirée s'achève par une surprise, quand tous les enfants du chanteur viennent l'embrasser sur scène. C'est avec ces images à jamais gravées dans son souvenir que Julien Clerc prend la route pour une très longue tournée qui débute dans la joie, mais s'achève par un deuil. Il est souvent rentré à Paris pour rendre visite à sa mère hospitalisée. Évelyne était en rémission, mais son cancer est réapparu et s'est généralisé. Dans une clinique privée de Neuilly, Évelyne, Colette, Louise Merlot s'éteint le matin du 4 avril 1999. Julien Clerc se produit à Mérignac, ce soir-là.

Après une altercation avec le second mari de sa mère, Lucien Ricot, qui veut ramener le corps de la défunte chez eux, Julien Clerc explose, s'y oppose, avant d'abandonner. De guerre lasse. « Après tout, faites ce que vous voulez, lui lance-t-il. Ma mère a dû être heureuse avec vous et je vous en suis reconnaissant. » Deux jours après, entre deux concerts, il se rend en avion privé à l'enterrement de sa mère dans un petit village de Normandie. C'est en ami que Bertrand de Labbey accompagne l'artiste. Le petit groupe venu assister aux obsèques d'Évelyne regarde s'éloigner les deux silhouettes sombres de l'artiste et de son agent. L'agent le sait pour l'avoir déjà vécu : « Vous verrez, il ne se passera pas un jour sans que vous ne pensiez à elle. » « Bertrand avait raison : je pense à ma mère chaque jour », me confie aujourd'hui Julien Clerc.

Depuis 1997 et l'album *Julien*, l'artiste a longtemps tourné, sans sortir de disque. D'ordinaire, il serait retourné vers son Yamaha et aurait battu la campagne pour trouver des textes. C'est inutile : Bertrand a devancé son désir. L'idée d'une collaboration entre Carla Bruni et Julien Clerc émane de lui.

Le chanteur a rencontré Carla Bruni à l'anniversaire de Joanna Fath, chez cette dernière, à Boulogne. Joanna et Carla sont amies depuis leur rencontre à l'âge de quinze ans au Bus Palladium. La première, petite-fille du couturier Jacques Fath, est styliste – elle choisit souvent les tenues que Julien porte lors de ses passages télévisés –, quant à Carla Bruni elle est alors top model.

Ce soir-là, elle confie à Julien Clerc qu'elle écrit des chansons et lui demande à qui les confier dans ce monde qui n'est pas le sien, où elle ne connaît pour ainsi dire personne. L'artiste lui recommande de les faire entendre à Bertrand de Labbey. « Je savais que, compte tenu de ce qu'elle représentait, de la crédibilité qu'on risquait de lui accorder ou pas, Bertrand lui dirait la vérité, explique

Julien Clerc. Sa reconversion de top model mondialement connu en chanteuse n'était pas si évidente. »

Carla Bruni revient sur leur rencontre : « À l'anniversaire de Joanna, quand j'ai dit à Julien que j'écrivais des chansons, il m'a soufflé l'idée de les présenter à Bertrand de Labbey qui serait de bon conseil. C'était amusant parce que Vincent Perez avait à plusieurs reprises parlé de moi à Bertrand, lui demandant d'écouter "les chansons de ma copine Carla". Bertrand ne disait pas non, mais j'étais encore mannequin, un mannequin sur le retour, je n'avais plus de proposition, ce qui m'avait angoissée au moment où j'avais senti ma carrière décliner, mais ne me perturbait plus. Je ne suis pas portée sur les métiers qui dépendent des autres. Je ne pourrais pas être comédienne, par exemple. Tout cela pour dire que j'étais exclusivement connue en tant que mannequin. Finalement, c'est Vincent qui a pris rendez-vous pour moi chez Artmedia. »

Carla Bruni se présente, intimidée et fébrile, face à Bertrand de Labbey. Elle joue gros et elle en a conscience : « Les locaux d'Artmedia se situaient à l'époque avenue Georges V, c'est là que j'ai apporté à Bertrand une cassette audio de cinq de mes chansons enregistrées chez moi, sur mon quatre pistes. Il y avait "Quelqu'un m'a dit", la musique de "Fille ou garçon" (sur laquelle j'écrirais plus tard "Raphaël") et trois autres que je n'allais pas conserver. Pour une quinzaine de chansons que je garde, j'en écris au moins trente. Je me souviens comme si c'était hier d'avoir laissé ma cassette à Bertrand un vendredi. J'étais très angoissée car il était le premier professionnel à écouter mes chansons. Il m'a promis de me rappeler pour me dire ce qu'il en pensait. J'ai attendu tout le week-end, mais ce n'est que le lundi matin très tôt qu'il m'a appelée pour me dire qu'il les adorait, ce qui m'a fait très plaisir, comme vous vous en doutez. Il souhaitait produire mon premier disque, tout en me précisant qu'il n'était pas du tout certain qu'il marche vu que mes chansons n'étaient absolument pas dans l'air du temps.

« En attendant de me faire entrer en studio, il m'a demandé de lui apporter cinq ou six textes nus pour un autre artiste, sans me dévoiler son nom, m'indiquant simplement qu'il s'agissait d'un homme. J'ai pas mal gambergé et, par déduction, j'ai pensé à Julien sans y croire car j'avais conscience du niveau d'exigence de ses auteurs. Pour être tout à fait honnête, ce qui m'intéressait surtout c'était de travailler avec Bertrand, je devais absolument lui prouver que j'étais capable d'écrire pour un autre.

« Je lui ai apporté des textes environ quinze jours après, dont “Si j'étais elle”, “Désobéissante”, sur laquelle j'avais mis une autre musique, “On serait seuls au monde” et une berceuse qui n'a pas été retenue. »

Julien Clerc, qui ignore tout des manigances de son agent, trouve sur son fax un texte intitulé « Si j'étais elle » qui commence ainsi : « Si j'étais elle/Je saurais dire… tant de ces choses/Tant de ces mots, qu'elle ne dit pas. » Il ne reconnaît pas le style de ses auteurs habituels, mais son intuition lui souffle qu'il n'émane certainement pas d'un parolier professionnel et penche en faveur d'une plume féminine. « J'y ai décelé une fraîcheur et une gaucherie qui m'ont plu, se rappelle-t-il. Je l'ai aussitôt mis en musique. Les auteurs qui écrivent pour moi s'inspirent plus ou moins de ce qu'ils savent de moi. C'est valable pour Jean-Loup Dabadie ou Maxime Le Forestier. À l'époque où elle a écrit "Si j'étais elle", elle tenait le titre de sa chanson sans savoir où il la mènerait. Elle vivait alors avec Charles Berling qui lui a soufflé l'idée de raconter comment elle se comportait avec lui. Quand Virginie a lu le texte, elle m'a fait cette réflexion : "Comment sait-elle tout cela ?" »

Au jeu des devinettes, Bertrand de Labbey confirme qu'il s'agit d'une femme et il précise à Julien Clerc qu'il l'a déjà croisée. Elle s'est distinguée dans un autre domaine que la chanson, ajoute-t-il. Quand il comprend de qui il s'agit, le compositeur donne un premier rendez-vous à Carla Bruni chez elle, où il se rend à pied – le trajet est court entre la place Pereire et la place des Ternes où elle habite. Il s'installe au piano pour lui interpréter la mélodie de « Si j'étais elle », elle l'écoute, forcément émue, consciente de mettre un premier pied dans la chanson. Son ambition, son rêve. Puis, ils font connaissance, passant des heures à se parler. Elle le questionnant, lui se laissant aller un peu malgré lui à quelques confidences. Il se demandera *a posteriori* par quelle magie ou quelle malice elle aura réussi à lui faire dire toutes ces choses. Enfin, elle lui interprète à la guitare ses chansons à elle, qui figureront sur son premier album, *Quelqu'un m'a dit*, l'un des événements musicaux de l'année 2002 en France. « Je me suis alors rendu compte que ce texte qu'elle m'avait confié par le biais de Bertrand n'était pas tombé du ciel, se souvient-il. Non seulement elle en écrivait depuis longtemps, mais elle était aussi dotée d'une bonne culture de la chanson française, italienne et anglo-saxonne. »

Il sera l'un des premiers à entendre, dans la villa de la famille Bruni au cap Nègre, ses chansons achevées, orchestrées avec une belle sobriété par Louis Bertignac, ex-Téléphone. « J'ai tout de suite su qu'elle avait réussi son coup, ajoute-t-il. Louis Bertignac a eu l'intelligence de ne pas le surproduire. Il a fait un travail remarquable, avec des percussions très fines. »

Après l'essai concluant de « Si j'étais elle », Bertrand de Labbey demande d'autres chansons à Carla Bruni pour l'album à venir. Elle en signera six, soit la moitié du disque. Parmi elles, « On serait seuls au monde », une autre chanson sentimentale, à l'évidence supérieure à la chanson-titre. Julien Clerc en convient.

Les titres de Carla Bruni avoisinent « J'oublie », sur une mélodie d'Astor Piazzolla qu'il a entendue lors d'un récital de piano classique. La chanteuse Milva avait demandé à David McNeil d'adapter en français les paroles de l'Italienne Angela Denia Tarenzi. Il n'a pas non plus composé la musique de « Va-t'en de moi », intitulée à l'origine « Vete de mi », adaptée en français par Roda-Gil, cette fois, et dont la musique est de Virgilio et Homero Esposito. Le Brésilien Caetano Veloso avait repris cette chanson de 1958 dans son disque *Fine Stampa* que Julien Clerc a beaucoup écouté.

Enfin, il a mis en musique « L'Horizon chimérique » de 1912-1913, le poème posthume du protestant Jean de la Ville de Mirmont, mort au champ d'honneur, sur lequel Gabriel Fauré avait déjà inventé une mélodie en 1920. Khalil a composé la musique de « Quelques mots en ton nom », sur des paroles de Julie Bonhomme, qui donnera lieu à un duo avec Assia, la sœur de Khalil qui, l'été précédent, a fait un tube avec « Elle est à toi », du pur R'n'B.

À cinquante-trois ans, le 13 novembre 2000, Julien Clerc sort donc *Si j'étais elle*, son dix-huitième album. Côté promotion, on voit beaucoup le chanteur avec sa nouvelle parolière. Une mise en avant qui n'est pas faite pour déplaire à cette dernière. « *Si j'étais elle* a complètement changé ma vie, ce fut pour moi une formidable porte d'entrée et cela m'a légitimée en tant qu'auteur, explique-t-elle. J'ai débuté dans le métier en tant qu'auteur et non en qualité de chanteuse, ce qui a beaucoup aidé mon premier album. Écrire pour Julien m'a crédibilisée. Non seulement il est entouré de belles plumes, mais il est lui-même un grand interprète et un compositeur inspiré. Dans ses mélodies, j'entends un certain nombre d'influences, dont les variations de Chopin sans savoir s'il les a beaucoup écoutées ou pas. Il y a aussi des points communs avec des artistes qui composent au piano : Barbara, bien sûr, mais aussi Léo Ferré, Elton John ou Billy Joel. Il y a un mélange de musiques anglo-saxonnes et de chansons françaises. »

Le chanteur part en tournée avec ces nouvelles chansons. Une fois encore, il cherche une formule originale pour ses récitals. Avec Rose Léandri, ils ont l'idée risquée de proposer non seulement deux types de concerts différents (l'un acoustique, l'autre électrique), mais aussi de se lancer dans un marathon à travers Paris : *Julien Clerc déménage.* Trois « petites » salles pour la formule acoustique : avec quatre musiciens à partir du 19 janvier au Bataclan (1 000 places). Les 21, 22, 28 et 29 janvier au Casino de Paris (1 500 places) et du 5 au 9 février à l'Européen (350 places). Entre-temps, il se produit avec deux musiciens de plus, en version électrique cette fois, au Zénith de Paris (6 000 places), les 24 et 25 janvier et les 1er et 2 février. Pour cette aventure originale, il a répété une vingtaine de chansons, dont dix incontournables et six extraites de l'album *Si j'étais elle*, qui voyagent d'une formule à l'autre. Il chantera « Quatre heures du matin » et « Jouez violon, sonnez crécelles » en piano/voix. Sur deux chansons, dont « Aussi vivant », le single de Carla Bruni, la chorégraphe Mia Frye l'entraîne au hip-hop.

À la fin de sa tournée, le 21 décembre 2001, Julien Clerc apprend la disparition de Gilbert Bécaud, malade depuis bien des années. Après la messe, dite en l'église de la Madeleine à Paris, le cortège passe devant l'Olympia où scintillent sur le fronton les lettres rouges « Adieu Gilbert Bécaud » avant de faire son entrée au cimetière du Père-Lachaise. Les six enfants et la veuve de celui qu'on surnommait Monsieur 100 000 volts sont entourés de ses amis, dont Line Renaud, Enrico Macias, Carlos et surtout Charles Aznavour, son concurrent historique, son meilleur ennemi, depuis leur rencontre dans le salon d'Édith Piaf dans les années 50. Sur France 2, au 20 heures, Julien Clerc réagit : « Le fait qu'il était un homme de scène, instinctif, pour un jeune artiste c'était formidable de voir travailler quelqu'un comme ça. »

D'où l'émotion quand on entendra Julien Clerc interpréter « C'est en septembre » sur le disque hommage rendu à Gilbert Bécaud intitulé *Et maintenant*, en 2011, à l'occasion du dixième anniversaire de sa disparition.

Le 2 février 2008, Carla Bruni deviendra Mme Sarkozy, une Première Dame de France pas comme les autres. Deux mois après, le 10 avril, Jean-Loup Dabadie est élu à l'Académie française. Certains de celles et ceux qui écrivent pour Julien Clerc ont un destin romanesque. « J'ai appris par la presse que Jean-Loup était élu. J'ai été ravi pour lui, bien sûr, mais aussi pour notre métier : avec Jean-Loup, c'est aussi la chanson qui entre sous la Coupole. C'est un personnage très sympathique, un rieur, un conteur. Personne n'est simple dans la vie, il ne l'est pas non plus. De prime abord, il est extrêmement courtois et souriant, mais c'est un grand angoissé qui a l'élégance de ne pas le montrer. Il est extrêmement cultivé et si littéraire, ce qu'on n'imagine pas forcément d'un auteur de chansons aussi populaires, capables de toucher directement le public. On ne soupçonne pas le travail et les maux de ventre que demandent ces textes.

J'ai donc été heureux que cela lui arrive à ce moment de sa vie.

« Mes auteurs peuvent avoir les destins qu'ils veulent du moment qu'ils restent mes auteurs. Carla compte parmi mes amis, elle-même est très fidèle en amitié, ne supportant pas qu'on lui fasse défaut. Quand cet amour-là lui est arrivé, la connaissant, elle a dû observer de près la réaction de ceux qu'elle considère comme ses amis.

« Elle fait partie de ces gens qui réussissent tout ce qu'ils entreprennent. Elle a réussi son premier métier de mannequin, puis son second métier d'auteur-compositeur-interprète et quand elle est devenue Première Dame de France j'ai aussitôt pensé qu'elle prendrait son rôle au sérieux, qu'elle ferait de son mieux. »

Au lendemain d'une visite du parc de Disneyland par le couple, Julien Clerc a appris par la presse que Carla Bruni s'était rapprochée du président de la République, une âme esseulée depuis que sa seconde épouse a quitté l'Élysée et son locataire. Le soir même, sur scène, cela ne lui vient pas à l'esprit de modifier son tour de chant. « Quand il y a eu ce déferlement médiatique le lendemain de cette visite à Disneyland, en tournée je chantais en quatrième position sa chanson “Une vie de rien”, de l'album *Double Enfance*, dit-il. Comme les autres soirs, j'annonce : “Sur des paroles de Carla Bruni…” Il n'y a pas eu à proprement parler de bronca, mais j'ai clairement perçu que certains étaient pour et d'autres contre. La chanson était écoutée différemment des autres soirs et, finalement, très applaudie. Le lendemain soir, les contre étaient divisés par deux, ce qui en dit long sur le pouvoir de la presse et son immédiateté. Une semaine après, ça passait : le public s'était habitué. Quoi qu'il en soit, elle était très écoutée et applaudie, bien plus qu'avant qu'elle ne rencontre son futur mari. »

Julien Clerc n'est pas invité à la noce qui se déroule en toute intimité sous les lambris de l'Élysée. « Notre mariage a été improvisé, pour que ça ne se sache pas, pour être tranquilles, raconte Carla Bruni. J'ai invité Bertrand, pas Julien. Je n'ai pas osé. J'avais peu d'amis à mon mariage. Je n'étais pas dans une situation normale et je me suis dit que si je le disais à mes amis ils en parleraient même sans le faire exprès. » Julien Clerc aura quelques fois l'occasion d'aller dîner à l'Élysée en compagnie d'Hélène Grémillon, sa future femme, répondant à l'invitation du chef de l'État et de son épouse.

Le chanteur connaît bien le Château pour l'avoir fréquenté du temps de François Mitterrand. Les deux hommes s'étaient rencontrés par l'intermédiaire de Gisèle Halimi, quand il vivait avec Miou-Miou.

L'artiste et le président socialiste se fréquentaient de loin en loin, se recevant l'un l'autre.

« J'avais lu *La Paille et le Grain*, ses idées me touchaient et je lui avais envoyé une lettre dans ce sens, raconte Julien Clerc. Étais-je de gauche ? À l'époque, il planait dans l'air une envie de changement que Mitterrand incarnait. Je suis plutôt de ces gens capables de voter à droite comme à gauche. Le fait d'avoir connu de près les deux camps dans mon enfance, dans mes deux familles, m'a fait comprendre les clivages et m'a très vite rendu méfiant vis-à-vis de l'engagement en politique. Je pense avec Georges Brassens qu'on peut "mourir pour des idées, mais de mort lente". Que dit cette chanson sinon que ceux qui nous gouvernent seront les derniers à se faire trouer la peau en cas de guerre ? En 1981, j'ai été en rébellion contre mon père, je pensais que l'alternance était nécessaire. Pour lui, Mitterrand représentait l'ennemi par excellence. Il ne l'aimait pas, cependant je sentais chez lui une sorte de fascination.

« J'étais toujours heureux de rencontrer Mitterrand, c'était enrichissant, intéressant. Il avait tant de charme : une douceur dans la voix, une main de velours dans un gant de fer. Chaque fois, c'était le même rituel. Les invités arrivaient légèrement en avance et attendaient dans un salon jusqu'à ce qu'un homme annonce : "Monsieur le président de la République !" Là, tout le monde se levait à l'apparition de François Mitterrand.

« Quand Françoise Sagan était présente, ces déjeuners étaient particulièrement vivants. Après que Mitterrand lui eut sauvé la vie lors d'un voyage officiel à Bogota où elle accompagnait la délégation, elle est arrivée à l'Élysée avec un poignet plâtré. Il lui a lancé : "Décidément, chaque fois que je vous vois vous avez mal quelque part !" Pendant le repas, alors qu'elle parlait à toute allure, il lui a dit : "C'est drôle, depuis votre accident, je vous comprends mieux." Elle a répondu : "Moi, c'est le contraire. Depuis mon accident, je vous comprends beaucoup moins bien !" »

Julien Clerc reçoit également à plusieurs reprises François Mitterrand chez lui, dans son appartement du XVIe arrondissement. Dans ce cas, la secrétaire lui téléphone et annonce que le président va bientôt venir dîner, elle ouvre l'agenda et propose trois dates au choix, sans demander la liste des convives. « C'était épuisant de le recevoir, j'avais une pression énorme, poursuit-il. Ce type de personnalité impressionne fatalement les autres invités : certains allaient jusqu'à se décommander à la dernière minute. À table, face au président, les personnalités les plus drôles se figeaient.

« De peur que la conversation ne retombe, redoutant les silences, je me sentais le devoir de relancer sans cesse le débat. Mitterrand était un conteur exceptionnel, il levait en conscience des coins de voile, mais tout à coup il cessait de parler et je devais lancer une autre discussion. La réussite du dîner reposait sur mes épaules : choisissant moi-même les invités, je m'en sentais responsable. Je conviais en priorité des jolies femmes et des gens amusants : Nicole Garcia, Marie-Jo Pérec, Dominique Lavanant, Jane Birkin, Maxime Le Forestier ou Renaud qui envoyait régulièrement des cartes postales au président pour le charrier. Un de ces soirs, Renaud lui a demandé comment il pouvait recevoir Jean-Claude Duvalier, le dictateur haïtien. Il a botté en touche : "Je ne peux quand même pas le noyer !"

« Je me souviens d'une soirée à la veille de la défaite de la gauche aux élections législatives, on se dirigeait tout droit vers la première cohabitation avec Jacques Chirac au poste de Premier ministre. Nicole Garcia lui posait des questions et Mitterrand lui expliquait pourquoi il allait libérer les radios, donner la Cinq à Berlusconi, etc.

Nous, nous avions conscience d'être en présence d'un personnage important de la vie politique française du XXe siècle, c'est alors que l'arrivée tardive de Jane Birkin avait considérablement détendu l'atmosphère avec son humour irrésistible. Je me souviens aussi du président lançant à Jean Tigana : "Bordeaux treizième, pas terrible !" Il connaissait la place de chaque équipe dans le championnat. Ce soir-là, je lui ai demandé s'il pensait Gorbatchev sincère. "Mon rôle n'est pas de croire, mais de faire comme s'il l'était", m'avait-il répondu. Et il avait enchaîné avec cette histoire : lors d'une visite officielle en URSS, après la mort de Brejnev, les délégations française et soviétique s'étaient réunies. Il ne manquait plus qu'une personne au bout de la table, côté soviétique. À l'arrivée du retardataire, Mitterrand le questionne sur la raison de son retard : "J'étais dans l'Oural pour le 5e Plan ! C'est une catastrophe." Le président demande alors depuis quand c'est une catastrophe. "Depuis 1917 !" Nous adorions quand il nous racontait ce genre d'histoires.

« Ces dîners chez moi étaient pour lui l'occasion de prendre le pouls de la société civile. Je suppose aussi qu'il m'aimait bien, mais il demeurait cet homme politique en campagne qui avait besoin de convaincre. Sa mécanique intellectuelle me fascinait. Je veux dire par là que François Mitterrand était avant tout un homme politique professionnel. Il connaissait la carte électorale par cœur, il avait parcouru la France dans tous les sens. La droite l'attaquait en arguant qu'il avait bouffé à tous les râteliers, qu'il avait été ministre depuis la IVe République, faisant mine d'oublier les années passées dans l'opposition à serrer des mains sous la pluie ! Aujourd'hui, le regard sur lui a changé : quand ils revoient ses interventions, même ses plus fervents adversaires se laissent charmer et saluent l'artiste. »

En 1988, Julien Clerc accepte d'être présent lors d'un gala de soutien au candidat Mitterrand en campagne pour sa réélection. Le chanteur est à Lille, ce 29 avril, dans son comité de soutien avec entre autres Claude Brasseur et Gérard Darmon. Sur scène, Charles Trenet ouvre la séance en chanson.

À l'enterrement de François Mitterrand, le 11 janvier 1996, la France découvre les deux vies du chef de l'État. Julien Clerc reconnaît Mazarine Pingeot, la jeune fille qui accompagnait le président lors de ses concerts et qui montait à cheval dans le même club hippique que lui.

En 2002, pour les élections présidentielles où Lionel Jospin et Nicolas Sarkozy s'affrontent, Julien Clerc reste en retrait : « Par paresse ou par manque de motivation, j'ai peu voté dans ma vie. Je crois que les artistes appartiennent à tout le monde et donc leur place est de rester en dehors. En même temps, si cela vient du cœur, pourquoi pas. Chacun s'arrange avec sa conscience. »

En compagnie d'Hélène Grémillon, il retrouve donc l'Élysée sous la présidence de Nicolas Sarkozy. « J'ai toujours été intéressé par les hommes politiques, chaque fois que j'en ai rencontré j'ai été amusé de voir comment ils fonctionnaient. Le reste du temps, j'ai tendance à les fuir. J'ai refusé la Légion d'honneur, je ne vois pas au nom de quoi on me donnerait une telle récompense.

« On sentait chez Mitterrand des tiroirs à double fond, Sarkozy est plus direct, avec ce parler vrai qu'il assume et qui convainc. Mitterrand pratiquait le billard à trois bandes, et dans le rapport direct il conservait une distance, un mystère, ce qui n'est pas le cas de Sarkozy qui donne l'impression d'un être plus aimable. Quand il vous reçoit, il fait asseoir tout le monde avant de s'asseoir à son tour. Il semble détendu, répondant à toutes les questions, se justifiant. J'ai fini par le trouver sympathique. Sans bien le connaître, je décèle chez lui une émotivité sur laquelle il pourrait travailler.

« Je ne l'ai vu que deux ou trois fois avec Carla, mais je l'avais rencontré avant qu'il soit élu président lors d'une réunion sur le droit d'auteur. Il était en campagne, il nous a invités pour nous livrer ses intentions sur ce sujet. Denis Olivennes était présent, entre autres. Sarkozy disait que quand on vivait de la musique, il considérait anormal de se faire piller. Sur le plan philosophique, j'étais d'accord. Je suis allé à la même réunion organisée par Villepin, dont le discours sur le droit d'auteur était moins clair. »

Un peu plus d'un an après la disparition de Gilbert Bécaud, son parrain en chanson, le père de Julien Clerc, Paul Leclerc, décède à son tour. Nous sommes le 9 février 2003, dans sa maison de Vaon. Les derniers temps, l'artiste s'est souvent rendu au chevet de son père, affaibli des suites d'un AVC qui réduisait et sa mobilité et sa parole. « Physiquement, il était déjà mort. Mort pour la vie », souligne son fils chéri. À l'heure de sa dernière heure, ses six enfants l'entourent et veillent à tour de rôle, de jour comme de nuit. « Par fatigue et par lâcheté, je l'avoue, j'ai abandonné ma sœur pour aller me reposer, dit Julien Clerc. Il est mort une heure après. On me disait que ce n'était pas impressionnant, qu'il semblait reposé, pourtant j'ai refusé obstinément de rentrer dans sa chambre. C'était au-dessus de mes forces. Je n'ai pas non plus vu ma mère défunte. J'ai peur de la mort, si bien que je n'y ai jamais été confronté physiquement. On dit souvent que cela est nécessaire pour faire le deuil, je ne le pense pas. Je me reconnais dans la chanson de Benjamin Biolay, "Ton Héritage", où il écrit : "Si tu ne fleuris pas les tombes/Mais chéris les absents." J'ignore totalement où est enterré mon grand-père maternel que j'adorais pourtant. J'étais en tournée quand il nous a quittés. Je n'ai jamais fleuri sa tombe, ce qui ne m'empêche pas de penser à lui très souvent. »

En 1980, sur des paroles de Luc Plamondon, Julien Clerc chantait « Le Crooner de l'an 2000 » : « Quand je serai un vieux crooner/Quand je n'aurai plus envie de me prendre pour un rocker/Quand je serai devenu réfractaire/À toutes ces modes/Qui se démodent/Quand j'aurai trente-cinq ans de carrière/Alors ce sera facile/D'avoir du style. »

À l'occasion de ses trente-cinq ans de carrière, il devient en effet crooner. « Je suis à un moment de ma vie où il faut que j'envisage de tout bouleverser », répète

Julien Clerc face à la presse. Son idée est de revenir aux sources. Le 20 mai 2003, sort l'album *Studio*, des standards américains adaptés en français par des auteurs de son choix : Carla Bruni, Maxime Le Forestier, David McNeil, Jean-Loup Dabadie et deux petits nouveaux dans son répertoire : Alain Souchon et Benjamin Biolay.

Julien Clerc a commencé à travailler sur ce projet au cours de sa tournée à travers Paris. En marge de ces concerts, dans sa loge, il demande à ses musiciens, chacun à son tour, de lui reporter les grilles d'accords afin qu'il puisse se les approprier au piano. Il tient à rester fidèle aux harmonies. En les travaillant, il a un doute : ne serait-ce pas sacrilège de les adapter en français ? Ne pas composer lui ferait des vacances, en même temps il se sent un peu complexé par ces mélodies qui représentent précisément ce qu'il a cherché à faire toute sa vie durant : de beaux accords et des mélodies qui paraissent simples mais qui ne le sont pas toujours.

Avec ce disque de jazz, l'artiste revient en quelque sorte à ses premières amours, quand chez sa mère il écoutait ces standards américains. Cela lui revient : à cinq ans, il se laissait bercer au son de « Dream, a Little Dream of Me » de Nat King Cole. Ces titres des années 30 constituent pour lui l'âge d'or de la musique, des comédies musicales en particulier. Fred Astaire a été à l'origine des versions originales des chansons choisies pour *Studio*. Ces airs ont donc été conçus pour des films, ce qui explique qu'ils soient de courte durée et très efficaces.

Ce projet lui trotte dans la tête depuis quelques années, depuis qu'il a entendu certaines de ces chansons reprises par Diana Krall et qu'en marge de l'enregistrement de *Fais-moi une place* son arrangeur Phil Ramone lui avait soufflé l'idée. Enfin, Bertrand de Labbey lui a offert le coffret Sinatra des années Capitole. Julien Clerc a commencé par réécouter toutes ces chansons qui courent du début des années 30 au milieu des années 50 et sont signées des frères Gershwin, Cole Porter, Irving Berlin, Hoagy Carmichael, des émigrés de la première heure ou de la deuxième génération. Des chansons d'amour écrites par des Américains influencés par l'Europe, des élèves de Rachmaninov, des enfants du blues et de la diaspora juive d'Europe centrale. Elles évoquent pour lui l'univers des films de John Ford et les romans de Philip Roth où, dans les deux cas, des sentiments forts sont exprimés avec simplicité. Il faudra respecter leur âme, se dit-il. Sinatra figure dans son panthéon pour au moins un disque, *Sinatra at the Sands,* où le crooner est accompagné par l'orchestre de Count Basie que dirige Quincy Jones. Bien souvent, il leur préfère les interprétations d'Ella Fitzgerald, de Louis Armstrong, de Nat King Cole ou, plus récemment, de Rod Stewart et de Diana Krall.

Il se souvient d'avoir vu, au début des années 60, Duke Ellington à l'Olympia avec Sam Woodyard à la batterie et Ella Fitzgerald et le trio d'Oscar Peterson. Quand Sinatra chante en force « It Will Have to Do Until Real Thing Comes Along » (que Maxime Le Forestier a traduit par « Avant qu'on aille au fond des choses »), Nat King Cole lui préfère une version swing.

Avant de se lancer dans l'enregistrement, il a interrogé son arrangeur historique, Jean-Claude Petit, qui a aussi travaillé avec des jazzmen à ses débuts : Dexter Gordon et Johnny Griffin. Julien Clerc retrouve donc Jean-Claude Petit, appelé pour donner de la cohérence au disque. L'arrangeur tient à ce que l'artiste chante en direct, à l'ancienne, entouré de soixante musiciens. Et, pour achever de crédibiliser ce projet, il convoque des pointures du jazz : les violonistes Jean-Luc Ponty et Florin Niculescu, le guitariste Bireli Lagrène, le saxophoniste Manu Dibango, l'harmoniciste Toots Thielemans, Philip Catherine. Parmi eux, le jeune Thomas Dutronc, alors en tournée avec Bireli Lagrène.

Les quatorze chansons seront enregistrées en deux semaines seulement, mixage compris.

Avant cela, Julien Clerc a mobilisé ses auteurs à qui il a demandé expressément de respecter les textes d'origine en collant aux allitérations et autres sonorités. Parmi eux, certains connaissent à peine cet univers. David McNeil est un apport important, car il a la double culture franco-américaine. Il adapte entre autres « Fly Me to the Moon » en « Volons vers la lune » que Julien Clerc interprète en duo avec Véronique Sanson. Et Carla Bruni, pour l'autre duo, chante « Qu'est-ce que tu crois ? », une adaptation de « I Get Along Without You Very Well », adaptée par elle-même et David McNeil. La chanson a été enregistrée en deux prises seulement.

Paradoxalement, c'est le plus jeune de tous, Benjamin Biolay, qui maîtrise le mieux ce répertoire. Son texte, « Le Bal des adieux », colle parfaitement à la version originale de « Dancing in the Dark ». Julien Clerc, qui le considère déjà comme un bon auteur, est convaincu par son adaptation. Biolay connaît son répertoire, parce qu'il a toujours eu dans son entourage familial et amical des âmes bienveillantes pour lui faire entendre quelques chansons. « Il m'a un peu poursuivi toute ma vie, me confie-t-il. Nous nous sommes rencontrés bien avant que je ne travaille pour lui. Quand j'ai signé avec Virgin, c'était encore une entreprise familiale. En le croisant, comme il avait bien aimé mon album *Négatif*, il m'a invité à chanter "Élisa", de Gainsbourg, avec lui dans l'émission *Taratata*. Il est charmant et toujours très attentionné avec les jeunes chanteurs. Il aimait les textes que j'avais écrits pour Keren Ann sur *La Disparition*, donc il m'a demandé de traduire "Dancer in the Dark". Ce n'était pas difficile car Julien, très respectueux – pour ne pas dire fan – de ces chansons-là, voulait qu'on garde leur sens tout en arrivant à l'adapter en français, c'était donc un exercice difficile. »

Dans une interview accordée à Benjamin Locoge et Valérie Trierweiler, une autre future Première Dame de France, Alain Souchon, qui a adapté « You Do Something to Me » de Cole Porter avec « Mené par le bout du nez », répond aux mêmes journalistes : « (...) Ce n'est pas trop difficile de travailler avec Julien. On s'aime bien. Ce nouvel album, c'est son goût, ça fait partie de ce qu'il aime. Je trouve ça sympa de faire de l'inattendu, c'est courageux, et j'ai trouvé que Maxime était particulièrement inspiré[1]. »

Julien Clerc laisse Virgin sortir le disque avec cette pochette qui ne lui plaît guère. À cinquante-six ans, il se dit qu'il faut arrondir les angles plutôt que de se radicaliser.

1 *Paris Match* du 29 mai au 5 juin 2003.

10

Satin noir, teint blanc

Julien Clerc révélera *a posteriori* que ses années passées avec Virginie sont à diviser par deux : dix années de bonheur et dix autres plus compliquées. Le jour de leur mariage, *Paris Match* était là ; pour l'annonce de leur séparation aussi. L'artiste a beau avancer en âge et gagner en maturité, ses relations avec la presse people restent aussi ambiguës qu'à ses débuts du temps de *Salut les copains* et de *Mademoiselle Âge Tendre*. Les torts restent donc partagés entre le chanteur et les paparazzis.

Ce jour de décembre 2004, il n'est pas à la fête quand il découvre une photographie volée de lui en compagnie d'une jeune femme à la une de *Voici*. Atteint dans sa vie privée, dans son intimité au moment où sa vie sentimentale est entourée d'un grand flou artistique, il décide de porter l'affaire en justice. Toujours empêtré dans ses contradictions quand il s'agit d'évoquer avec lui ce dilemme entre ce qu'il veut montrer ou ne pas montrer de sa vie privée, le chanteur va lui-même, peu après, répondre favorablement à une journaliste de *Voici* pour une interview. Elle ne portera pas uniquement sur le métier, et le chanteur le sait : « La première photographie volée me montrant avec Hélène n'était vraiment pas de bonne qualité : de nuit, très floue. J'ai donc attaqué en justice et le journal a été très lourdement condamné. Quand, plus tard, une journaliste du même magazine m'a demandé une interview, j'ai dit pourquoi pas, la fille avait l'air maligne. Ensuite, quand ils nous ont pris en photographie à notre insu lors d'un voyage à Rome, cette fois les clichés étaient plutôt beaux et respectueux. Je n'ai pas attaqué, d'abord parce que je ne vais pas passer ma vie à cela, ensuite ma situation personnelle s'était éclaircie, mes enfants ne risquaient plus d'en souffrir. »

Julien Clerc a rencontré Hélène Grémillon dans les coulisses d'une émission de télévision, « Adieu toutes les autres, la Belle est arrivée ». Bien plus jeune que lui, la ravissante brune a des lettres (son premier roman, *Le Confident,* sorti en août 2010, sera un succès traduit en plusieurs langues), elle est originaire du Poitou, elle lui plaît comme elle aurait plu à son père, m'a confié le chanteur.

Julien Clerc a donc une nouvelle passion. Ou plutôt deux nouvelles passions. Depuis peu, il a découvert le bateau. « Cela a débuté dans cette période où j'étais entre deux. J'allais très mal : quand un couple se sépare, il y a des torts des deux côtés. J'en parlerai aux enfants comme l'a fait mon père avec moi, en leur précisant que ce n'est que ma version des faits.

« J'étais parti en vacances seul avec Vanille et un de mes amis, Philippe, qui a un bateau turc. Je n'avais fait que deux croisières dans ma vie et loué parfois des bateaux sans en être fou. J'étais donc dans un grand chambardement, j'appelais tout le temps Philippe pour pleurnicher sur mon sort. J'ai trouvé son bateau formidable, avec un côté romantique, comme ceux des pirates. Il me disait que ce type de bateau serait formidable pour les vacances avec mes enfants. Comme je pensais rester longtemps seul avec eux, j'ai supposé qu'ils adoreraient ces vacances de rêve : passer tout son temps dans l'eau avec une impression de liberté. J'avais eu des maisons dans ma vie, jamais des bateaux. Pour me changer les idées, Philippe m'a emmené à Saint-Tropez, à bord de celui d'un milliardaire italien, gigantesque, avec une vaste salle à manger. On se serait cru dans un appartement de l'avenue Foch. J'ai voulu m'en faire construire un, malgré la complexité que cela représentait. Ce fut en effet très difficile, notamment pour des histoires de pavillon et de TVA, mais deux mois par an j'étais récompensé. J'ai donc un bateau turc avec du personnel turc et un pavillon européen à bord duquel nous passons de splendides moments. Le bateau a changé ma vie, c'est ce qui me correspond le mieux aujourd'hui. »

Comme jadis au château des Gouttes, Julien Clerc invite ses amis à venir passer des vacances sur son bateau. Carla Bruni n'est pas près d'oublier son séjour à bord : « Nous étions en Grèce. Le skipper nous fait quitter le port de Paros par beaufort 9. Quand je l'ai raconté à mon frère qui était un marin chevronné, il ne m'a pas cru. Par beaufort 9, même le ferry ne sort pas. J'avais l'impression d'être dans le *Titanic*. On s'est réveillés à 6 heures du mat avec les marins en ciré qui rentraient dans nos chambres en hurlant pour ranger tous les objets qui valsaient. Avec la copine qui partageait ma cabine, on se retrouve sur le port à vomir tout ce que l'on peut, c'était dingue. C'est là que j'ai hurlé au skipper que si je mourais, il aurait affaire à ma mère – un mélange de mère italienne et de mère juive, personne n'a envie de l'avoir sur le dos, croyez-moi. »

Julien Clerc élabore alors l'album *Double Enfance* avec les arrangements d'Érick Benzi, lequel lui a été recommandé par Jean-Jacques Goldman. *Double Enfance*, un classique du genre. Comme si, à l'approche de la soixantaine, il revenait à ce qui fait le sel de ses chansons : des textes littéraires sur des mélodies romantiques. Mais pas seulement.

Si sa situation amoureuse n'est pas claire, sa carrière est endeuillée par la disparition d'Étienne Roda-Gil, qui s'éteint le 31 mai 2004, victime d'un accident vasculaire cérébral. « Sa mort me laisse un vide », dit Julien Clerc pudiquement, lui qui est tenu à l'écart des funérailles au cimetière du Montparnasse, car le défunt aurait souhaité – diront ses enfants – la plus stricte intimité. Avant de s'éteindre, Étienne Roda-Gil a apporté deux derniers textes à Julien Clerc.

Le premier s'intitule « Réfugié ». En octobre 2003, Julien Clerc a été contacté par l'UNHCR, qui avait à cœur de réaliser un court-métrage sur son action. À la faveur d'une campagne d'information sur les réfugiés afghans, sa chanson « Partir », qui date de 1977, sur des paroles de Jean-Loup Dabadie, leur semblait illustrer parfaitement l'engagement de cette antenne des Nations unies. Le chanteur découvre à cette occasion leur action et, quand ses représentants lui demandent s'il ne souhaiterait pas aller plus loin, il accepte volontiers. Ce travail qu'accomplit le Haut-commissariat auprès des réfugiés du monde entier l'intéresse : les aider à retourner dans leur pays après une guerre (comme ce fut le cas au Kosovo) ou leur organiser une nouvelle vie dans un pays limitrophe. Julien Clerc est le premier Français à adhérer : ainsi, dès le 28 octobre 2003, il est nommé Ambassadeur de bonne volonté du Haut-commissariat pour les réfugiés. La cérémonie se déroule en présence de Dominique de Villepin – avec lequel Marianne Leclerc, sa sœur, a longtemps travaillé du temps où il était ministre des Affaires étrangères. À cette occasion, le chanteur a reçu des mains du haut-commissaire, Kamel Morjane, son passeport des Nations unies et sa tenue officielle lui a été remise par la directrice de l'association de soutien à l'UNHCR, Emmanuelle Rouffi. « Après cette première collaboration, j'ai eu envie d'aller plus loin, explique-t-il. Je me suis rendu à Genève où j'ai rencontré des gens extraordinaires, des hommes et des femmes de l'équipe d'urgence qui ont su me faire partager leur passion, leur dévouement et leur engagement pour cette organisation et aux côtés des réfugiés. Ils m'ont fait part de difficultés quotidiennes auxquelles ils doivent faire face et aussi de la joie que l'on éprouve quand on réussit à sauver une personne dont la vie était menacée. » C'est cet engagement nouveau qui pousse Julien Clerc à demander une chanson sur les réfugiés. Il se tourne spontanément vers Étienne Roda-Gil, lui-même fils de réfugiés espagnols. Il écrit : « Hiver, printemps, automne, été/Nous sommes tous des réfugiés/Sur cette terre qui est notre terre/Il faudra bien un jour partager. »

Le second texte d'Étienne Roda-Gil a un parfum de postérité. Avec « Donne-moi de tes nouvelles », il s'adresse à sa femme Nadine, décédée en 1990. Il promet de la rejoindre : « Parfait, comme la Terre est ronde/Qui t'a arrachée du monde ?/Ô donne-moi de tes nouvelles/Tu me feras la ville plus belle/Et je viendrai te chercher. »

Julien Clerc retourne lui aussi aux sources, à la séparation de ses parents, en commandant à Maxime Le Forestier une chanson sur le divorce vu par les enfants. L'auteur et le compositeur sont l'un et l'autre des fils du divorce, même s'ils ne l'ont pas vécu de la même manière. Maxime Le Forestier n'a pas eu d'enfance partagée entre deux foyers, lui dont le père a déserté la maison pour ne revenir vers lui que des années plus tard. Pour ce texte, il s'est mis dans la peau du jeune Paul-Alain Leclerc, lequel lui a longuement narré ce que furent ses jeunes années.

Carla Bruni, elle, est présente avec « Rester » et « Docteur », mais c'est « Une vie de rien », infiniment supérieure, que l'on retient. Elle aussi : « De tous ceux que j'ai écrits, avec “Déranger les pierres” c'est l'un des textes que je préfère. Je l'ai écrit pour Julien et je suis contente qu'il l'ait pris – il m'en refuse parfois. “Une vie de rien” est une chanson d'amoureux, une chanson que je ressens intimement, profondément, même si je l'ai écrite pour lui. Elle parle de cette hésitation que l'on peut avoir entre le désir de survoler tous les paysages du monde ou rester dans son lit. On voudrait une vie éblouissante, passionnante, “Une vie en habits du dimanche”, comme je l'ai écrit, mais dans le refrain on mène une vie de rien, c'est-à-dire une vie d'amoureux blottis l'un contre l'autre. »

Double Enfance est aussi l'occasion de faire connaissance avec un nouvel auteur dans la galaxie Julien Clerc. Étienne Roda-Gil est mort, Gérard Duguet-Grasser tend à lui succéder : « Comme Étienne, Gérard est pris de fulgurances », dit Julien Clerc. Qu'en dit l'intéressé ? « Je m'assieds, j'écris et ce n'est qu'après que je constate l'ampleur des dégâts. » Gérard Duguet-Grasser, un personnage lui aussi. Bertrand de Labbey n'est pas peu fier d'avoir déniché cet auteur, ce marginal, qu'il a découvert en écoutant les chansons d'une artiste de jazz, Alexandra Roos, pour laquelle il a écrit tout un album, *Huit de pique*, sorti en 2007. S'il contient un duo avec Julien Clerc, « N'as-tu jamais rêvé ? », c'est que le directeur de carrière de l'artiste a misé un temps sur cette jeune femme talentueuse. Au téléphone, la voix de Gérard Duguet-Grasser est grave et traînante – celle d'un paresseux ou d'un fêtard. D'où vient-il et comment se définit-il ? « J'ai toujours vécu en parallèle de la société et ce depuis mon enfance qui a été difficile. J'ai longtemps été joueur professionnel, gagnant ma vie au poker et au backgammon. J'ai aussi écrit des textes, de la poésie publiés dans la revue underground *Purple Magazine.* J'ai rencontré Bertrand de Labbey, que j'aime beaucoup, c'est même en quelque sorte pour lui faire plaisir que j'ai commencé à écrire pour Julien dont j'aimais les chansons de jeunesse : "Le Cœur volcan", "Ce n'est rien" ou encore "Partir". Sinon, au quotidien, Julien n'est pas mon genre d'homme. J'ai toujours l'impression qu'on est sur le point de devenir amis, et puis on ne l'est pas. J'aime faire des conneries, pas lui. » Leur collaboration commence avec « Place de Clichy », un travelling depuis les abords du Wepler jusqu'au cimetière Montmartre. Au-delà de la description du paysage urbain, c'est une époque que Duguet-Grasser fige dans ce texte simplement descriptif. « Je suis satisfait de cette chanson, j'ai ressenti de l'émotion en entendant Julien la chanter », dit-il.

Ce 3 octobre 2005, il s'en fallut de peu que *Double Enfance*, cet album dédié à Étienne Roda-Gil, ne soit empêché : les ayants droit du défunt poète considèrent que ce disque aurait dû contenir exclusivement des textes de leur père, ils parlent d'un « coup de force de la part de Julien Clerc ». Or, l'article L-121 du code de la propriété intellectuelle stipule que le droit moral et inaliénable est transmissible aux héritiers. Julien Clerc aurait pu s'en douter, car l'affaire était mal engagée avec Numa et Vladimir, les fils d'Étienne Roda-Gil, et leur sœur Luisa-Alma, née en 1998. Pour eux, « Réfugié » est la pierre angulaire de l'album qui devait tourner autour de ce thème, Julien Clerc étant ambassadeur à l'UNHCR en charge de ces questions. « Ils ont fait un référé, vous vous rendez compte ? me raconte-t-il. Nous étions déjà très avancés, quand Bertrand m'a conseillé de faire entendre les chansons aux enfants d'Étienne. J'ai donc invité Numa chez moi pour lui jouer "Réfugié" et "Donne-moi de tes nouvelles". Là, il m'a dit qu'il y avait un problème : il ne devait y avoir que des chansons de son père sur mon disque. Je lui ai répondu que j'étais très avancé et que son père ne m'en avait pas donné davantage. Il m'a répondu : "Ne t'inquiète pas, nous, on en a d'autres." Comme souvent, je n'ai pas eu tout de suite la bonne réaction. À peine était-il parti, que je l'ai appelé pour lui dire je m'étais sorti quinze chansons du ventre, que j'allais entrer en studio, alors il n'allait pas me dicter sa loi juste parce que son père avait rêvé toute sa vie d'être mon unique auteur. "C'est ton problème, pas le mien", m'a-t-il répondu avant de me raccrocher au nez.

« Contrairement à ce qu'ils ont dit, Étienne était vivant quand j'ai enregistré ses dernières chansons. Il les a entendues et les a aimées. Nous avons fait exactement comme tout au long de ces quarante dernières années : lui venant frapper à la porte avec son texte et revenant pour entendre comment je l'avais mis en musique. Il ne m'en a pas confié d'autres.

« Je me suis donc retrouvé au tribunal pour la première fois de ma vie, contre un avocat qui disait des horreurs. Le mien m'avait demandé d'écouter, mais de ne rien dire. J'en suis sorti secoué. Je savais que quand Étienne n'écrivait pas toutes les chansons, il disait du mal de moi et de mes auteurs. Et comme ses réflexions étaient toujours intelligentes, elles frappaient là où ça faisait mal. De sa part, c'était une forme de dépit amoureux. »

Le 30 septembre, le juge des référés du tribunal de grande instance déboute les ayants droit d'Étienne Roda-Gil en déclarant irrecevable leur demande, notamment parce qu'elle excluait Luisa-Alma, la benjamine de la famille. Julien Clerc sort vainqueur.

La tournée de *Double Enfance* débute le 4 janvier à Saint-Germain-en-Laye et culmine à l'Olympia du 24 janvier au 4 février 2006. Avec une formation de six musiciens, le concert, qui dure deux heures et demie, débute par « Rester » et enchaîne avec « Si on chantait », « Danses-y ». Seul au piano, il interprète « Donne-moi de tes nouvelles », l'ultime chanson écrite par Étienne Roda-Gil. Le chanteur poursuit ensuite avec ses succès : « Le Cœur volcan », « Ma préférence », « Femmes, je vous aime » et ressuscite des titres comme « La Petite Sorcière malade » ou « Yann et les dauphins ». Le public devra se contenter d'un medley pour « Elle voulait qu'on l'appelle Venise », « This Melody », « La Californie », « La Fille aux bas nylon », « Quand je joue » et « Laissons entrer le soleil ». Quant à « Cœur de rocker » et « Mélissa », elles viendront en rappels. Au milieu de ces anciennes chansons, les nouveaux titres ne dépareillent pas : « Double Enfance », « Rio Negro », « Place de Clichy », « Quel jeu elle joue » et « Une vie de rien ».

Julien Clerc remercie l'équipe technique, parmi elle Dimitri Vassiliu à la lumière, le fils de Pierre qui fit jadis sa première partie.

Comme le disque, le spectacle est dédié à Étienne Roda-Gil.

Entre-temps, la vie familiale de Julien Clerc s'est régularisée : Hélène Grémillon est officiellement sa compagne. De trente ans sa cadette, plus jeune qu'Angèle et Jeanne, elle apprend à se faire apprécier de l'entourage de l'artiste. Pour une fois, le gendre idéal ne se fond pas complètement dans sa belle-famille, la ravissante Hélène a la délicatesse de le pousser au contraire vers sa famille à lui, ce qui ravit ses frères et sœurs.

Avoir un enfant d'Hélène, à son âge ? Julien Clerc se pose la question et la pose à Jacques Séguéla, le publicitaire, père tardif de jumelles.

De leur union, naît Léonard, le 22 avril 2008. Un jour, ils montent tous les trois dans un taxi dont le chauffeur, chaleureux, lance : « C'est magnifique, j'ai les trois générations : le grand-père, la fille et le petit-fils ! »

Où s'en vont les avions ? sort le lundi 15 septembre de la même année, soit quarante ans après « La Cavalerie ». Pour les arrangements, Julien Clerc fait appel à Benjamin Biolay, coauteur avec Keren Ann de « Jardin d'hiver » pour Henri Salvador, qui depuis mène avec succès une carrière d'auteur-compositeur-interprète en solitaire. En qualité d'écrivain de chansons, il a travaillé entre autres pour Françoise Hardy, mais aussi pour celle qui est alors son épouse, Chiara Mastroianni. Quand il ne chante pas ou ne fait pas chanter ses consœurs, Benjamin Biolay passe des semaines entières enfermé dans un studio en tant qu'arrangeur, faisant parfois le grand écart entre Juliette Gréco et Élodie Frégé, Hubert Mounier et Isabelle Boulay. Julien Clerc est convaincu de ses talents d'auteur et d'arrangeur. « Je connaissais Benjamin Biolay, l'artiste, ses chansons, puisque je l'avais sollicité pour l'album *Studio*, rappelle-t-il. En revanche, j'ignorais qu'il avait été le réalisateur de tant de disques. Je me suis donc cru très malin en lui demandant de prendre en charge le mien. Cette idée m'est venue en écoutant son disque *Trash yéyé* très abouti au niveau de la réalisation. Dans le livret, je me suis aperçu que le nom de Bénédicte Schmidt revenait souvent – je ne savais pas non plus qu'elle était l'épouse de Blanc-Francart que je connais par ailleurs. Le couple travaille ensemble, en binôme. Sur cet album, la voix de Benjamin était très bien placée et, malgré la richesse des arrangements, je comprenais les paroles. Pour moi, il avait franchi un cap. »

Julien Clerc invite Benjamin Biolay à venir chez lui pour entendre ses nouvelles chansons, piano/voix. « Julien ne voulait pas d'un album trop produit, il avait envie de faire des expériences, me raconte ce dernier. Moi, ce que j'avais entendu dans sa musique, c'était les rythmes caribéens, son amour des standards du jazz, mais aussi sa pulsation interne. Par exemple : il y a 90 % des chanteurs au monde qui mettent la grosse caisse sur le premier et le troisième temps, lui, c'est sur deux et quatre, ce qui est très rare. Sa rythmique interne est comme un reggae accéléré. Dans les accords, il se dit très proche de Schubert aussi avec accords diminués, mais il a surtout une pulsation qui lui est propre qui est très chaloupée et sur les *down beat*, ce qui est très étonnant. »

L'auteur de *Négatif* lui annonce qu'il souhaite qu'il joue lui-même les parties au piano, ce qu'Érick Benzi avait déjà proposé sur quatre titres de *Double Enfance*. La proposition surprend Julien Clerc, lui qui ne se considère pas comme un grand instrumentiste, utilisant juste le piano comme support de la composition. « Les gens sourient quand je leur dis que je ne suis pas un bon pianiste, ils prennent cela pour de la fausse modestie, dit-il. Pourtant, je suis sincère : le piano n'est que l'instrument qui me sert à composer, ce qui ne m'empêche pas d'avoir, je crois, une bonne oreille et un don pour inventer des mélodies. La première fois que j'ai vu mes mélodies reproduites par un copiste sur une partition, avec des bémols et des dièses à la clef, j'ai été émerveillé. Je passe pour un compositeur compliqué, alors que je fais tout à l'instinct, mes mélodies tombent du ciel, il y a un côté miraculeux. Parfois, je joue un accord qui sonne bien, mais je ne saurais pas le nommer. Ce n'est pas important. Toute ma vie j'ai conservé un côté empirique et, même si aujourd'hui plus qu'hier je sais ce qu'est un dièse mineur neuvième, je ne m'y attarde pas. Cela fonctionne depuis quarante ans, je ne touche à rien. J'ai eu d'interminables discussions à ce sujet avec Jean Schultheis, du temps où il m'accompagnait. Il disait que, même si Beethoven et Mozart étaient des artistes de savoir, cela ne les empêchait pas d'être de grands mélodistes. Il est trop tard pour acquérir ce savoir-là.

« Cependant, j'ai un groove intime, que même les grands pianistes ne sauraient reproduire. En plus, c'est vrai que je jouais de plus en plus de piano sur scène et, dans cet album, je me savais capable d'interpréter toutes les chansons au piano. »

Musicalement, Julien Clerc et Benjamin Biolay s'entendent sur un climat rock *sixties*. Concrètement, Gérard Duguet-Grasser domine ce vingt et unième album studio de Julien Clerc, avec la chanson-titre « Où s'en vont les avions ? » mais aussi avec le premier single, « La Jupe en laine ». Pour la première, m'a expliqué Duguet-Grasser, il y avait l'idée de voyage, vers la Guadeloupe dont il est originaire, à la manière de « Partir » jadis : « J'aimais bien l'idée d'écrire une chanson en rapport avec ce sang noir auquel Julien tient énormément. » Quant à la seconde, elle lui a été directement inspirée par la compagne du chanteur : « Je l'ai vue, Hélène, dans cette jupe en laine ! C'est une chanson bidon, mais elle a marché. » Plus loin dans le disque, il y a « Forcément », un clin d'œil à Marguerite Duras. Mais la chanson raconte surtout le destin d'une femme professeur aux États-Unis, qui a commis la faute d'entretenir une liaison avec l'un de ses étudiants. En France, une histoire similaire s'était produite avec Gabrielle Russier, retrouvée suicidée le 1er septembre 1969, au sortir de la prison où elle avait été incarcérée suite à sa condamnation pour détournement de mineur. Cette histoire dramatique avait inspiré à Charles Aznavour sa chanson « Mourir d'aimer ». Il y a la voix rugueuse de Duguet-Grasser en introduction : « Quand une femme entre en prison, on lui fait prendre un bain dans du désinfectant pendant une demi-heure, on la rince, elle voit le docteur, on la vaccine, on l'enferme... Elle attend. »

Gérard Manset, que Bertrand de Labbey avait signé au Rideau Rouge, entre quatre décennies plus tard dans le répertoire de Julien Clerc avec deux chansons à mon goût périssables : « Une Petite Fée » et « Frère elle n'en avait pas ». Benjamin Biolay a aussi écrit, avec beaucoup de difficultés, deux chansons pour ce disque : « Sous sa grande ombrelle » et surtout « La Rue Blanche », une chanson d'amour pour les paumés du petit matin. « Les deux fois j'ai écrit sur les musiques que m'avait confiées Julien, raconte-t-il. Nous ne sommes pas si nombreux à savoir écrire sur la mélodie, d'autant que ce sont des chansons plus rythmées. J'ai ramé pour écrire ces deux textes aussi parce que j'étais très occupé par la réalisation. Je rentrais chez moi lessivé et il fallait encore que je me mette à écrire, ce que je fais d'ordinaire dans des moments plus calmes. J'ai écrit “Sous sa grande ombrelle”, parce que j'avais envie qu'il parle d'une pute avec l'élégance qui le caractérise. C'est peut-être aussi sa mélodie qui m'a inspiré ce thème. »

Jean-Loup Dabadie propose lui aussi un texte poétique et charnel, « Apprendre à lire ». Et David McNeil apporte « Souvenez-vous », en hommage à Françoise

Sagan. « J'ai eu l'idée de la chanson au casino de Deauville, raconte ce dernier. J'ai songé que ce devait être tellement plus charmant du temps de Françoise Sagan, Jacques Chazot, Bernard Frank et toute la bande. Je trouve les arrangements un peu trop sautillants, mais elle demeure la chanson préférée de Françoise Hardy, ce qui m'honore car elle est très difficile. » La disparition de la romancière, à Honfleur le 24 septembre 2004, hantera le répertoire de bien des artistes, d'Alain Souchon (« Bonjour tristesse ») à Henri Salvador (« Mourir à Honfleur »). Julien Clerc l'a rencontrée à l'Élysée du temps de Mitterrand et lui avait déjà rendu hommage à travers « Week-end », le texte de Luc Plamondon en 1980, qu'il qualifie de « chanson aznavourienne ».

Carla Bruni s'est surpassée avec « Déranger les pierres », une chanson aux richesses stylistiques, où elle se sent forte de faire, du temps qui passe, son affaire. Elle s'explique : « Ce vers est en rapport avec tout le reste de la chanson. On sent bien que c'est impossible de déranger les pierres, il y a là un brin d'humour. Si on parvient à faire dans la vie ce que j'énumère dans la chanson, alors le temps qui passe semble moins cruel. » Parallèlement, Carla Bruni sort son album *Comme si de rien n'était* sur lequel figure sa propre version de « Déranger les pierres ». « Parce que je n'avais pas envie de me priver du plaisir de la chanter », conclut-elle.

Même destin pour la chanson de Maxime Le Forestier « Restons amants », écrite en souvenir du temps récent où son ami courait les rues avec son bonnet enfoncé sur la tête pour ses rendez-vous secrets avec

Hélène. Dans une version plus courte, moins cathédrale, « Restons amants » donne son titre à l'album de Maxime Le Forestier, sorti peu avant *Où s'en vont les avions ?*

« Je considère que Maxime et moi avons fait de grandes chansons, dit Julien Clerc. Aussi, quand je me retourne sur mon passé, je me rends compte qu'il a souvent été présent à des moments importants de ma vie – et réciproquement. Nous n'éprouvons pas le besoin de nous téléphoner sans cesse (c'est sans doute cela une véritable amitié) tout en restant disponibles l'un pour l'autre. Cependant, nous n'avons pas toujours la même vision au niveau de la conception d'une chanson. À cet égard, avec "Restons amants" nous avons atteint l'apogée. Avec lui, tout est possible : je peux lui donner une musique pour qu'il écrive un texte, ou l'inverse.

« Je trouve qu'il progresse en tant qu'auteur, il me sert magnifiquement. Pour "Restons amants", il m'a donné ce texte comme souvent au moment où je suis entré en composition et je l'ai très vite mis en musique. Je l'ai ensuite fait venir chez moi. En plaisantant, je lui ai dit que, malheureusement, vu la tonalité assez haute dans laquelle je l'avais composée, elle me revenait. Deux heures après, il m'a envoyé un SMS pour me signaler qu'un type normal pouvait tout à fait la chanter, deux tons plus bas. J'ai compris qu'il allait la prendre. Généralement, quand il interprétait des chansons qu'il avait faites pour moi, il lui arrivait de les reprendre sur scène après. C'était une affaire entendue : ce fut le cas pour "Amis" et pour "Quitter l'enfance". Là, j'ai compris qu'il allait la garder pour lui. Pourquoi pas, après tout. Une chanson peut bien avoir deux vies, en ces temps tellement difficiles. Je la ressens de manière plus dramatique que lui, peut-être à cause des “plages de novembre”, des “rendez-vous dissimulés”. À la première lecture, je l’ai trouvée désabusée, triste, comme un constat d’échec. J’ai toujours pensé que chacun entend ce qu’il veut dans une chanson, nous ne percevons pas les mêmes choses. »

De son côté, Maxime Le Forestier confirme : « C’est un texte qui m’a été inspiré par Julien et Hélène, dans leur période amour caché. Je l’ai donné à mettre en musique à Julien – nous sommes plus efficaces dans ce sens – car je souhaitais une musique très lyrique. Il a fait un coup marrant : il l’a composée dans sa tonalité alors qu’il sait parfaitement qu’il y a une quarte de différence entre sa voix et la mienne, dans les aigus. Il comptait bien se la garder. Ça m’a fait rire. Je me suis dit qu’il n’y avait pas de chanson inchantable, je l’ai baissée d’une quarte. Elle sonnait très bien ! J’ai décidé de l’enregistrer. »

Enfin, « Dormez », cette berceuse à base d’un piano et de cordes, sera destinée à aider le petit Léonard à s’endormir. Pour une fois, Le Forestier a abandonné l’idée d’écrire sur l’âge de son ami : « Il y a d’autres thèmes, quand même, proteste-t-il. Mais c’est vrai que dès le début j’ai compris que son âge lui posait un problème : Julien est un type qui vieillit bien moins vite que le commun des mortels. Il se surveille, il fait du sport, il est très soucieux de son apparence physique, c’est un de ses traits de caractère. Alors, moi, je suis le ludion qui lui souffle qu’en dépit des apparences, lui aussi, il vieillit. »

La tournée qui suit l'album, *Tour 09*, débute en décembre 2008 et se prolonge en janvier 2009. Elle passe par le Casino de Paris du 6 au 18 janvier, puis repassera par la capitale après Limoges, Cournon-d'Auvergne, Riorges, Saint-Étienne, etc., pour une série au Palais des Sports, du 12 au 16 mai. Le samedi 17 janvier, Carla Bruni est venue applaudir son ami sur la scène du Casino de Paris en compagnie de son mari, alors président de la République. Elle monte sur scène pour un duo sur « Déranger les pierres ». En somme, Julien Clerc est sur scène du mois de janvier au mois de juin, à raison de six soirs par semaine. Le public a préparé des avions en papier à faire planer en direction de la scène au moment de la chanson « Où s'en vont les avions ? ». À soixante ans, il défend ses nouvelles chansons : « Une Petite Fée », « Sous sa grande ombrelle », « La Jupe en laine », « Restons amants », etc. Et des plus anciennes, comme « Si on chantait », « Elle voulait qu'on l'appelle Venise », « Ivanovitch » ou « Jaloux ». Comme le lui a conseillé Benjamin Biolay, il reste plus souvent au piano qu'à l'ordinaire pour accompagner ses chansons. Derrière lui, quatre musiciens multi-instrumentistes. Pour « Travailler, c'est trop dur », il fait lui-même l'harmonica et la guitare. Le bouquet final est constitué de « Fais-moi une place », « Ma préférence », « Mélissa », « Lili voulait aller danser », pour conclure sur « Laissons entrer le soleil », issue de *Hair*. Julien Clerc se vante d'interpréter ses anciennes chansons dans leurs tonalités d'origine.

Entre-temps, un certain nombre de chansons dont la musique est signée Julien Clerc sortent sur d'autres albums, comme « Rue des Acacias » sur l'album de Marc Lavoine, « Qu'est-ce que je vais te dire ? » sur un texte de Gérard Duguet-Grasser qui figure sur le disque de Maurane *Fais-moi une fleur* en 2011 – le compositeur déplorera les arrangements trop jazzy que Gil Goldstein a imaginés sur sa mélodie. « J'étais avec Julien quand on a écouté ce qu'avait fait Maurane de notre chanson, raconte Duguet-Grasser. Il était fou de rage parce qu'ils avaient changé ses accords. Dans sa colère, il a dit qu'il faisait des chansons sensibles et profondes. J'aime ça chez lui, cette conviction. »

Il enchaîne.

Le 7 novembre 2011 sort *Fou, peut-être,* à ce jour le dernier album de Julien Clerc. Le titre lui a été inspiré par une chanson de Le Forestier, une de plus sur son âge : l'histoire d'un père qui n'est plus tout jeune mais se maintient en forme pour pouvoir regarder son enfant grandir le plus longtemps possible. Il se dira surpris par ce que lui a apporté son ami : « C'est l'eau qui va lisser mon front/Et rendre serein mon visage/Les années glissent et glisseront. »

La plupart des textes sont de Gérard Duguet-Grasser, un seul de Jean-Loup Dabadie, deux de Manset dont « Sur la plage une enfant », sur le handicap, au son d'une mélodie sombre au possible. Bertrand de Labbey et Julien Clerc, toujours à l'affût de nouveaux talents, ont fait entrer dans le répertoire quelques signatures de la nouvelle scène française : Julien Doré, Alex Beaupain et Mike Ibrahim. Ce dernier a fait la première partie de Julien Clerc sur la tournée *Tour 09*. L'artiste avait reçu plusieurs propositions, mais il a écouté le disque de Mike Ibrahim dont il a particulièrement apprécié « Ce moment avec toi ». Le jeune artiste se souvient que, tandis qu'il chantait lors de ses premières parties, la tête d'affiche l'écoutait en coulisses et l'attendait ensuite pour le féliciter. « C'était un rêve pour moi de rencontrer Julien Clerc dont la voix m'a bercé toute ma jeunesse, dit Mike Ibrahim. Ses chansons ont contribué à mon éducation musicale. » Les mois passent jusqu'au jour où Julien Clerc appelle le jeune artiste pour lui proposer d'écrire des textes pour son prochain album. Il en apporte trois, parmi lesquels « Les jours entre les jours de pluie », où l'artiste campe un « Gene Kelly sans précipitation ». Une fois les paroles mises en musique, le compositeur invite l'auteur à passer chez lui où, autour d'un thé, il lui fait entendre le résultat piano/voix. La séance fait son effet sur le jeune homme : « C'était à la fois touchant et impressionnant, poursuit-il. J'ai eu le sentiment étrange d'entendre une chanson de Julien Clerc, je me suis senti comme un étranger alors que c'était mon texte. » Il l'invitera de nouveau en première partie de ses concerts symphoniques au Palais des Congrès.

Dans le même temps, donc, Alex Beaupain est contacté par Bertrand de Labbey dont son agence s'occupe pour le cinéma (il s'est fait connaître en écrivant *Les Chansons d'amour* pour le cinéaste Christophe Honoré). « Je crois que Bertrand de Labbey aime beaucoup ce que je fais. Il m'a demandé un texte pour Julien. Je lui ai envoyé

“La Nuit c’est tous les jours”. Je n’ai plus eu de nouvelles jusqu’au moment où Julien m’a invité chez lui. J’y suis allé pensant qu’il allait me faire entendre une maquette. C’est Julien Clerc quand même ! Cet artiste que mes parents ont écouté, dont j’ai moi-même acheté les disques et que je suis allé voir en concert. Ce n’est pas la moitié d’un chanteur populaire. Je débarque chez lui, il s’installe au piano et il me la chante. J’étais ému et content de la chanson. Après, il a été très chaleureux avec moi. Il m’a invité à dîner et nous sommes même partis ensemble écouter des comédies musicales à Londres. J’ai fait sa première partie au Palais des Sports et on a continué à écrire des chansons ensemble. J’aime travailler avec lui. Comme nous composons tous les deux au piano, je peux partir avec une de ses musiques chez moi pour travailler. Là, nous avons commencé à écrire des chansons pour son prochain album. On verra. »

Charles Aznavour figure également sur la liste des nouvelles plumes. L’enfant qui fredonnait « Tu t’laisses aller » dans la salle à manger d’Évelyne, rue Poirier-de-Narçay, s’offre une chanson de lui, « Les Souvenirs », à laquelle le compositeur confère le ton mélodramatique qui sied au refrain : « À l’âge où l’enfance revient/À pas comptés, voûté par l’âge/À l’âge où le mot lendemain/N’a plus cette force sauvage/Qui jadis défiait le destin. »

Mais où est passée Carla Bruni ? « J’aime beaucoup ce disque auquel je n’ai pas pu participer, malheureusement, déplore-t-elle. Au moment où il fallait rendre des textes, je n’arrivais pas à écrire et j’étais en plein enregistrement de mon disque *Comme si de rien n'était.* Physiquement, j'étais K.O., je n'avais plus de force à tel point que je me suis crue malade. En fait, j'étais enceinte de Giulia, j'étais prise de nausées, prise par cette grossesse et par la conjoncture. Au studio, où j'enregistrais mon album avec Bénédicte Schmidt, je ne me sentais pas bien, je dormais tout le temps. Je me suis même endormie allongée par terre, comme une loque, lors d'une section de batterie de Denis Benarrosh, qui s'est vexé. »

La réalisation du disque est confiée cette fois à Philippe Uminski. Les critiques ne sont pas excellentes, mais le disque se vend bien. On sent confusément qu'un recentrage risque de s'opérer sous peu. Ce sera à voir à la fin de la « campagne », à l'issue de la tournée. Probablement.

En entrant dans le bureau de Rose Léandri avec l'idée d'une soirée où il chanterait au son d'un orchestre symphonique, Julien Clerc est ressorti avec le projet d'une tournée tout entière. Plusieurs noms ont circulé jusqu'au moment où celui de Stéphan Gaubert s'est imposé pour les arrangements et la direction d'orchestre. La tournée débute le 6 janvier 2012 au Palais des Congrès avec un orchestre « symphonique/pop » de quarante musiciens. Aznavour est dans la salle, où il se sent comme chez lui, pour écouter son confrère. Smoking noir et cravate rouge, l'artiste entre sur « Jaloux de tout », seul au piano, avant que le tulle ne tombe sur le grand orchestre. Il enchaîne avec ces chansons qui méritent le symphonique : « La Belle est arrivée », « Ballade pour un fou », « C'est une

Andalouse », « Le Cœur volcan » ou encore « Utile ». La soirée s'achève avec « Ce n'est rien » par une *standing ovation*. Au milieu du concert, l'orchestre s'est subitement changé en troupe pour chanter en chœur « Let the Sunshine In ». Autre instant émouvant de la soirée, quand Julien Clerc raconte les Musigrains et les illustre par son fameux exercice de reconnaissance des instruments : Cor ou trombone ? Clarinette ou hautbois ? Violon ou violoncelle ?

Les chansons qu'il enchaîne font plaisir : « C'est une Andalouse », « Le Cœur volcan », « Jivaro song », « Fou, peut-être », « Ballade pour un fou », « Double Enfance », « La Belle est arrivée », « Femmes, je vous aime ». Julien Clerc, soixante-quatre ans, n'a pas perdu ses aigus ni sa faculté à faire frémir ses fans au moment de tomber la veste.

Le 29 avril 2012, Julien Clerc donne un récital privé sous les peintures de Chagall – le père de David McNeil – à l'Opéra Garnier. Cette représentation unique, en symphonique, est retransmise à la télévision le 25 juin suivant.

Puis, à pas feutrés, c'est-à-dire sans promotion, « juste en annonçant la tournée par des affiches pour éviter le ras-le-bol de la promo », explique Rose Léandri, l'artiste s'engage pour un interminable tour de France des salles plus intimistes. La tournée en question s'intitule *Pianistic*. Son concept : une formation réduite à deux pianos et un multi-instrumentiste, et un tour de chant constitué pour l'essentiel de raretés : « Le Petit Vieillard qui chantait mal », « Les Menhirs », « Je dors avec elle », « La Fille de la véranda », « L'Assassin assassiné » et « Si tu reviens », extraite de l'album *Des jours entiers à t'aimer*. Durant les premières représentations, on a entendu « À mon âge et à l'heure qu'il est » et « Ballade en blanc », puis elles ont disparu.

Cette tournée-là, la dernière en date, a été particulièrement longue, ambitieuse, glorieuse.

La dernière fois que j'ai vu Julien Clerc, après tous ces mois d'entretiens, les tergiversations sur la forme à donner à ce livre et les heures d'écritures en solitaire, c'était au 34 rue Marbeuf, une perpendiculaire à l'avenue des Champs-Élysées. Il était en noir, elle en rouge. L'après-midi même, à la mairie du XVIe arrondissement, autour de 16 heures, Hélène Grémillon et Julien Clerc se disaient « oui ».

Une bonne partie des protagonistes de cette biographie étaient là. Les frères et sœurs, des femmes (Miou-Miou et Virginie Coupérie) et les enfants : Angèle, Jeanne, Vanille, Barnabé et Léonard. Les auteurs : Carla Bruni, Gérard Duguet-Grasser, Maxime Le Forestier, Luc Plamondon, Jean-Loup Dabadie, David McNeil. Les agents : Rose Léandri et Bertrand de Labbey. La fête aurait été complète si Maurice Vallet avait pu se déplacer. Quant à Zaz, elle m'a appelée le lendemain pour que je lui raconte la soirée.

Au moment où ce livre s'achève, Julien Clerc s'est déjà remis en quête de textes nouveaux, capables de lui inspirer d'autres mélodies, de le surprendre lui-même. À la recherche de quoi ? De *la* grande chanson, celle qui portera l'album à venir.

Je laisse au sujet de ce livre le mot de la fin : « La célébrité vous confronte au meilleur comme au pire. Je bénéficie malgré tout d'une bonne image et, généralement, les gens me montrent de l'empathie et du respect. Nous récoltons ce que nous avons semé avec Étienne, Momo, Bertrand, etc. Du moins, j'ai la naïveté de le croire. »

Les propos de Julien Clerc ont été recueillis par l'auteur.

Ainsi que les témoignages de Rose Léandri, Bertrand de Labbey, Alain Masmondet, David McNeil, Mike Ibrahim, Vanina Michel, Marianne Leclerc, Jean Bouquin, Maurice Vallet, Françoise Hardy, Carla Bruni-Sarkozy, Marie-Françoise Aimé (Zaz), Gérard Duguet-Grasser, Jean-Claude Petit, Maxime Le Forestier, Ghislaine Leclerc, Gérard Leclerc, Jean-Robert Socquet-Clerc, Jacqueline Socquet-Clerc, Juliette Gréco, Véronique Sanson, Kitty Bécaud, Alain Artaud, Robert Charlebois, Benjamin Biolay, Alex Beaupain, Luc Plamondon, Jean-Loup Dabadie.

Remerciements à Brigitte Rouillon, Sophie Ameglio et Marc Maréchal.

Remerciement à Violaine et son site www.julien-clerc.net.

Remerciement à Mireille Paolini qui m'a biberonnée pendant l'écriture de cette biographie protéiforme. Et à Violaine qui a chassé les coquilles et les répétitions.

Table des matières

Photocomposition Nord Compo

Achevé d'imprimer en septembre 2013
par CPI Brodard et Taupin
pour le compte des éditions Calmann-Lévy
31, rue de Fleurus 75006 Paris

calmann-lévy s'engage
pour l'environnement en réduisant
l'empreinte carbone de ses livres.
Celle de cet exemplaire est de :
814 g éq. CO_2
Rendez-vous sur
www.calmann-levy-durable.fr

PAPIER À BASE DE
FIBRES CERTIFIÉES

N° d'éditeur : 5183751/01
Dépôt légal : octobre 2013
N° d'impression : 3001387
Imprimé en France